Tod in der Ortenau

Sanne Aswald lebt in der Nähe von Freiburg. Seit 2009 arbeitet sie hauptberuflich als Schriftstellerin mit etlichen Veröffentlichungen im Kinder- und Jugendbuchbereich und Romanen für Erwachsene. Nebenbei führt sie gemeinsam mit ihrem Mann die Senfmanufaktur »Senferia« und verarbeitet ihr Fachwissen und die Liebe zur Natur in Sachbüchern.

Dieses Buch ist ein Roman. Handlungen und Personen sind frei erfunden. Ähnlichkeiten mit lebenden oder toten Personen sind nicht gewollt und rein zufällig. Lediglich die im Dank und Nachwort genannten Personen gibt es wirklich.

SANNE ASWALD

Tod in der Ortenau

DER BADISCHE KRIMI

emons:

Bibliografische Information der Deutschen Nationalbibliothek
Die Deutsche Nationalbibliothek verzeichnet diese Publikation in der Deutschen Nationalbibliografie; detaillierte bibliografische Daten sind im Internet über http://dnb.d-nb.de abrufbar.

FSC
www.fsc.org
MIX
Papier aus verantwortungsvollen Quellen
FSC® C083411

Umschlagmotiv: mauritius images/edpics/Alamy
Umschlaggestaltung: Tobias Doetsch
Gestaltung Innenteil: César Satz & Grafik GmbH, Köln
Lektorat: Christine Derrer
Druck und Bindung: CPI – Clausen & Bosse, Leck
Printed in Germany 2016
ISBN 978-3-95451-966-8
Der Badische Krimi
Originalausgabe

Dieser Roman wurde vermittelt durch die
Literaturagentur Beate Riess, Freiburg.

Für Bernd

EINS

15. September

Hoch. Runter. Hoch. Runter. Hoch. Wie in Trance bewegte ich die Rolle über die Wand. Wie hatte ich nur auf die Idee kommen können, ein altes Fachwerkhaus zu kaufen und es selbst zu renovieren? Und wieso hatte Ellen bei dem Wahnsinn mitgemacht, anstatt mich abzuhalten? Wir hätten so gemütlich in ihrem Haus am Titisee bleiben können – aber nein, Clarissa Sturschädel Kleinschmidt musste ja ihren Kopf durchsetzen und ins Tal ziehen. Ich war so eine Idiotin.

Einsicht ist der erste Schritt …

Das war ja klar, Stimmchen verpasste selten ihren Einsatz. Weißt du was? Halt die Klappe!

Manchmal musste ich die Stimme in meinem Kopf in die Schranken weisen, sonst wurde sie übermütig. Und jetzt hatte ich gerade genug damit zu tun, durchzuhalten. Da brauchte ich ihre Häme nicht.

Vermutlich würde ich den Umzug nächste Woche nicht überleben, meine Muskulatur war mit dem frischen Anstrich der Raufaserwände bereits vollkommen überfordert. Von meinen zerstörten Fingernägeln, mit denen ich die Tapeten von den Wänden gekratzt hatte, ganz zu schweigen. Und das alles nur, weil die Gegend hier atemberaubend schön war. Weil die Wege nicht ständig nur bergauf oder bergab gingen, wie es im Schwarzwald oben der Fall war, sondern sich über Kilometer fast eben präsentierten. Weil der Rhein sich träge durch die Landschaft schlängelte und ich es liebte, die Schiffe zu beobachten. Nicht nur ein paar Ausflugsschiffe, hier gab es richtig Berufsschifffahrt und daneben ein sehr reges Wassersporttreiben.

Und den guten Wein, den Flammkuchen, das nahe Freiburg, das Theater und anderes Stadtleben, ergänzte Stimmchen meine Aufzählung. *Du bist schlicht und ergreifend voll verschossen in die Landschaft und die Leute.*

Wenigstens verkniff sich Stimmchen einen Kommentar über meine schlechte Kondition, die mich an den Schwarzwälder Steigungen japsen und keuchen ließ. Dieses Thema hatte sie aber auch zur Genüge breitgetreten.

So ein Stimmchen im Kopf konnte wirklich lästig sein. Aber nur manchmal. Oft waren ihre Bemerkungen und Zwischenrufe auch amüsant oder brachten mich dazu, eine Angelegenheit aus einer anderen Perspektive zu betrachten.

Und ja, es stimmte: Ich hatte mich gleich beim ersten Besuch in der Ortenau vor etwa zwei Monaten rettungslos in die Gegend verliebt. Damals waren wir bei Sonja und Alexander Danner zur Weinprobe eingeladen. Wir, das heißt Ellen, Franziska vom Hotel Schwarzwaldblick – der hatte ich die Bekanntschaft mit Danners überhaupt zu verdanken –, Kommissar Benjamin Hübchen, der inzwischen irgendwie dazugehörte, und ich. Hübchens Idee, nur Wasser zu trinken und uns am späten Abend wieder nach Hause zu fahren, hatte ich rigoros abgelehnt. Das hätte ihm wohl gefallen, eine angeschickerte Clarissa als leichtes Opfer. Ich konnte diese Idee förmlich an seiner Stirn ablesen. Nein, nein. Wenn es tatsächlich *dazu* kommen sollte – und das stand in den Sternen –, dann entweder beide nüchtern oder beide angetüdelt. Und eine Weinprobe mit Wasser, das war ja wohl völlig daneben und außerdem eine Beleidigung für den Winzer. Stattdessen hatte ich also kurzerhand Alexander um eine Empfehlung gebeten und für uns alle Zimmer im Hotel Ritter reserviert. So wurde es ein wirklich gemütlicher und vor allem köstlicher Abend bei Danners.

Am nächsten Tag hatten wir die Gegend erkundet, waren über die Pierre-Pflimlin-Brücke ins Elsass gefahren und hatten schließlich auf dem Rückweg in Altenheim am Rhein angehalten und waren ein Stück das Ufer entlangspaziert. Schon da zündete der Funke in meinem Gehirn, dass ich hier gern mit Ellen zusammen wohnen würde. Als ich den Geistesblitz laut aussprach, kam von ihr allerdings ein Schnauben und eine eindeutige Bewegung ihres Zeigefingers gegen die Schläfe. Um alle Unsicherheiten aus dem Weg zu räumen, hatte sie ihre Reaktion auch noch verbal unterlegt mit: »Du spinnsch ja, Clarissa. Als ob ich vom Titisee wegziehe tät.«

Aber mit der Zeit hatte ich Ellen mit meiner Träumerei von unserem gemeinsamen neuen Leben angesteckt. Es war ein ordentliches Stück Arbeit gewesen, ihre Begeisterung zu wecken. Für Ellen war die Vorstellung, ihre gemütliche Heimat zu verlassen, ungeheuerlich. Andererseits war es mit der vermeintlichen Gemütlichkeit, die wir am Titisee hatten, bei näherem Hinschauen doch nicht so weit her.

Ellen fühlte sich in dem Haus, in dem sie mit Lukas gelebt hatte, nicht mehr wohl. Immerhin war sie dort in der Küche des Mordes an ihrem eigenen Mann verdächtigt worden. Und seine Betrügereien lagen auch noch in der Luft. Alles in ihrem schönen Heim erinnerte Ellen daran, wie mies sich ihr toter Mann benommen hatte – und das nicht nur ihr gegenüber, auch wenn es sie besonders hart getroffen hatte.

Manchmal schien es, als würde der Geist des Toten durch die Räume wabern. Gruselig. Und auch außerhalb der vier Wände gestaltete sich das Leben schwierig. Ellens Stand innerhalb des Ortes hatte sich verändert. Vordergründig waren die Leute wieder freundlich zu ihr, hinter vorgehaltener Hand hörten wir es aber zischeln, wenn sie sich das Maul über uns zerrissen. Die schwarze Witwe und die Fremde, die einfach bei ihr eingezogen war. Nur damit keine Zweifel aufkommen: Die Ermittlungen haben eindeutig ergeben, dass Ellen unschuldig war. Nicht zuletzt, weil wir tatkräftig geholfen haben, den Fall aufzuklären. Ich war da so reingerutscht, als ich für mein Buch recherchierte und versehentlich selbst ins Visier der Polizei geraten war – aber das ist eine andere Geschichte. Auf jeden Fall konnten Ellen und ich den Karren gemeinsam aus dem Dreck ziehen und den wahren Mörder überführen. So etwas erlebt man nicht, ohne sich dabei näherzukommen. Uns hatte dieses Abenteuer im Handumdrehen zu richtig guten Freundinnen gemacht, und aus meinem vorübergehenden Aufenthalt in Ellens Gästezimmer war ganz selbstverständlich ein Dauerzustand geworden. Ich hatte meine Wohnung in Hamburg aufgelöst und war in den Schwarzwald gezogen. Sehr zum Bedauern meiner Freundin Sarah, aber wir schrieben uns regelmäßig Mails, telefonierten, und zweimal war sie auch schon zu Besuch bei mir gewesen. Vielleicht konnte ich sie irgendwann überreden, ganz hierherzuziehen? Sie und Ellen verstanden sich jedenfalls ausgezeichnet, und wir wären ein unschlagbares Trio.

Das mit meinem Einzug bei Ellen hatte sich einfach ergeben, und die Wohngemeinschaft mit ihr war perfekt. Wir hatten Spaß zusammen, konnten reden oder schweigen, wie uns der Sinn stand, und kamen insgesamt prima miteinander klar. Ellen passte auf, dass ich nicht zum Schreibtischzombie wurde, gleichzeitig respektierte sie meine Arbeit und sorgte dafür, dass ich nicht gestört wurde, wenn ich schrieb. Und bei meinem Schwarzwaldbuch war sie die gute Seele gewesen, hatte reichlich Tipps und Rezepte beigesteuert und Kontakte vermittelt. Ein wirklich gutes Team, genau das waren wir. Dank Ellen war das Schwarzwaldbuch ein Knaller geworden – das zeichnete sich bereits vor dem Erscheinungstermin ab.

Doch so schön das mit der Freundschaft und dem Bucherfolg auch war, die Schatten des Mordfalls ließen sich nicht restlos vertreiben. Auch wenn der Mörder inzwischen hinter Gittern saß, ein Hauch Misstrauen war in den Köpfen der Leute zurückgeblieben. Für Ellen war es keine gute Situation, um neu durchzustarten, was sie aber lange nicht wahrhaben wollte. Ich war mir sicher: Ein Tapetenwechsel wäre genau das Richtige für sie. Wobei ich das mit dem Tapetenwechsel nicht ganz so wörtlich gemeint hatte, wie es gekommen war. Arme Fingernägel!

Und dann hatte ich bei einem der Ausflüge in die Ortenau in Neuheim im Ried dieses Schnuckelchen entdeckt, das darauf wartete, aus seinem Dornröschenschlaf geweckt zu werden. Im Lilienweg – allein das war ja schon himmlisch.

»Zu verkaufen!« Das Schild sprang mir entgegen, zwang mich zum Anhalten, und schon stand ich – Ellen im Schlepptau – vor dem Objekt meiner Träume.

Ein Fachwerkhaus mit großem Grundstück, rechts grenzte der Garten eines Bauernhofes an, links und hinten freie Felder und ein Stück weiter weg Auenwald. Ich betrachtete das Haus, die dunklen Fachwerkbalken, dazwischen den weißen Rauputz und die Fenster mit den blau-roten Läden. Vor meinem inneren Auge sah ich auch die Blumen, die an ein solches Fenster gehörten, und eine liebliche Baumwollgardine mit gehäkelter Spitze. Ich konnte Ellen schon hinter den Glasscheiben erkennen, wie sie mit ihren Kräutern werkelte.

Hallo Schnuckelchen, sagte ich in Gedanken, du bist aber bezaubernd. Im selben Moment brach die Sonne zwischen den Wolken durch, und das Fensterglas blitzte auf. Das Haus blinzelte mir zu. Eindeutig.

Für mich war innerhalb von Sekunden klar, dass das unsere Heimat werden würde. Neuheim liegt zwischen Ichenheim und Meißenheim und nur etwa drei Kilometer vom Rhein entfernt. Genau hier würden wir glücklich werden. Wir könnten die negativen Energien, die von dem Mord an Ellens Mann hängen geblieben waren, abstreifen und ein friedliches, aber dennoch aufregendes neues Leben starten. Ich sah es bildlich vor mir, wie bei einem Daumenkino liefen die verschiedensten Situationen an mir vorbei: Ellen und ich in unserer neuen Heimat, am Wasser, in der Stadt, mit neuen Freunden an gemütlichen Abenden, am Schreibtisch.

Bei Ellen dauerte es etwas länger, aber als wir um das Haus herumgingen, packte es sie ebenso sehr wie mich. Und zwar in dem Moment, als sie in dem total verwilderten Garten unter Efeu und Unkraut die Historischen Rosen und verschiedene Funkien entdeckte. Ich konnte es an ihrer Miene ablesen, bevor sie auch nur ein Wort dazu sagte. Dann gab es noch den alten Tabakschopf – ideal für Ellens Kräuter. Es war um sie geschehen. Ich hatte gewonnen! Ellen war genauso verliebt wie ich.

Und weil Liebe bekanntlich blind macht, haben wir kurz entschlossen zugeschlagen, ohne die Arbeit zu sehen, die da auf uns zurollte. Keine Nacht Bedenkzeit hatte es gebraucht – nicht mal eine Stunde. Gesehen und entschieden.

Die Finanzierung war kein Thema, ich hatte Geld aus einer Erbschaft auf einem Tagesgeldkonto, und Ellen hatte nach dem Tod ihres Mannes seine Firma verkauft und auch noch ein Schweizer Konto entdeckt, das er hinter ihrem Rücken angelegt hatte.

Am darauffolgenden Tag saßen wir beim Notar, und kurz darauf waren wir stolze Hausbesitzerinnen. Jeder von uns gehörte die Hälfte, darauf hatten wir uns nach kurzer Diskussion geeinigt. Das Haus war groß genug: Ellen und ich würden in der oberen Etage jeweils zwei Zimmer bekommen, das Erdgeschoss wollten wir gemeinsam nutzen. So hätten wir Nähe und dennoch immer eine Rückzugsmöglichkeit. Das Dachgeschoss hatten wir als zusätzliche Ausbaureserve.

Insgesamt war es der totale Wahnsinn, das so schnell zu entscheiden. Ohne Netz und doppelten Boden. Es sollte ein Gesetz geben, eine Zwangsbedenkzeit, um Käufer vor ihrem eigenen Übermut zu schützen. Wobei das in unserem Fall vermutlich auch nichts genutzt hätte, denn abgesehen von den Renovierungsarbeiten liebte ich unser Schnuckelchen heiß und innig. Und irgendwann musste das Elend doch ein Ende haben! Wände besaßen eine Endlichkeit, auch wenn die sich hier gefühlt unendlich ausdehnte.

Erst hatte ich tagelang Tapeten von den Wänden geschabt, und jetzt tat ich seit einer Ewigkeit nichts anderes, als Farbe auf Wänden und Decken zu verteilen. Meine Freunde waren schlau genug gewesen, sich zwischendurch andere Betätigungsfelder zu suchen.

Blümchen zog Nägel aus den Wänden und spachtelte Löcher zu. Seit er den Fall um Ellens toten Ehemann gelöst hatte – er war felsenfest davon überzeugt, dass er das gewesen war und nicht wir, und Ellen und ich ließen ihn in dem Glauben –, jedenfalls seit wir nicht mehr verdächtig waren, hatte sich langsam eine Freundschaft zwischen uns und Kommissar Hübchen entwickelt. So ganz klar, wo das hinführen sollte, war ich mir noch nicht, aber es war witzig mit Blümchen. Diesen Spitznamen hatte er weg, seit ich das erste Mal seinen vollen

Namen gehört hatte – Benjamin Hübchen. Die Assoziation zu einem bestimmten grauen Rüsseltier hatte sich in meinem Kopf festgesetzt, und inzwischen hatte Blümchen sich so weit daran gewöhnt, dass er nur noch kurz die Stirn runzelte, wenn es mir rausrutschte. Ich wusste, dass er es nicht gern hörte, und meistens nannte ich ihn Hübchen. Ich hatte es auch zwischendurch mit Benjamin versucht, aber das fühlte sich komplett verkehrt an. Es passte einfach nicht zu ihm.

Während Blümchen-Hübchen sich also um alte Nägel und Löcher kümmerte, putzte Ellen sich seit einer Stunde vom Speicher treppabwärts. Gerade kam sie in die Küche, um frisches Wasser zu holen. Diese Frau war ein Wunder an Energie. Mit Spinnweben in den lockigen Haaren und unternehmungslustig blitzenden Augen lehnte sie an der Spüle und wartete, dass der Eimer sich füllte. Dabei blickte sie sich um und nickte anerkennend.

»Fein wird's. Du machsch des echt prima«, kommentierte sie, nachdem sie die beiden Wände begutachtet hatte, die inzwischen blau und weiß strahlten. »Des wird richtig gmütlich. Ich seh uns scho do sitze und Tee trinke.«

Do, wie Ellen sich ausdrückte, zierten momentan allerdings noch Bauutensilien und Kartons das Zimmer. Von der Gemütlichkeit, auf die sie sich freute, war weit und breit nichts zu sehen. Dabei war ich bei uns für die Phantasie zuständig, immerhin schrieb ich die Bücher und nicht Ellen. Aber gegenwärtig fehlte es mir an Vorstellungskraft.

Ich schüttelte den Kopf und stöhnte. »In hundert Jahren vielleicht, falls wir das erleben. Wenn ich noch eine Wand streichen muss, fällt mir der Arm ab, ich schwör es dir! Ich kann nicht mehr.« Erschöpft ließ ich die Farbrolle in den Eimer sinken und mich selbst auf den bekleckssten Trittschemel.

Du warst auch schon fitter, meine Liebe, säuselte Stimmchen deutlich hämisch. *Die badische Luft macht dich träge.*

Ja, ja, schon recht. Wenn ich nur in meinem Kopf sitzen und mein Leben kommentieren müsste, hätte ich auch mehr Puste. Schwing du mal tausend Stunden den Pinsel, dann reden wir weiter. Stimmchen trampelte mit spürbarem Vergnügen auf meinen ohnehin strapazierten Nerven herum und klatschte dann gespielt mitleidig in die Hände, wenn mir der Geduldsfaden riss.

Heute bist du aber wieder dünnhäutig, säuselte sie. Das Grinsen schwang bei jedem Wort mit.

Quatsch. Ich bin nicht dünnhäutig, ich bin platt wie 'ne Scholle. Wie hatte ich nur auf die schwachsinnige Idee kommen können, selbst zu renovieren? Wozu gab es denn Fachleute?

»Ach komm, Clarissa. 's isch doch gar nimmer viel. Des schaffe mer jetzt au noch. Weisch was, ich glaub, mir brauche noch mehr Farb. Tätsch du welche kaufe?«

Schon war meine Müdigkeit wie weggewischt. Einkaufen gehen war eine Million Mal besser, als hier von Farbdämpfen umwabert meine Muskeln zu malträtieren.

»Und dann geh ich noch beim Bäcker vorbei und bring was zum Kaffee mit!«, verkündete ich. Mein Handy sagte: schon nach zwei. Die belegten Brote, die wir um zwölf gegessen hatten, waren inzwischen durchgerutscht und hatten ein Loch in meinem Bauch hinterlassen. Normalerweise würde Ellen protestieren und selbst für die Kaffeebeilage sorgen. Aber hier – ohne Küche und Herd – nickte sie zustimmend.

»Des isch e gute Idee. E Stärkung könne mer scho vertrage, was, Benjamin?«

»Und wie! Bringst du mir eine Schneckennudel mit?«, rief Hübchen aus dem Nebenzimmer.

»Mach ich!«, trällerte ich. »Sonst noch was?« Das war an Ellen gerichtet.

»Mir isch's egal. Irgendebbes halt. Wemmer sonscht noch ebbes brauche, bsorge mer des morge. Schau nur, dass de bald wieda da bisch, damit ma die Küch heut noch fertig mache könne. Ich will bald wieder selber backe könne. Des gekaufte Klump isch doch nix auf Dauer.« Ellen wedelte mit dem Wischlappen Richtung Tür, um mich zur Eile anzutreiben.

Während ich die Haustür hinter mir zuzog, konnte ich wieder einmal kaum glauben, was für Purzelbäume mein Leben in den letzten Monaten geschlagen hatte. Und demnächst würde ich mein nächstes Buchkind in Händen halten. Ich konnte es kaum erwarten.

Meine rechte Pobacke kitzelte. Flugs zog ich das vibrierende Handy raus und las die Nummer. Sie sagte mir nichts.

»Kleinschmidt«, meldete ich mich verhalten freundlich. Seit mein Ex-Freund Pascal Telefonterror betrieben hatte, um mich wieder zurückzuerobern, war mein Verhältnis zum Handy eher ambivalent. Pascal war schließlich sicher nicht der einzige Irre, der durch die Welt lief und Leute nervte. Und noch mal wollte ich solche Belästigungen wirklich nicht erleben – egal, ob Ex-Freund oder anderer Spinner. Aber es half nichts, denn natürlich musste ich erreichbar sein. Die Öffentlichkeitsarbeit für das neue Buch lief gerade an. Mein Verlag würde mir was husten, wenn ich mich hinter einer Geheimnummer verschanzen würde.

»Hallo Frau Kleinschmidt, wie schön, dass ich Sie direkt erreiche. Wunderbar! Ihre Agentin hat mir die Nummer gegeben. Mein Name ist Lisa Rumpfinger, ich möchte Sie gern einladen zu »Talk mit Lisa«, Sie kennen die Sendung? Ich möchte mit Ihnen über Ihr neues Buch sprechen und die erschwerten Bedingungen bei der Recherche. Immerhin haben Sie so ganz nebenbei einen Mörder überführt. Und auch über Ihren Umzug von Hamburg nach Baden können wir plaudern. Bestimmt interessiert es die Zuschauer, was der Anlass für Ihren Wohnortwechsel war. Und ob und wie die neue Heimat Sie beim Schreiben inspiriert.«

Wie bitte? Lisa Rumpfinger? DIE Lisa Rumpfinger? Die Talkqueen des deutschen Fernsehens? Und sie rief mich persönlich an? Während mein Gehirn verzweifelt versuchte, die Neuigkeiten zu sortieren und eine adäquate Antwort zu formulieren, schlug Stimmchen Salti.

Wir kommen ganz groß raus! Das ist der Durchbruch! Hörst du? Jetzt sag doch was! Los, los. Vermassel das nicht!

Stimmchen hatte gut jubeln. Mein Mund öffnete und

schloss sich, ohne dass ein Ton über meine Lippen kam. Fischsprache. Leider führte ich kein Videotelefonat. Pantomime brachte mich in dem Fall also nicht weiter.

»Frau Kleinschmidt? Hallo? Sind Sie noch dran?«

Mühsam zwang ich mich zu einem Räuspern, dann endlich konnte ich der Moderatorin antworten. »J-ja, Entschuldigung. Frau Rumpfinger, das ist toll. Ich freue mich, und ja, natürlich komme ich gern.« Ich machte eine kurze Pause. »Wenn es sich zeitlich einrichten lässt«, setzte ich dann nach.

Wenn es sich zeitlich einrichten lässt? EINRICHTEN lässt? Bist du von allen guten Geistern verlassen? Stimmchen fiepte fassungslos.

Mach dich locker, wer zu leicht verfügbar ist, ist nichts wert. Ich grinste in mich hinein.

Selbstverständlich würde es sich zeitlich einrichten lassen, und wenn ich dazu die Hölle einfrieren oder die Erde anhalten müsste. Nichts und niemand würde mich davon abhalten, diese Chance zu nutzen. Aber das musste ich der Dame ja nicht gleich aufs Brötchen schmieren. Dagegen waren die kurzen Gastspiele in diversen Magazinen und Talkshows, die ich bislang erlebt hatte, Peanuts. Wer bei Rumpfinger in der Runde saß, war im Gespräch, nicht nur während des Talks.

»Wunderbar«, trällerte Lisa Rumpfingers Stimme in mein Ohr. »Übermorgen würde ich Sie gern mit einem Team am Titisee treffen. Wir zeichnen einen Einspieler auf. Am Ort des Geschehens, das wird sicher wunderbar. Und Dienstag in einer Woche kommen Sie dann zur Sendung nach Baden-Baden. Geht das bei Ihnen? Die genauen Daten maile ich Ihnen.«

»Übermorgen? Und Dienstag in einer Woche. Einen Moment, ich werfe einen Blick in meinen Kalender …« Ich ließ das Handy sinken und zählte auf sechs, dann säuselte ich: »Das ist in Ordnung, ich kann die Termine für Sie reservieren.« Mist. Meine Stimme war vor lauter Aufregung ungefähr drei Oktaven höher als normal. Ich sah auf meine malträtierten Fingernägel. Ich musste dringend zur Maniküre. Und zum Friseur. Und überhaupt!

»Wunderbar.« Das schien ihr Lieblingswort zu sein. »Ich freue mich auf Sie. Ich schicke Ihnen gleich die Mail.«

Noch ein paar nette Worte hin und her, dann war das Gespräch beendet. Da stand ich – fassungslos und völlig überrumpelt. Sollte ich ins Haus zurückstürmen und die tollen Neuigkeiten verkünden? Ich schüttelte den Kopf, nein, ich würde Sekt besorgen und nachher mit Ellen und Hübchen anstoßen.

Noch benommen stolperte ich zu Pauline, meinem dunkelblauen Mini. »Hast du das mitgekriegt?«, fragte ich und drehte den Zündschlüssel, aber Pauline ließ nicht erkennen, ob sie sich mit mir freute. Ihr Motor klang wie immer.

Wie betäubt legte ich den Gang ein, ließ die Kupplung langsam kommen und drückte sacht das Gaspedal. In dem Moment, in dem Pauline anrollte, stolperte eine Frau direkt vor meine Motorhaube.

»Hey!« Gleichzeitig mit meinem Schrei trat ich die Bremse durch und würgte Pauline ab, weil ich die Kupplung vergessen hatte. Was war denn das? Eine Betrunkene? Am frühen Nachmittag? Andererseits gab es Menschen, die den Flachmann bereits zum Frühstück leerten. Alfred Biolek pflegte in seiner Koch-und-Zürpfel-Sendung »alfredissimo« immer zu sagen: »Somewhere in the world …«, wenn er zu früher Stunde seine Gäste zu einem Gläschen oder zwei überredete. Und er hatte ja recht: Irgendwo auf der Welt ist es immer Abend.

Aber hier und jetzt war herrlicher sonniger Nachmittag. Die Frau taumelte. Sie legte sich halb auf Pauline drauf und sah mit aufgerissenen Augen zu mir ins Wageninnere.

»Hilfe! Bitte!«, krächzte sie. Sie wollte schreien, das hörte ich, doch die Worte kamen mehr als Keuchen aus ihrer Kehle. Ihre Hände hinterließen rote Spuren auf der Windschutzscheibe.

Rote Spuren? Ich brauchte einen Augenblick, bis ich es realisiert hatte. Das war Blut! Himmel! Von wegen betrunken! Verletzt! Hatte ich …? Nein, unmöglich – Pauline war gerade erst angerollt, ich hatte die Frau nicht angefahren. Selbst wenn ich sie erwischt hätte, so heftige Verletzungen, dass die Hände in Sekunden wie in Blut gebadet aussahen, hätte das niemals verursacht. Aber was dann?

Endlich konnte ich die Schreckstarre überwinden. Ich riss die Autotür auf, war mit zwei Schritten bei der Frau und half ihr auf – sie lag immer noch halb auf Pauline. Auf mich gestützt schaffte sie es zu der kleinen Mauer, die unser Grundstück umsäumte.

Als sie saß, versuchte ich ihren Puls zu fühlen, während ich gleichzeitig auf sie einredete: »Was ist passiert? Hatten Sie einen Unfall? Sind Sie überfallen worden? Sind Sie verletzt? Brauchen Sie einen Krankenwagen?«

Aber sie schüttelte ihren Kopf so heftig, dass die halblangen Haare flogen. »Carolin. Schnell! Sie braucht Hilfe. Ich hab kein Handy.«

»Was ist denn mit Carolin? Wo ist sie? Was ist passiert?« Ich konnte keinen Notruf absetzen, wenn ich nicht zumindest ein paar Informationen hatte, die ich weitergeben konnte. Was, wenn Carolin nur der Familiengoldfisch war? Wobei mir auf die Schnelle niemand einfiel, der wegen eines Goldfisches so die Fassung verlieren würde.

Hübchen hatte uns durch das Fenster gesehen. Er und Ellen kamen aus dem Haus gelaufen.

»Was ist denn los? Probleme?«, fragte er und legte seine dienstliche Miene auf.

»Jesses, Maria und Joseph! Isch se dir vors Auto grannt? Mir brauche en Rettungswage!« Ellen schlug die Hände vor der Brust zusammen und wurde bleich. Im nächsten Moment aber straffte sie sich und trat auf die Frau zu. »Könne Se aufstehn? Komme Se, mir gehn rein. Des Blut muss weg, damit ich sehe kann, was mit Ihne los isch.«

Doch wieder wehrte die Frau die helfenden Hände ab. »Carolin. Schnell, bitte. Im Maisfeld dort hinten. Sie blutet. Ohnmächtig. Ich weiß nicht. Bitte!« Sie schluchzte auf.

Okay, viel war das nicht, aber auf jeden Fall ziemlich sicher kein Goldfisch, und mehr als dieses Gestammel würden wir aus der Frau nicht rauskriegen, das war klar.

»Ellen, setz einen Notruf ab. Die sollen zu uns ans Haus kommen, dann könnt ihr ihnen den Weg zeigen. Clarissa und ich laufen voraus und leisten Erste Hilfe.«

Ich hatte während Blümchens Ansage bereits den Verbandskasten aus dem Kofferraum genommen und wollte in die angegebene Richtung lossprinten.

»Achtung!«, schrie Hübchen und riss mich unsanft am Arm zurück auf den Gehweg.

Ein roter Kombi brauste mit deutlich überhöhter Geschwindigkeit so nah an mir vorbei, dass er mich fast streifte. Ich keuchte auf. Himmel, das war knapp. »Danke«, hauchte ich in Hübchens Richtung und schaute dem Wagen nach. Ein Mann saß am Steuer. Kurze dunkle Haare. Bevor ich mehr erkennen konnte, bog er auch schon um die nächste Ecke.

Hübchen war blass um die Nase, aber entschlossen schüttelte er den Schreck ab und rief: »Okay. Los jetzt.«

Mit seinen langen Beinen war er schneller als ich, aber ich gab alles und bog nur ein paar Sekunden nach ihm auf den Feldweg ein, der hinter unserem Haus entlangführte. Zuerst entdeckte ich einen umgekippten Picknickkorb. Plastikschüsseln, Servietten, Sekt und Gläser lagen verteilt zwischen dem hoch stehenden Mais. Ein Halstuch hing an einem Maiskolben und flatterte sacht, als wolle es ein Signal geben.

Dann sah ich die Füße.

Einer nackt, einer steckte in einer braunen Ledersandale. Die Fußnägel waren mintgrün lackiert.

ZWEI

Mit zwei großen Sätzen war ich bei der Frau und kniete neben ihr auf dem Schotterweg.

»Hallo, hören Sie mich? Hilfe ist unterwegs.«

Ihr weißes Shirt hatte ein Loch und war blutdurchtränkt. Das sah ernst aus. Eine Stichwunde, wenn mich nicht alles täuschte. Ich legte meine Hand auf die Schulter der Verletzten und schüttelte sie sanft. Keine Reaktion. Aber sie atmete! Wenigstens das. Ich hatte keine Lust, mein neues Leben gleich wieder mit einer Leiche zu beginnen. Obwohl es schon Monate her war, dass ich den toten Lukas gefunden hatte, verfolgte mich die über das Wasser wischende Leichenhand noch heute und verursachte mir Alpträume. Ich atmete durch und schob die Erinnerungen weg. Kein Grund, über Tote nachzudenken, hier galt es Leben zu retten.

Die junge Frau mit dem blonden Pagenkopf war weiß wie Milchschaum. Selbst die Lippen hatten kaum noch Farbe. Sie atmete flach. Mir fiel ein, dass ich ihren Namen kannte. »Carolin, du musst durchhalten. Hörst du? Durchhalten!«, redete ich ihr eindringlich zu. Vielleicht half die persönliche Ansprache und gab ihr einen Energieschub? Tatsächlich flatterten die Lider, Carolin schlug die Augen auf. Zuerst schaute sie verwirrt umher, dann fand sie an mir Halt. Ich konnte sehen, dass sie versuchte, mich einzuordnen.

Im Augenwinkel sah ich Hübchen, der Bahnen um uns herum zog – den Kopf tief gesenkt, als würde er etwas suchen.

Klar sucht der was. Spuren. Dass hier ein Verbrechen vorliegt, sieht selbst dein Elefantenkommissar. Oder glaubst du, die Frau hat sich selbst abgestochen?

Sehr scharfsinnig. So weit hatte ich noch gar nicht gedacht. Ich ließ Hübchen machen und kümmerte mich wieder um die verletzte Carolin. Ich lächelte sie an und versuchte meine Panik vor ihr zu verbergen.

»Ich bin Clarissa. Deine Freundin hat mich alarmiert. Hörst du? Sie hat Hilfe geholt. Gleich kommt ein Krankenwagen, dann wirst du versorgt.«

Ihr Blick verlor den Halt, sie tauchte weg.

»Bleib bei mir. Hey, komm schon. Nicht aufgeben!« Ich hatte mich inzwischen auf den Boden gesetzt und nahm ihren Kopf auf meinen Schoß. Sacht tätschelte ich ihre Wange, versuchte, Carolin wach zu halten. Der Wind streifte über den trockenen Mais, das Feld raschelte, es klang, als würden lauter Flüsterfeuer um uns herumzischeln. Ich fröstelte.

Ob der Angreifer noch in der Nähe war? Gänsehaut zog mir über den Rücken und breitete sich auf meinem ganzen Körper aus. Ein merkwürdiges Geräusch schreckte mich auf. Etwas klackerte rhythmisch. Saß da jemand im Mais und hielt den Fotoapparat auf Dauerklicken? Ich versuchte das Dickicht zu scannen, aber außer fast reifem Mais konnte ich nichts erkennen.

Reiß dich zusammen! Du klapperst mit den Zähnen!

Im selben Moment merkte ich es, es waren tatsächlich meine Zähne. Ich zwang mich, tief durchzuatmen und die Kiefer zusammenzupressen. Wenn ich jetzt durchdrehte, war niemandem geholfen. Wieder streifte Hübchen an mir vorbei, die Augen immer noch starr auf den Boden gerichtet. Auch wenn ich gelegentlich gern über seine Fähigkeiten als Kommissar lästerte, jetzt war ich froh, dass er bei mir war. Er gab mir das Gefühl, beschützt zu sein.

Carolin bewegte ihre Lippen, sie flüsterte. Ihr Atem rasselte dabei, was gar nicht gut klang. Hoffentlich kam der Krankenwagen bald.

»Was sagst du? Ich versteh dich nicht.« Ich beugte mich tief zu ihr runter.

Wieder wisperte sie in den Rasselatem hinein. »…aa…«

Keine Chance, ich verstand immer noch kein Wort. Mir blieb nichts mehr übrig, als weiter beruhigend auf sie einzureden. »Alles wird gut, Carolin. Ich bin bei dir. Nicht reden, du brauchst deine Kraft. Gleich kommt Hilfe.«

Carolins Lider hoben sich, sie schaute mir in die Augen, der Hauch eines Lächelns zog über ihr Gesicht, dann sackte ihr Kopf zur Seite.

Sie hatte aufgehört zu atmen.

»Nein!« Fassungslos rappelte ich mich auf, wollte sie wiederbeleben. Verzweifelt versuchte ich mich zu erinnern, was genau jetzt zu tun wäre. Mund-zu-Mund-Beatmung? Herzmassage? Wo war noch mal der Punkt, an dem man drücken musste? Und in welchem Rhythmus? Mein Gehirn war blockiert. Ich kam an keine der wichtigen Informationen heran.

»Ich mach das.« Ein Sanitäter schob mich energisch aus dem Weg, ein zweiter kam von der anderen Seite.

Ich hatte vor lauter Konzentration gar nicht mitbekommen, dass der Krankenwagen schon da war. Erleichtert machte ich Platz.

Jetzt hattest du aber mehr Glück als Verstand, dass die Sanitäter gekommen sind. Du solltest dich dringend zu einem Auffrischungskurs in Erster Hilfe anmelden!

Ja. Sollte ich wohl. Stimmchen klang ebenso erleichtert, wie ich mich fühlte. Erleichtert und gleichzeitig entsetzt über meine Unfähigkeit, im Notfall zu funktionieren.

Geräte wurden angeschlossen, Kommandos flogen kreuz und quer, und alles konzentrierte sich auf diesen Moment, darauf, dieses Leben zu retten. Doch während ich zitternd danebenstand, ahnte ich, dass der Kampf aussichtslos war. Zu viel Blut war aus dem Körper geflossen und hatte die Erde getränkt.

Ein Arm legte sich um mich.

»Komm, wir gehen ein Stück Richtung Straße, hier können wir nichts tun.«

Blümchen. Dankbar legte ich kurz meinen Kopf an seine Schulter und genoss den Halt, den er mir gab. Hinter mir sagte einer der Helfer gerade die Uhrzeit für den Todeszeitpunkt. Der Kampf war vorbei.

In meinem Kopf wirbelten die Gedanken und Gefühle so durcheinander, dass es sogar Stimmchen für eine Weile die Sprache verschlug.

Kaum hatten wir ein paar Schritte gemacht, kamen uns Ellen und die Frau mit den Bluthänden, die jetzt aber zum Glück nicht mehr blutig waren, entgegen.

»Was ist mit ihr? Geht es ihr gut?« Die Frau versuchte an uns vorbei zu der toten Carolin zu gelangen, doch Hübchen hielt sie zurück.

»Warten Sie, Sie können nicht helfen. Es tut mir leid, aber es war zu spät. Wie es aussieht, ist Ihre Freundin den Verletzungen erlegen.« Hübchens Augen verengten sich. Er musterte die Frau eindringlich. »Waren Sie eng befreundet?«, wollte er wissen. »Wissen Sie, was genau hier passiert ist? Waren Sie dabei, als es zu den Verletzungen kam? Was war es? Ein Überfall? Streit?« Seine Fragen prasselten auf die weinende Frau ein, er beobachtete ihre Reaktionen ganz genau und benahm sich wieder einmal wie ein Elefantenbulle im Porzellanladen.

Nomen est omen. Stimmchen schnaubte.

Boah, Stimmchen, du brauchst dich gar nicht aufspielen, denn du bist keinen Deut besser. Wer piepst denn ständig ohne Rücksicht auf meine Gefühle auf meinen Nerven rum?

Ich schoss trotzdem ein wütendes Funkeln auf Hübchen ab. Wie konnte er nur so gefühlskalt sein und in so einem Moment Fragen stellen? Er merkte, dass ich ihn anblitzte, und hob entschuldigend die Schultern.

»Je schneller wir Hinweise haben, desto schneller können wir die Verfolgung aufnehmen. Das verstehen Sie doch sicher, Frau … Wie war doch gleich Ihr Name?« Er zückte Notizblock und Stift und hatte diesen Dienstausdruck drauf, der ungute Erinnerungen in mir wachrief.

Da plustert er sich aber wieder auf, dein Kommissar.

Er ist nicht MEIN Kommissar, wie oft soll ich das noch sagen?

Ja, ja, ja, schon recht. Ich weiß eben, was ich weiß. Das wirst du auch noch merken. Auch wenn du es jetzt nicht wahrhaben willst.

Stimmchen konnte mir den Buckel runterrutschen und Hübchen mit seinem Kommissargetue ebenso.

»Babsi«, kam es zögerlich und leise. »Babsi Kommers.« Sie

putzte sich die Nase, dann beäugte sie Hübchen. »Und wer sind Sie?«

»Hübchen. Kommissar Hübchen. Auch wenn ich nicht im Dienst bin und dies hier gar nicht in meinen Zuständigkeitsbereich fällt, ist es selbstverständlich, dass ich die Kollegen unterstütze. Also: Was können Sie mir über den Tathergang sagen? Was hat sich hier abgespielt? Kannten Sie die Tote näher?«

»Ich? Wieso? Nichts, ich meine, ich bin doch nur, ich hab sie doch nur …« Unter der unerwarteten Fragenbefeuerung brachte die junge Frau keinen zusammenhängenden Satz heraus. Ihr rechtes Augenlid zuckte, und zwischen ihren Händen zerfetzte sie Zupfer für Zupfer ein Papiertaschentuch in seine Zellstruktur.

Die Ankunft der Polizei erlöste Babsi aus Hübchens Fängen. Er ließ von ihr ab und wandte sich dem Polizeiauto zu, aus dem zwei Männer stiegen.

»Ah, die Kollegen. Ich war so frei, hier die Stellung zu halten.« Hübchen steuerte auf einen Beamten mit grau melierten Haaren und einem Bullengesicht zu. Der zog die Brauen nach oben und ignorierte Hübchens Hand.

»Und Sie sind …?«

Hübchen zog seine Hand zurück. »Hübchen, Kommissar Hübchen. Ich weiß, ich weiß, es ist nicht meine Zuständigkeit, aber da ich zufällig vor Ort war … Ich wollte gerade mit der Befragung starten.«

»Haben Sie uns alarmiert?«, fragte das Bullengesicht an dem übereifrigen Hübchen vorbei in Babsis Richtung.

Sie schniefte, nickte und schüttelte gleichzeitig den Kopf. »Ich hab anrufen lassen, aber ich hab Carolin gefunden.«

Mit einer kleinen Geste gab der Mann, der offensichtlich der Chef war, seinem jüngeren Kollegen das Kommando, sich der Frau anzunehmen.

Ich war mir nicht sicher, ob es gut oder schlecht für Babsi war, dass sie Hübchens Befragung entkommen war, denn die Ortenauer Kollegen zeigten sich keinen Deut einfühlsamer. Ob das eine Berufskrankheit war? Nur keine Emotionen zulassen?

Nur keine Rücksicht nehmen auf verwundete Seelen. Der junge Schnösel führte Babsi zum Einsatzwagen und setzte sich mit ihr in den Bus. Ob diese Notizblöcke zur Grundausstattung gehörten? Er hatte jedenfalls den Zwilling von Hübchens Block und kritzelte dienstbeflissen drauflos, während er Babsis Personalien abfragte und ihren Personalausweis einer strengen Prüfung unterzog.

»Und jetzt zu uns.« Das Bullengesicht nahm Hübchen ins Visier. Keine Spur von Freundlichkeit oder kollegialer Verbrüderung. »Ich möchte einen genauen Bericht. Was ist hier passiert?«

Das war Hübchens Startschuss. Endlich konnte er loslegen. Er plusterte sich auf wie ein Gockel, der seine Hennen beeindrucken möchte.

Nachdem er seinen kurzen Bericht – viel wusste er ja nicht – beendet hatte, musterte sein Kollege ihn lange. So lange, dass Hübchen unruhig wurde.

»Kennen Sie die Tote?«, fragte das Bullengesicht gerade, als die Spannung fast nicht mehr auszuhalten war. Hübchen keuchte empört auf, aber das beeindruckte sein Gegenüber nicht im Geringsten. »Wenn, dann kriegen wir es sowieso raus. Sagen Sie lieber gleich die Wahrheit.«

Wie bitte? Ich glaubte nicht richtig zu hören! War der Typ von allen guten Geistern verlassen?

»Das ist doch albern«, schmetterte Hübchen auch prompt zurück. Seine Augen verdunkelten sich, ich konnte sehen, dass er langsam, aber sicher wütend wurde. Er presste den Mund zu einem schmalen Strich zusammen und schien zu überlegen, ob er überhaupt noch mit dem Kollegen weiterreden sollte.

Jetzt kriegt dein Blümchen die Retourkutsche, feixte Stimmchen. *Sonst verdächtigt immer er wild drauflos. Na, schadenfroh?*

So ein Quatsch. Hübchen ist nicht verdächtig, und ich bin nicht schadenfroh. Das von damals hab ich ihm längst verziehen. Er hat ja wirklich nur seinen Job gemacht.

Hört, hört. Vor gar nicht langer Zeit hast du ihm die Pest an den Hals gewünscht. Ich sag's doch: dein Kommissar.

Manchmal war es besser, nicht zu diskutieren. Ich gab Stimmchen keine Antwort und beobachtete lieber, wie es mit den Kommissaren weiterging. Hübchen hatte sich inzwischen gefangen und bemühte sich um einen sachlichen Ton.

»Ich wohne in Freiburg und bin hier nur zu Besuch. Also nein. Ich kannte weder die Tote noch die Frau, die uns alarmiert hat. Wir waren bei meinen Bekannten zu Hause, als Frau Kommers angelaufen kam und um Hilfe gebeten hat. Das ist alles. Wenn wir uns aber auf die Fakten konzentrieren wollen, ich habe Fußabdrücke gefunden. Und dann gab es noch einen Wagen, der kurz nach der Tat mit überhöhter Geschwindigkeit davongefahren ist. Der könnte etwas mit dem Fall zu tun haben. Es war ein roter Kombi mit Lahrer Nummer. Leider konnte ich vom weiteren Kennzeichen nur ein P erkennen, es ging alles zu schnell. Auch den Fahrer habe ich nicht gesehen.«

Aus dem Dienstwagen hörte man Schnäuzen und Weinen. Das Bullengesicht drehte sich um. »Pellinger, lass die Frau mal Luft holen und komm her.« An Babsi gewandt, sagte er: »Und Sie bleiben sitzen und beruhigen sich.« Er drehte sich von ihr weg und brummte in sich hinein. Ich verstand ihn trotzdem. »Was für ein Geflenne!«

Was für ein Arschloch!

Wo Stimmchen recht hatte, hatte sie recht. Und selbst Hübchen schien seine Menschlichkeit nicht ganz verloren zu haben, trotz Diensteinsatz.

»Vielleicht sollten die Sanitäter sich um die Frau kümmern«, schlug er vor. »Mit so einem Nervenzusammenbruch ist nicht zu spaßen.«

Im ersten Moment schien es, als wollte der Kollege den Vorschlag abtun, aber dann nickte er. »Pellinger, kümmer dich mal drum. Und dann kommst du zu uns rüber.«

»Mir gehn jetzt wieder heim. Wenn Se von uns was brauche, dann wisse Se ja, wo mir sin.« Ellen hakte sich entschlossen bei mir unter und marschierte los, ohne eine Antwort vom Kommissar abzuwarten. Ganz offensichtlich hatte sie von den polizeilichen Gockeltänzen die Nase voll.

Das Bullengesicht grunzte unartikuliert hinter uns her, vermutlich sollte das so viel heißen wie »in Ordnung«.

Im Gehen hörten wir Hübchen, der seinen Kollegen voller Elan berichtete, was er alles gefunden hatte.

»Sehen Sie, hier. Ein Turnschuh, würde ich sagen. Schätzungsweise Größe zweiundvierzig. Könnte auch dreiundvierzig sein. Adidas hat solche Sohlenmuster, wenn ich mich nicht irre. Und hier, mit etwas Glück finden sich Faserrückstände, der Täter muss …«

Wir bogen Richtung Haus ab und waren damit außer Hörweite. Ich musste unbedingt eine Mail an Sarah schreiben. Die würde ausflippen: zweiter Neustart innerhalb eines Jahres und schon wieder eine Leiche!

Auch Ellens Gedanken gingen in die gleiche Richtung.

»So eine Aufregung«, sagte sie. »Jesses, Maria. Wo du bisch, isch echt immer ebbes los, Clarissa. Und dauernd sterbe d' Leut. Mei Lebe war so ruhig, bevor ich dich kenneglernt hab.«

»Stopp«, protestierte ich. »Was bitte schön kann ich denn dafür, wenn es überall auf der Welt Mord und Totschlag gibt? Ich hab Babsi nicht gebeten, mir vors Auto zu rennen. Und ich kann auch nichts dafür, dass Carolin niedergestochen wurde. Wenn ich daran denke, dass gerade ein Mensch in meinen Armen gestorben ist …« Meine Stimme versagte, als ich an den Moment dachte.

»Schrecklich, gell. Am helllichten Tag. Hoffentlich erwische se den Mörder schnell«, sagte Ellen. Dann knuffte sie mich liebevoll in die Seite. »Aber reg dich ab, so war's doch gar ned gmeint. Ich wollt nur – JÖ! Schau mal. Jesses, isch der goldig!« Mitten im Satz hatte Ellen unvermittelt Tonart und Richtung gewechselt, und in der nächsten Sekunde war mir klar, weshalb.

»Ja hallo!«, säuselte ich und ging in die Hocke. Ein paar Meter vor uns war ein Mops auf dem Weg aufgetaucht. Apricot, mit wunderschöner Gesichtszeichnung. Zum Niederknien goldig. Mit den vielen Falten sah er aus, als würde er die Sorgen der ganzen Welt auf seinen Schultern tragen.

Einen Moment blieb er wie angewurzelt stehen – eine Pfote in der Luft –, dann trottete er langsam auf uns zu.

»Komm ruhig her, ich tu dir nichts«, lockte ich mit Piepsstimme. Ich hatte als Jugendliche einen Dalmatiner, mit dem ich von Welpe an in die Hundeschule gegangen war. Von daher wusste ich, dass Hunde auf hohe Stimmen abfahren – weiß der Henker, wieso.

Und wirklich, auch der Mops machte keine Ausnahme. Er wedelte verhalten, kam zu mir und schnüffelte an meinen ausgestreckten Händen. Im nächsten Augenblick war er auch schon an mir hochgehüpft und hatte mir einen feuchten Mopskuss auf die Nase geschleckt. Und gleich noch einen. Der freudige Begrüßungsansturm kam so unerwartet, dass er mich umhaute. Ich landete auf dem Hinterteil, lachte und wehrte die nächsten Küsse mehr oder weniger erfolgreich ab. »Hey, nicht so stürmisch. Du bist ja ein Schatz. Wo kommst du denn her?«

Der Mops ließ von mir ab und legte den Kopf schief, als würde er versuchen, meine Fragen zu verstehen. Dabei wedelte er mit seinem Ringelschwänzchen so wild hin und her, dass der ganze Hintern wackelte, und holte keuchend Luft. Es klang ein bisschen wie ein Asthmatiker nach zwanzig Zigaretten, aber dem Vierbeiner schien es egal zu sein, seine Freude versprühte er ungetrübt.

»Was machsch du denn so allein hier? Du musch doch ebber ghöre«, versuchte sich jetzt auch Ellen in der Mopsbefragung.

Da weit und breit weder Herrchen noch Frauchen in Sicht waren, beschloss ich, den Herrn Mops – um einen solchen handelte es sich nämlich eindeutig – mit nach Hause zu nehmen.

Ellen war anderer Meinung. »Den müsse mer ins Tierheim bringe, den sucht doch bstimmt ebber. Und überhaupt: Was solle mir denn mit so me Tierle mache? Mir sin doch mitte im Umzug und hen überhaupt kei Zeit.« Sie schüttelte den Kopf über meine vermeintliche Unvernunft. Der Mops und ich standen einfach nur da und schauten sie an, während sie ihre Bedenken und Überlegungen äußerte. Irgendwann hielt sie inne, seufzte und sagte: »Clarissa, du bisch echt verrückt.«

Da wusste ich, dass ich gewonnen hatte. Es würde nicht lange dauern, und Ellen wäre ebenso von dem Tier begeistert wie ich. So gut kannte ich sie.

Und Herr Mops war absolut einverstanden. Als wir losliefen, wackelte er vergnügt zwischen uns her.

Betreff: Schon wieder!
Datum: 15.09., 22.37 Uhr
Von: Clarissa <Clarisschen@netzwerk.de>
An: Sarah Brachtinger

Hey, hey, Sarah!

Ich bin fix und fertig. Ehrlich, ich zittere jetzt noch, wenn ich dran denke. Von dem Kloß im Hals will ich gar nicht erst anfangen.

Die arme Frau!

Und ich hab total versagt - also nein, ich hätte ihr auch nicht helfen können, wenn ich nicht vor lauter Schreck alles vergessen hätte, was ich je über Erste Hilfe gelernt habe -, aber, ach, es fühlt sich einfach schrecklich an. Ich war so überfordert. Wenigstens war sie nicht allein, auch wenn sie mich nicht kannte, aber das ist im Moment des Abschieds glaube ich egal. Oder?

Mensch, entschuldige, ich bin so durcheinander, dass ich dich zutexte, dabei weißt du gar nicht, wovon ich eigentlich schreibe.

Also pass auf.

Es ist ungeheuerlich, und ich sehe direkt vor mir, wie du Mund und Augen aufreißt und ungläubig den Kopf schüttelst, während du das hier liest. Aber Süße, es ist leider wirklich wahr: Ich habe schon wieder eine Leiche gefunden.

Na ja, genau genommen lebte sie noch, als ich zu ihr kam - also nicht die Leiche, die Frau natürlich -, aber kaum war ich bei ihr, war sie auch schon tot. Jetzt nicht, dass du denkst, ich hätte etwas damit zu tun. Hey, du kennst mich doch, ich bin ein harmloses Schäfchen. Außerdem kenne ich die Tote gar nicht. Aber ist das nicht total verrückt? Überall, wo ich auftauche, gibt es Tote. Ob ich ein schlechtes Karma habe? Aber wieso? Ich tu doch keiner Fliege was zuleide - wobei das nicht wörtlich zu nehmen ist, Fliegen können schon mal unter die Klatsche kommen -, aber du weißt, was ich meine. Ich habe niemanden so vors Schienbein getreten, dass es diese Leichenanhäufung rechtfertigen würde.

Und es kommt noch schlimmer: Die Frau wurde umgebracht! Schon. Wieder. Ein. Mord.

Es sei denn, sie hätte sich das Messer selbst zwischen die Rippen gerammt, was ich stark bezweifle und wovon auch die Polizei nicht ausgeht.

Hübchen war da, du weißt ja, er hilft uns bei der Renovierung, und hat sich total aufgespielt. Einmal Bulle, immer Bulle. Aber seine zuständigen Kollegen fanden das gar nicht witzig. Ich sag dir: Männer! *augenroll*

Jedenfalls muss ich das alles erst mal verdauen. So hab ich mir unseren Neustart nicht vorgestellt.

Aber es gibt auch schöne Neuigkeiten. Stell dir vor, wir haben einen Findelmops. Jaaa, du liest richtig. Einen MOPS! Molle heißt er. So voll das Klischee: kurze Nase, Sorgenfalten, beiges Fell und gutmütig bis in die Schwanzspitze. Ich bin total verliebt. Hach!

Ich sag dir, wenn die Besitzer ihn nicht mehr wollen, dann bleibt er bei uns. Er hatte eine Telefonnummer an seinem Halsband, aber bis jetzt konnten wir noch niemanden erreichen.

Und jetzt halt dich bitte fest, denn ich habe noch was zu berichten, und bevor du weiterliest, solltest du noch mal gut durchatmen, denn gleich wirst du losschreien vor Begeisterung. Ich kenn dich doch! Also gut. Fertig? Okay, dann kommt jetzt der absolute Megakracher.

Ich. Bin. Bei. Lisa. Rumpfinger. Talkgast.

Küsschen
Clarissa <3

PS: Ich sammle schon mal Ideen und Rezepte fürs nächste Buch, vielleicht mache ich etwas über die Ortenau. Mal sehen. Aber Ellens breites Wissen und ihre großen und kleinen Ideen sind einfach phänomenal, die muss ich festhalten.

Stell dir vor, sie hat trotz Umzugsstress und Renovierung im Garten lauter Verhüterlis verteilt. Das heißt, allen Pflanzen, von denen sie Samen bekommen möchte, hat sie Nylonsöckchen übergezogen und sie unter der Blüte zugebunden. Jetzt können sich die Samen vollständig ausbilden, abtrocknen, und dann kann man sie einfach in die Strümpfe schütteln. Mit Papierteefiltern ginge das auch. Die Idee hat sie aus dem Buch »Wo das Glück wächst«. Das ist im Moment ihr Lieblingsbuch, da blättert sie fast jeden Tag drin.

DREI

17. September

Das herrliche Herbstwetter, die vorüberfliegenden Wolken, die immer wieder den Blick auf einen strahlend blauen Himmel freigaben, und der für September erstaunlich laue Tag nutzten überhaupt nichts. Mir steckte Carolins Tod noch in den Knochen, das wurde durch meinen Trip an den Titisee – inklusive Erinnerung an meinen ersten Todesfall – auch nicht besser. Über meiner Laune hatte sich eine Schlechtwetterfront breitgemacht, und ich wünschte mich zurück in mein Bett – samt Decke über dem Kopf. Aber selbst wenn es möglich gewesen wäre, wäre es unmöglich, denn ich hatte kein Bett. Oder doch, ich hatte natürlich eines, aber das wartete in seine Einzelteile zerlegt auf den Umzug, der in drei Tagen über die Bühne gehen sollte. Hübchen hatte es – ebenso wie alles andere, was sich irgendwie auseinanderschrauben ließ – gestern Abend auseinandergenommen.

Ich würde die nächsten Nächte entweder hier oben auf der Matratze oder in Neuheim auf der Luftmatratze schlafen. Aber wie gesagt, es blieb sowieso nur ein Wunschtraum, denn ich musste diesen verflixten Dreh mit Lisa Rumpfinger hinter mich bringen. Wenn ich geahnt hätte, was da auf mich zukommen würde, hätte ich …

Was? Dich geweigert? Haha!

Stimmchen lachte. Okay. Vielleicht das nicht. Aber ich hätte mich mental darauf einstellen können, würde mich jetzt nicht so überrumpelt fühlen.

Mein Magen hatte sich zu einem einzigen festen Klumpen zusammengezogen. Mühsam bemühte ich mich, die Übelkeit wegzuatmen, während das Boot unter mir schaukelte.

Mir gegenüber saß die dauerstrahlende Lisa Rumpfinger, und an den Bootsenden war, jeweils etwas zur Seite versetzt, je ein Kameramann platziert. Gefilmt wurde schräg, immer am gegenübersitzenden Kameramann vorbei. Ob die Rumpfinger ihre Mundwinkel an den Ohren festgetackert hatte? So dauerhaft konnte doch kein Mensch lächeln. Schon kurz nach dem Kennenlernen war meine Sympathie für die Moderatorin deutlich gesunken. Sie wirkte aufgesetzt und unecht. Und sie war so mit sich selbst beschäftigt, dass sie gar nicht mitbekam, wie mies ich mich fühlte. Von wegen einfühlsam! Aber okay. Sie war DIE Lisa Rumpfinger. Also Zähne zusammenbeißen und durch. Ich musste sie ja nicht heiraten.

Vom Ufer schallte erst ein Bellen und dann ein jämmerliches Winseln hinter uns her. Molle war gar nicht begeistert, seine neue Freundin in dieser Nussschale davonschwimmen zu sehen. Da half auch Ellens gutes Zureden nur wenig. Nach ein paar Minuten sah er aber ein, dass seine Aufregung nichts an der Situation änderte. Er nieste dreimal hintereinander und kümmerte sich dann schnüffelnd um die Hundezeitung. Was hätte ich darum gegeben, auch Mops sein zu dürfen und genüsslich am Ufer rumzuoinkeln. Aber nein, ich saß in diesem schwankenden Kahn und rang um Fassung. Obendrein war mir jämmerlich kalt im Genick, und ich fühlte mich unvollständig. Meine Haare fehlten. Als ich daran dachte, was ich angestellt hatte, wurde mir noch übler.

Übermut tut selten gut, frohlockte Stimmchen und kicherte, lenkte aber umgehend wieder ein. *Hey, komm, du hattest wirklich schon dümmere Ideen. Der Vorhang ging dir doch schon länger auf die Nerven.*

Wohl wahr. Die langen Haare waren mühsam und passten nicht mehr zu mir. Mir hatte nur bislang immer der Mut gefehlt – bis gestern. Als ich an den entsetzten Gesichtsausdruck der Friseurin dachte, huschte ein Grinsen über meine Lippen. Von Haaren bis zum Po zu kurzem Zausel-Pagenkopf – so etwas erlebte sie sicher nicht so schnell wieder. Fünf Mal hatte sie nachgefragt, bis endlich das erste schüchterne Ratsch Tatsachen schuf und eine Umkehr unmöglich machte. Die nächsten Schnitte waren nicht mehr so zögerlich, bald schnippelte sie so voller Inbrunst an meinen Haaren herum, dass mir doch mulmig wurde. Ich versuchte, locker zu bleiben, und lauschte stattdessen den Gesprächen im Salon.

Carolin war DAS Thema! Ihre Liebschaften der letzten Monate wurden durchgehechelt, und mir schwirrte bald der Kopf vor lauter Namen. Sie hatte wohl keine besonderen Vorlieben, ließ sich mit Männern und Frauen ein, naschte gern von fremden Tellern und manchmal auch parallel. Ob der Mord wohl mit ihrem wilden Liebesleben zusammenhing? Vielleicht könnten Ellen und ich uns unverbindlich mal ein bisschen umhören? Das Leben von Carolin schien ja doch eine sehr interessante Geschichte zu sein.

Beim Blick in den Spiegel sah ich eine Fremde. Hatte ich das wirklich getan?

Okay. Ich atmete tief durch. Willkommen, neues Leben!

Und dann Ellen! Zuerst hatte sie gar nichts mitbekommen, sie bewunderte meine French Nails und beschloss, nach dem Umzug auch mal in den Laden zu gehen.

»E Rundumerneuerung tät meine Händ au ned schade, weisch?«, meinte sie, lächelte und wandte ihre Aufmerksamkeit von den Nägeln zu meinem Gesicht. Im nächsten Moment plumpste sie mit einem Kieksen auf den Hocker, der zum Glück in der Nähe stand, und rang nach Worten. Und dann fing sie tatsächlich an zu heulen. »Die schöne Haar! Jesses, Clarissa, sag, dass des ned wahr isch. Sag mir, dass ich träum. Die sin ja kürzer als meine!« Sie schüttelte den Kopf und rang um Fassung.

Dann rappelte sie sich auf und umrundete mich mehrfach. Dabei tastete sie immer wieder nach meinen Haaren. Die Tränen trockneten. »Wow!«, hauchte sie nach hundertfünfzig Umrundungen und gefühlten achtundachtzig Stunden. »Fesch sieht des aus.« Endlich lachte sie und nickte. Ich atmete auf, während ich in ihren Augen Bewunderung entdeckte. »Des hätt ich mich nie getraut«, hauchte sie. »Aber du bisch ja sowieso die Verrückte von uns beide.« Dann nickte sie wieder. Sehr vehement sogar, und sagte: »Klasse.« Ein letzter prüfender Griff in meine leicht modisch angezauste Kurzhaarfrisur. »Echt klasse.«

Selbst Molle saß da und musterte mich. Er kam zu mir,

schnüffelte, als wolle er sich überzeugen, dass ich ich war, dann grunzte er zufrieden und legte sich wieder in sein Körbchen. Ihm waren Haare wohl nicht so wichtig.

Ich fühlte mich ein bisschen wie eine Heldin. Dabei hatte ich das gar nicht geplant. Es hatte mich in der Sekunde übermannt, als Claudia – die Friseurin – fragte, was ich mir vorstellte. Zack. In dem Moment wusste ich, dass ich den Neuanfang auch optisch besiegeln wollte. Vielleicht versuchte ich auch die schlimmen Vorfälle, die mich in den letzten Monaten verfolgten, damit loszuwerden? Es war mir jedenfalls ein dringendes Bedürfnis, ich konnte gar nicht anders. Wie sehr wünschte ich mir, die Friseurin könnte ihre Schere auch an meinem Kopfkino ansetzen, die schrecklichen Bilder der sterbenden Carolin rausschneiden. Den toten Lukas gleich mit. Und auch die Szene, wie Babsi mit blutverschmierten Händen auf Paulines Windschutzscheibe klatschte, war nicht dazu angetan, mir süße Träume zu bescheren. Auch die würde ich liebend gern wegschnippeln lassen. Aber für den Moment musste ich mich mit den Haaren begnügen – den Rest würde die Zeit hoffentlich bringen.

Jetzt war ich nur noch gespannt, was Hübchen sagen würde. Wir hatten uns nach dem Dreh am See verabredet.

Ein Schaukeln brachte mich ins Jetzt zurück. Ein Schaukeln und das erneute Krampfen meines Magens. Dieses verfluchte Boot!

»Können wir?«, trällerte der Breitmaulfrosch auch schon, kaum hatten wir uns etwas vom Ufer entfernt. »Und ganz locker. Wir wollen entspannt plaudern.«

Ich nickte kaum merklich und zwang den Ansatz eines Lächelns in meine Mundwinkel. Meine Zunge klebte am Gaumen, mein Hals kratzte, und mein Kopfkino ließ den toten Lukas in Dauerschleife zur Seite sacken und mit seiner Hand übers Wasser wischen.

Vielleicht saß er ja sogar genau in diesem Boot? Genau da, wo du jetzt sitzt, hat er sein Leben ausgehaucht. Uhhh!

Mit Genuss steckte Stimmchen den Finger in die Wunde,

bohrte darin herum. Der Toast vom Frühstück bewegte sich speiseröhreaufwärts, ich schluckte krampfhaft dagegen an.

»Wir wollen am Titisee einen Einspieler drehen«, hatte sie gesagt. Wie harmlos das klang. Kein Wort darüber, dass sie mich in ein Ruderboot packen wollten. Ausgerechnet! Und dann lässig über mich, meine Arbeit und den Leichenfund quatschen. Das war doch total makaber und geschmacklos! Doch alle meine Proteste waren von Lisa Rumpfingers Breitmaulfroschlächeln und ihren geträllerten »Wunderbars« absorbiert worden.

Und jetzt musste ich sehen, wie ich diesen Schlamassel einigermaßen würdevoll über die Bühne brachte. Meine frisch lackierten Fingernägel krallten sich in den Bootsrand.

Lisa Rumpfinger strahlte mich an, klatschte in die Hände und rief: »Wunderbar!«

Diese Frau musste komplett tumb sein, sonst würde sie mitkriegen, wie sehr ich litt. Brauchte man eine Seelenhornhaut, um in ihrer Branche nach oben zu kommen? Ich hatte erwartet, dass sie einen besonderen Zugang zu den Menschen hätte, mit denen sie sprach. Aber so wie es aussah, hatte sie lediglich ein gutes Team im Rücken, das sie auf Kurs brachte. Denn ich merkte, dass sie die Fragen heimlich von einer Karte ablas. Oder hatte meine Seelenhaut durch die Vorfälle so sehr gelitten, dass sie viel dünner war als normalerweise? Hauchzartes Pergament? Immerhin war vorgestern in meinen Armen eine Frau gestorben, da durfte frau schon mal empfindlicher sein als sonst. Das machte ein Plausch über meinen ersten Toten auch nicht besser. Auf jeden Fall waren Lisa Rumpfinger und ich an diesem Tag schlicht und einfach nicht kompatibel.

Nachdem sie den toten Lukas in Kombination mit meiner Buchrecherche und dem scherzhaften – haha – Hinweis auf die Ungiftigkeit der Rezepte im Schwarzwaldbuch im Kasten hatte, lehnte Lisa Rumpfinger sich vertraulich zu mir vor. Ihre Augen blitzten vor Begeisterung, als sie mit etwas gesenkter Stimme, samt sensationsheischendem Vibrato – man will dem Zuschauer ja signalisieren, dass es jetzt noch pikanter wird – sagte: »Und was ist dran an den Gerüchten, dass Sie jetzt endgültig mit Ihrer *Freundin* zusammenziehen? Und zwar in der Ortenau?« Jedes einzelne Wort in dem Satz troff vor Sensationslust. Die Art, wie sie »Freundin« betonte, ließ nichts offen.

Ich schnappte nach Luft. »Ein Gerücht? Absolut nicht. Tatsache, würde ich sagen. Ja, Ellen und ich ziehen zusammen, und ja, wir sind befreundet. Nur befreundet, wenn Sie es genau wissen wollen. Und ich bin unendlich dankbar, dass Ellen da ist. Mit ihr kann ich sprechen, wenn die Bilder der sterbenden Carolin mich verfolgen.« Mist. Schon während ich das aussprach, erkannte ich am Funkeln in Lisa Rumpfingers Augen, dass ich einen Fehler gemacht hatte. Das war mir rausgerutscht.

Jetzt hat sie ihre Sensation. Gut gemacht, Clarissa. Echt prima.

Das hab ich auch schon gemerkt, Stimmchen.

»Carolin? Aber … ich dachte, wir sprechen von dem toten Lukas? Wer ist denn diese Carolin? Wieso sterbend?«

Ich beschloss, den Stier bei den Hörnern zu packen. Jetzt war es ohnehin zu spät, das wieder rückgängig zu machen. Mit kurzen, knappen Sätzen erzählte ich, dass eine Frau in der Nähe unseres neuen Hauses niedergestochen und gestorben war. Punkt. Keine Details. Keine sensationellen Ausschmückungen. Der Breitmaulfrosch platzte trotzdem fast vor Entzücken.

»Sie haben noch vor Ihrem Umzug am neuen Wohnort eine Leiche gefunden? Schon wieder? Glauben Sie an Flüche? Vielleicht sollten Sie in Zukunft lieber nicht mehr so oft umziehen, wenn das so tödlich für andere enden kann.«

Zum Breitmaulfroschgrinsen kam ein unsäglich infantiles Kichern hinzu.

Mir platzte der Kragen. »Seien Sie froh, dass ich nicht in Ihre Gegend ziehe, wenn ich so gefährlich bin«, knirschte ich mit zusammengebissenen Zähnen.

Die Rumpfinger tat es mit einem Lachen ab. »Wunderbar, meine Liebe! Sie haben einen wunderbar schwarzen Humor! Und ein Talent, Leichen zu finden. Eindeutig.«

Ich verzichtete darauf, ihr zu erklären, dass ich keine Leiche, sondern eine schwer verletzte Frau gefunden hatte – das wäre ja nur Wasser auf ihre Sensationsmühlen. In den Armen der Erfolgsautorin gestorben! Zieht mit dieser Frau der Tod um? Das war doch Boulevardzeitungsniveau. Lisa Rumpfinger! Pah! Und ich war so stolz gewesen, dass sie mich eingeladen hatte. Inzwischen war ich kurz davor, ihr zu sagen, sie solle sich ihre Sendung dahin stecken, wo keine Sonne und kein Mond hinscheinen.

Mach doch! Soll sie doch einladen, wen sie will. Wir pfeifen auf den Erfolg. Ellen kann uns ja beibringen, Wildkräuter zu sammeln, wenn die Kohle nicht mehr fürs Essen reicht.

Mach mal halblang, Stimmchen, wir nagen nicht am Hungertuch – Rumpfinger hin oder her.

Ja, schon gut. Wen interessieren schon Verkaufszahlen? Oder die Chance, einen echten Hit zu landen? Einen B.E.S.T.S.E.L.L.E.R.? Eh klar, da stehen wir drüber. Und dem Verlag ist es sicher auch egal. Kein Problem!

Bestseller. Selbst Stimmchen traute sich nicht, dieses große Wort am Stück auszusprechen, sondern buchstabierte es lieber. Doch auch wenn ich so hoch nicht greifen wollte, um wirklich einen Bestseller zu landen, brauchte es neben einem tollen Buch – das ich zweifelsfrei hatte – ungefähr so viel Glück wie für einen Sechser im Lotto. Für die Verkaufszahlen wäre die Talkshow natürlich ganz hervorragend. Die beste Werbung, die ich mir wünschen konnte. Ich wäre eine Idiotin, wenn ich die Gelegenheit aus Genervtheit vertun würde. Und die Leute vom Verlag wären zu Recht sauer. Außerdem hatte ich diesen leidigen Drehtag jetzt ohnehin schon fast geschafft, da würde ich wohl auch die Show noch hinter mich bringen. Ich würde mir doch von so einem Grinsefrosch nicht die Fliege von der Nase schnappen lassen.

Genau! Zeig ihr, wo der Frosch die Locken hat!

Während ich meinen inneren Kampf ausfocht, hatte Lisa Rumpfinger mich keine Sekunde aus den Augen gelassen. Gespannt wartete sie ab, was ich als Nächstes tun oder sagen würde. Der Kameramann hielt ohne Pause auf mich drauf.

Man konnte die Spannung förmlich plätschern hören – auch wenn es in Wirklichkeit natürlich Titisee-Wasser war, das gegen den Bootsrand schwappte.

Du könntest dem Kerl natürlich auch einen Schubs geben. So einen klitzekleinen. Dann könnte er Unterwasseraufnahmen machen, versuchte Stimmchen sich mit einem konstruktiven Vorschlag.

So verlockend dieser Impuls auch war, ich gab ihm nicht nach. Stattdessen sammelte ich meine durcheinandergaloppierenden Nerven und Gedanken ein und erklärte die Situation sehr ruhig und vernünftig. Das macht den Profi schließlich aus.

»Sie sehen«, beendete ich meine kurze Information, »es ist nichts als ein wirklich unglücklicher Zufall. Ich kannte die Frau nicht. Was genau geschehen ist, weiß ich nicht. Die Polizei ermittelt. Das alles hat nichts mit mir oder meinem Umzug zu tun.«

Dass mein Ermittlerehrgeiz längst erwacht war und Ellen und ich bereits begonnen hatten, uns über die Tote und ihr Umfeld zu erkundigen, musste ich ihr nun wirklich nicht auf die Nase binden. Wir hatten das nicht geplant, im Gegenteil, wir wollten die Schrecknisse so schnell wie möglich vergessen. Zumindest war das der Stand bis gestern, kurz nach dem Mittagessen, gewesen.

Ich hatte den Vormittag beim Friseur mit angegliedertem Nagelstudio verbracht, wollte mich fernsehfein machen lassen. Dort war der Mord natürlich Thema Nummer eins gewesen, aber es kam niemand drauf, dass *ich* die Fremde war, die noch versucht hatte, der sterbenden Frau zu helfen, und ich konnte mich bremsen, das zu erzählen. Lieber hörte ich zu, was die Damen so über die Tote zu berichten wussten. Viele Fakten waren es nicht, dafür jede Menge Klatsch und Tratsch um vermeintliche Liebschaften. Und ihre Chefin hatte ihr wohl auch noch das Leben schwer gemacht mit ihrer ewig griesgrämigen Laune. Das sei in der letzten Zeit immer schlimmer geworden.

Genauer nachzufragen, wer die Chefin gewesen war und ob es abgelegte Liebhaber gab, die vielleicht als Täter in Frage kämen, traute ich mich nicht. Dann hätte ich meine Deckung aufgeben müssen. Diesen Sturm wollte ich nicht riskieren, dazu hatte ich im Moment zu viel um die Ohren. Die hätten sich wie ausgehungerte Hyänen auf mich gestürzt. Also lehnte ich mich zurück, schloss die Augen, während meine Nägel bearbeitet wurden, und lauschte der Unterhaltung währenddessen unauffällig mit gespitzten Ohren.

Ellen hatte in der Zeit, in der ich mich verschönern ließ, die letzten Küchenwände gestrichen und auf den Mops aufgepasst, der sich bei uns schon wie zu Hause fühlte. Wir hatten die Besitzer noch immer nicht erreicht.

Hübchen musste arbeiten, auf seine hilfreichen Hände mussten wir leider verzichten. Aber er hatte versprochen, nach Feierabend in Titisee noch ein paar Möbel auseinanderzunehmen – das war auch wichtig.

Als Ellen und ich nach einem Picknick im bereits fertig tapezierten und gestrichenen Wohnzimmer noch einen Kaffee schlürften und darüber diskutierten, wie wir die Möbel stellen wollten, klingelte es. Erstaunt hievte ich mich in die Senkrechte und stapfte durch die Küche zur Haustür. Die Küchentür machte ich hinter mir zu, damit der Mops nicht auf die Straße rannte.

»Hallo«, kam es schüchtern zu mir hergeweht, kaum dass ich geöffnet hatte. »Es tut mir leid, ich hoffe, ich störe nicht, ich wollte nur, also, ich meine …«

Vor mir stand die junge Frau vom Vortag. Babsi. Total verheult, blass wie unsere frisch geweißelten Wände und immer noch komplett neben sich.

Gespensterausflug!

Sie könnte wirklich bei der Geisterbahn anheuern – ganz ohne Maske. Aber das war auch kein Wunder. Mein Hals schnürte sich zu, wieder sah ich Carolins Gesicht vor mir, dieses sanfte Lächeln, mit dem sie sich von der Welt verabschiedet hatte. Ich fröstelte und rieb mir instinktiv über die Arme. Um Babsi herum waberte eine Nebelwolke aus Traurigkeit.

»Komm doch rein«, forderte ich sie auf, und um Widerspruch gar nicht erst aufkommen zu lassen, schnappte ich ihre

Hand und zog sie hinter mir her zu Ellen ins Wohnzimmer. Ich zeigte auf ein Kissen, das auf der Decke am Boden lag. »Setz dich. Kaffee?«

Babsi hauchte einen Gruß zu Ellen, ließ sich auf die Decke sinken und klammerte sich an das Kissen, das sie fest an sich presste. Der Mops begrüßte unsere Besucherin wie eine alte Bekannte. Er wedelte mit dem gesamten Hinterteil und versuchte, Babsi zu küssen. Dabei keuchte und japste er, dass ich Angst hatte, er würde ersticken.

»Molle!«, rief Babsi. Sie ließ das Kissen los und streichelte den aufgeregten Mops. »Wo kommst du denn her? Ich hab dich schon gesucht!«

»Kennsch du den?«, fragte Ellen. »Der isch uns geschtern zuglaufe.«

Der Mops hatte sich zwischenzeitlich hingesetzt, fest an Babsi gedrückt und so positioniert, dass sie seinen Bauch streicheln konnte. Damit sie besser rankam, hob er extra ein Pfötchen. Das war seine Lieblingskrabbelstelle, so viel hatte ich auch schon herausgefunden.

»Molle ist Carolins Hund«, erklärte Babsi. Im nächsten Moment liefen ihr wieder Tränen übers Gesicht. »Er war Carolins Hund«, verbesserte sie und schniefte. »Ich wollte ihn aus ihrem Haus holen und mich um ihn kümmern. Aber er war nicht mehr da.«

»Bstimmt hätt sie ihn geschtern dabeighät, und er isch devonglaufe. Und mir hän ihn halt gfunde und mitgnomme«, erklärte Ellen in Babsis Tränenflut.

»Kaffee?«, wiederholte ich meine Frage von eben, um sie abzulenken.

Babsi nickte und lächelte, während ihre Augen feucht schimmerten. »Ja, Kaffee wäre fein. Danke.«

Na also. Kurz darauf hatte ich auch Ellens und meine Tasse nachgefüllt, und wir saßen zu dritt auf dem Boden unseres neuen Heims. Unser erster Gast. Das hatte ich mir fröhlicher vorgestellt, aber nun gut, das Leben ist ja kein Wunschkonzert. Zumindest Molle sorgte auf seine herzliche Art für gute Laune.

Wann immer Babsi aufhörte, seinen Bauch zu streicheln, grapschte er mit seiner Pfote nach ihrer Hand und zog sie sehr vehement wieder in seine Richtung. Herrlich!

»Kanntest du sie gut?«, fragte ich, nachdem Babsi sich mit Molles Unterstützung beruhigt hatte. Der Mops schien sehr vertraut mit ihr, ganz offensichtlich kuschelten die beiden nicht zum ersten Mal miteinander.

Babsi nickte. »Wir waren befreundet. Ich kann es immer noch nicht fassen. Was soll ich denn jetzt machen? Sie kann mich doch nicht einfach alleinlassen.«

Irgendetwas an dieser Formulierung ließ mich stutzen, aber ich wischte den Gedanken ohne weitere Beachtung zur Seite, etwas anderes trieb mich um. »Hatte sie Familie? Weißt du das? Jemand, der sich um Molle kümmern könnte?«

»Nein. Da ist niemand.«

So schnell ließ ich nicht locker. »Aber Carolin war doch eine hübsche junge Frau. Hatte sie einen Freund?« Mir kamen die Friseurgespräche in den Sinn, ich ergänzte: »Eine Freundin?«

Ein nachdrückliches Kopfschütteln kam als Antwort. War da ein Zucken gewesen, oder hatte ich mich getäuscht? Babsi beugte sich wieder zu Molle, und ich konnte ihr Gesicht nicht mehr sehen.

»Ach komm, Babsi. Uns kannst du es sagen. Soweit ich gehört habe, war Carolin kein K–«

»Ach, die Leut! Die sind doch nur zufrieden, wenn sie schwätze könne! Die sollen sich lieber um ihren eigenen Dreck kümmern«, fuhr Babsi mir ins Wort. »Es gibt niemanden, der Molle nehmen könnte. Basta.«

Oha. So feurig? Hatte ich da versehentlich einen Nerv getroffen? Ich beschloss, die Sache erst einmal auf sich beruhen zu lassen. Der richtige Umgang mit der Zeit ist ein wichtiges Instrument bei Ermittlungen.

Wir kommen auf den Hund. Ich hab's ja schon immer geahnt!

Stimmchen schwankte zwischen Entsetzen und Begeisterung.

»Dann müsse mer ihn doch ins Tierheim bringe?« In Ellens Frage klang deutlich Bestürzung mit. Sie schenkte dem Findelmops einen zärtlichen Blick. Der Kerl hatte ihr Herz im Sturm erobert, genau wie ich es vorhergesehen hatte. Und mich hatte er sowieso in der ersten Sekunde schon um die Pfote gewickelt. Ellen schaute besorgt zu Molle rüber. »Im Heim geht des Kerlchen doch kaputt, des könne mer ned mache. Wer soll sich denn da richtig um ihn kümmre? Der braucht doch Mensche un Liebe un Streicheleinheite. Gugg ihn doch nur an. Aber mir könne ihn au ned einfach bhalte. Des wär ja, des wär, hm, was wär des denn? Diebstahl? Unterschlagung?« Nachdenklich kaute sie auf ihrer Unterlippe und ließ den Mops dabei nicht aus den Augen.

»Wer soll denn was dagegenhaben?«, fragte jetzt Babsi. »Wenn es Erben gibt, können die sich ja melden, wenn sie ihn wollen. Ich kann ihn nicht nehmen. Thomas, mein Mann, hat einen Setter, und er will keinen zweiten Hund, das Thema hatten wir schon ein paarmal. Ich müsste ihn allein in Carolins Haus lassen und jeden Tag hingehen, ihn füttern, ihn rauslassen. Da hat er es bei euch viel besser. Und der Staat ist froh um jeden Vierbeiner, der nicht im Heim landet. Oder?«

»Hast du gehört, Molle?« Ich liebte es, wenn der Mops den Kopf schief legte und ein Gesicht machte, als würde er über meine Worte nachdenken. Er konnte allein durch die unterschiedliche Anordnung seiner Gesichtsfalten Geschichten erzählen. »Was meinst du?«, redete ich weiter auf ihn ein und war mir sehr sicher, dass er sehr genau verstehen konnte, dass es um ihn und seine Zukunft ging. »Bleibst du bei uns?«

Wieder ein Moment des möpslichen Nachdenkens, dann ein sachtes Wedeln. Das nahm ich als Einverständnis.

»Abgmacht«, verkündete Ellen und klatschte in die Hände. »Der Kerle bleibt bei uns, und wenn sich jemand meldet, seh mer weiter. Wenn ned, dann wohne mer hier ebe zu dritt. Baschta. So en kleine Moppel kriege mer au noch satt. Des wär ja glacht!«

Und Molle schien zufrieden, denn mit einem kleinen Wuff

sprang er auf und rannte erst zu Ellen, dann zu mir, um uns das Gesicht zu lecken. Das Thema war vorläufig erledigt, und wenn es nach mir ginge, dann bliebe es das auch. So ein Mops bringt schließlich Leben ins Haus, und er sorgt dafür, dass Frau Autorin nicht am Schreibtisch festwächst. Also Gesundheitsvorsorge auf vier Pfoten sozusagen. Müsste eigentlich einen Futterzuschuss von der Krankenkasse geben. Wobei die ja inzwischen nicht mal mehr im Krankheitsfall sicher die Kosten übernahmen, da brauchte ich es mit Erstattungen für Gesundheitsvorsorge wohl gar nicht erst versuchen. Zum Glück war Molle kein Bernhardiner, ein Mops würde uns nicht die Haare vom Kopf fressen. Über die Haare kam ich gedanklich wieder zu meiner neuen Frisur und zum Vormittag. Der Sprung zu den Friseurgesprächen war von da aus nicht mehr weit. Und hier hatte ich die Chance auf Informationen aus erster Hand direkt vor mir sitzen.

»Was war Carolin denn für ein Mensch?«, fragte ich Babsi deshalb. »Auf jeden Fall war sie tierlieb, das ist ja schon sympathisch. Aber sonst? Weißt du, was sie gestern dort hinten im Maisfeld wollte? Hatte sie vielleicht doch einen Freund? Vielleicht ja auch eine Liebschaft? Irgendwas, was nicht ans Licht kommen soll?«

Hübchen hatte berichtet, dass Babsi ausgesagt hatte, sie wisse von nichts. Sie habe Carolin zufällig gefunden und sei direkt losgelaufen, um Hilfe zu holen. Sie habe niemanden gesehen und auch sonst keine Beobachtungen gemacht. Aber er war auch sicher, dass sie nicht alles gesagt hatte. Sein Polizistenspürsinn sagte ihm das – zumindest behauptete Hübchen das. Und ich glaubte ihm, auch wenn seine Spürnase bei unserem ersten gemeinsamen Fall offensichtlich unter Schnupfen gelitten hatte. Das Bullengesicht hatte sich vom in fremden Revieren wildernden Kollegen allerdings nicht reinreden lassen und Hübchens Ahnungen als Hirngespinste abgetan. Sie würden den Täter schon kriegen, auch ohne seine Hilfe. Er solle sich um seinen eigenen Dreck scheren. Genau das hatte das Bullengesicht ihm wohl mit auf den Weg gegeben und ihn dann weggeschickt. Er solle die Ermittlungen nicht weiter behindern.

Hübchen hatte gekocht vor Wut. Ein verletzter Elefantenbulle – das war gefährlich. Er war so stinksauer, dass er mir bis zu seiner Abfahrt nicht ein einziges Mal auf den Busen geglotzt hatte. Die Lage war ernst, und der brodelnde Hübchen keine sehr angenehme Gesellschaft.

Aus dem Grund waren Ellen und ich auch froh gewesen, als er – immer noch kochend – abends nach Hause gefahren war. So hatte er genug Zeit, sich abzukühlen. Und Ellen und ich konnten uns um unser Haus und den Umzug kümmern. Das war eine gute Ablenkung. Besonders weil die Neugier mir auf der Haut kribbelte. Aber der Fall war Sache der Polizei. Ich war Autorin, keine Privatdetektivin, und das alles ging mich überhaupt nichts an. Zumindest hatte ich mir das eingeredet.

Aber jetzt, wo Babsi schon mal hier bei uns saß, juckte es mich eben doch. Vielleicht könnten wir im lockeren Gespräch etwas rausfinden, was die stoffeligen Polizisten mit ihrer ignoranten Art ihr nie entlocken könnten.

Bist. Du. Wahnsinnig?

Ganz ruhig, Stimmchen. Ich will doch nur mal hören.

Hör auf mit dem Mist. Wir sind keine Ermittlerinnen. Hast du den Stress vergessen, den wir mit der letzten Leiche hatten?

Als ob ich auch nur eine Sekunde dieser Zeit vergessen könnte. Aber jedes einzelne graue Haar, das mir die Ermittlungen beschert haben, ist es wert gewesen, denn immerhin sitzt durch uns ein Mörder hinter Gittern. Darf ich dich daran erinnern, Stimmchen?

Keine Antwort.

Stimmchen saß im hintersten Eck meines Kopfes und schmollte. Auch gut. So hatte ich wenigstens meine Ruhe und konnte mich auf Babsi konzentrieren, die zu erzählen begann. Aber nur stockend, sie ließ sich die Informationen einzeln aus der Nase ziehen. Buchstabe für Buchstabe.

An dieser Stelle wurden meine Erinnerungen unsanft durch die Gegenwart gestört. Das Boot schaukelte jetzt nicht mehr, sondern es tanzte Polka auf den Wellen. Ein Kameramann konnte sich im letzten Moment mit dem Fuß an der Sitzbank festklemmen, sonst wäre er rückwärts über Bord gegangen.

»Wir brechen ab!«, rief der Breitmaulfrosch. »Ich glaube, wir haben ohnehin alles im Kasten, oder? Wunderbar! Dann los, nichts wie zurück ans rettende Ufer!«

Trocken würden wir das nicht schaffen, das wurde mir beim Blick in den Himmel sofort klar. Dicke Wolken hatten sich vor die Sonne geschoben. Die Schlechtwetterfront war offensichtlich nicht länger damit zufrieden, mir lediglich die Laune zu verhageln, sie hatte es auch auf meine neue Frisur abgesehen.

Kaum hatte ich das gedacht, fing es auch schon an zu tröpfeln. Erst sehr sacht, doch innerhalb von Sekunden brach ein Platzregen los. Dicke Tropfen pfladderten auf uns runter.

VIER

7. Mai

»Jetzt mach halt mal vorwärts, du brauchsch ja wieder ewig.«

Thomas stand im Türrahmen und beobachtete ungeduldig, wie Babsi die letzten Akzente setzte. Lippenstift, noch etwas Rouge, einmal durch die Haare strubbeln, gut.

»Immer mit der Ruhe, ich bin ja schon fertig.« Damit drehte sie sich einmal kokett um sich selbst. »Gfallt's dir?«

»Du gfallsch mir doch immer. Könne mer jetzt endlich los?«, gab er zurück, in einem Tonfall, als würde er die Steuererklärung rezitieren.

Hingeguckt hatte er natürlich auch nicht – wozu auch, sie war ja nur seine Frau. Babsi wusste wirklich nicht mehr, was sie noch anstellen sollte. Dabei hatte sie sich so auf das Frühlingsfest gefreut und so viel Hoffnung auf diesen Abend gesetzt. Sie hatte sich sogar extra ein neues Sommerkleid gekauft. Luftig, locker schwingend, mit Rosen drauf und einem perfekten Ausschnitt, nicht zu viel, aber auch nicht zu brav. Genau richtig, um die Phantasie anzuregen.

Sie wollte tanzen, lachen und endlich mal wieder ein Funkeln in die Augen ihres Mannes zaubern. Ein Funkeln, das sie lange nicht mehr gesehen hatte – zumindest nicht im Zusammenhang mit sich selbst. Thomas schien von ihr und dem Eheleben nur noch gelangweilt zu sein. Bei anderen Weibern war er aufmerksam, charmant und geizte nicht mit Komplimenten. Und die ließen sich das gern gefallen, denn ihr Ehemann war eine Mischung aus George Clooney und Bradley Cooper. Sein Aussehen, seine gut trainierten Muskeln und die warme Stimme waren eine absolut umwerfende Kombination – was er auch sehr wohl wusste. Ein Mann, der Frauenherzen zum Seufzen brachte. Und er ließ nichts anbrennen, klebte mit seinem Blick an jedem weiblichen Hintern, der ihm vor die Augen kam, und wann immer er die Möglichkeit hatte, folgten dem Blick auch Körperteile.

Nur durch seine eigene Ehefrau sah er hindurch, als sei sie aus Luft. Das war nicht immer so gewesen. Als sie sich kennengelernt hatten, war er hinter ihr her gewesen wie noch nie ein Mann hinter ihr her war. Er hatte sie überschüttet mit Blumen und Aufmerksamkeit. Er hatte gesprüht vor Witz und Charme und hatte ihr Herz in wildesten Rhythmen schlagen lassen. Er konnte ihr nicht nur sprichwörtlich, sondern ganz real die Wünsche von den Augen ablesen, und kein Weg war ihm zu weit, keine Aufgabe zu schwierig, um ihr ein Lächeln auf die Lippen zu zaubern. Er war ihr Held gewesen. Wenn sie daran dachte, dass er einmal seine Feuerwehrkumpel überredet hatte, sie mit einem großen Feuerwerk am Rhein zu überraschen. Komplett verboten, aber wunderbar romantisch. Und der Sex mit ihm war einfach nur wow! Sie war kein unerfahrenes Schäfchen gewesen, aber er brachte sie zum Singen, wie kein Kerl es je geschafft hatte.

Was waren ihre Freundinnen neidisch gewesen, und Babsi selbst konnte es lange nicht fassen. Ausgerechnet sie hatte sich den feschesten Kerl aus dem Ried geangelt. Der Himmel hing voller rosaroter Wolken, und die Zukunft glitzerte in den schönsten Regenbogenfarben.

Doch ziemlich bald nach der Hochzeit hatte das Liebesfeuer an Intensität verloren. Zuerst machte sich Babsi noch keine Gedanken. Es war schließlich normal, der Alltag machte vor der Liebe nicht halt. Kein Paar konnte unentwegt auf rosa Wolken tanzen, redete sie sich sein nachlassendes Interesse an ihr schön.

Inzwischen waren die Wolken allerdings schmutzig grau und hatten sich über ihr gesamtes Leben ausgebreitet. Von dem schillernden Regenbogen ihrer Zukunft war nichts mehr übrig. So hatte sie sich das gemeinsame Leben wahrlich nicht vorgestellt. Sex gab es nur noch selten, und wenn, dann ohne besonderen Reiz. Zum Singen brachte er sie gar nicht mehr. Stattdessen konnte Babsi nicht mehr zählen, welche Frauen Thomas angeblich schon alle beglückt hatte. Die Leute im Ort hatten diesen mitleidigen Ausdruck in den Augen, wenn sie ihr begegneten. Babsi schämte sich, und sie wusste gar nicht, was sie mehr ärgerte: Thomas und seine Weibergeschichten oder sie selbst, weil sie sich das gefallen ließ. Doch noch war sie nicht bereit, sich geschlagen zu geben. Sie klammerte sich an ihre Liebe, von der nur noch ein kleiner Schatten übrig geblieben war, und heute wollte sie alles daransetzen, sich ihren Mann und die rosa Wolken zurückzuerobern.

»Schau mal«, sagte sie und hob ihren Rock gerade so weit hoch, dass das blaue Strumpfband unter dem Saum hervorblitzte. Thomas war ein Genießer, und er liebte Dessous. Er konnte mit unglaublicher Geduld und Fingerfertigkeit Bändchen und Häkchen lösen und genussvoll ein solches Geschenk auspacken.

Und tatsächlich, die Botschaft kam an. Sie sah das Blitzen in seinen Augen, die sich von braun auf fast schwarz färbten. Er hatte angebissen.

Lachend wich Babsi aus, als er nach ihr greifen wollte. »Nicht doch. Du hattest es doch so eilig. Komm, jetzt geh mer feiern.« Mit schwingendem Hintern lief sie vor ihm her durch den Garten auf die Straße. Sie spürte, wie sein Blick an ihr klebte, und ein kleines Triumphgefühl stieg in ihr auf.

Als Thomas sie eingeholt hatte, klatschte er ihr auf die Pobacke. »Luder«, hauchte er, und seine Stimme klang rau.

»Alles für dich, mein Schatz.« Sie kicherte und strich ihm über den Schritt, der sich deutlich wölbte.

Ihre Laune stieg. Vielleicht würde doch noch alles gut werden. Vielleicht hatte sie sich einfach zu wenig Mühe gegeben.

Hand in Hand betraten sie die Festscheune. Brodelndes Stimmenwirrwarr, Gelächter und Musik waberten ihnen entgegen. Die Stimmung kochte bereits, und Babsi schnappte sich ihren Thomas und zog ihn auf die Tanzfläche. Einen Samba lang lief es phantastisch, doch schon beim nächsten Stück verlor er das Interesse. Er scannte die Menge und vor allem die Frauen ab. Der Jagdtrieb schlug mit voller Wucht zu.

»Ich brauch was zu trinken«, japste Babsi, die sehr wohl bemerkt hatte, dass Thomas Richtung Evelyn gierte, die in einem Minikleid, das kaum den Po verdeckte, mit lasziven Bewegungen neben ihnen tanzte.

»Geh nur«, kam prompt seine Antwort. Bevor sie begriffen hatte, was geschah, schob er sie auch schon auf die Bar zu und sagte: »Ich brauch noch Bewegung.« Zack, tanzte er Evelyn an und kümmerte sich nicht weiter um sie.

Völlig überrumpelt und fassungslos bahnte Babsi sich ihren Weg zur Getränkeausgabe, holte sich eine Cola mit Schuss und suchte einen Platz. Sie fühlte sich wie betäubt. Wie konnte ihr Mann nur so ein Monster werden? Merkte er denn überhaupt nicht, wie weh er ihr tat? War es ihm egal? War sie ihm egal?

DJ Pille, der in Wirklichkeit Philipp Rüdiger Pillmeier hieß und Geselle beim hiesigen Fliesenleger war, hüpfte wie wild hinter seinem Mischpult herum und groovte zu »Atemlos durch die Nacht«. Die Meute an den Tischen johlte und pfiff, während die Pärchen auf der Tanzfläche alles gaben, was die Füße mitmachten. Drehungen über Drehungen, fliegende Röcke und Haare und Hände, die nicht immer brav auf dem Rücken lagen, wo sie eigentlich hingehörten. Und weil die Herren sich manchmal zierten, scheuten sich die Frauen nicht, auch miteinander zu tanzen. Petra und Carolin gaben ein gutes Paar ab. Und auch Claudia und Sonja legten einen flotten Auftritt hin. Dorffestalarm!

Babsi saß auf der Bank direkt an der Tanzfläche und sah zu, wie Thomas seine Tanzpartnerin gekonnt durch die Gegend schleuderte. Sybille hatte Evelyns Platz in seinen Armen eingenommen. Pille war inzwischen zu Rock 'n' Roll übergegangen, und Thomas klatschte seiner Tanzpartnerin frech auf den Hintern, nachdem er sie erst durch seine Beine hindurch und dann fast senkrecht nach oben geschleudert hatte. Sybille lachte und warf ihre Locken in den Nacken.

»Komm, trink einen mit, Babsi«, forderte Benno sie auf und schob ein Bierglas zu ihr rüber, das er gerade der Kellnerin vom Tablett genommen hatte.

Babsi, die ihre Cola mit Schuss mit ein paar großen Zügen geleert hatte, griff den Krug, stieß mit Benno und den anderen

Mitgliedern der freiwilligen Feuerwehr an und nahm einen tiefen Schluck. Es schmeckte bitter. Nach Eifersucht und nach Betrug. Und sie konnte an jedem einzelnen Augenpaar der Männer ablesen, dass die Jungs das Gleiche dachten. Kalter Zorn packte Babsi. Wieso saß sie da und schaute zu? Wieso wehrte sie sich nicht? Sie hatte die Nase voll von dem Mitleid ihrer Mitmenschen.

»Jetzt bin ich dran!«, rief sie im nächsten Moment und schnappte Bennos Hand. »Komm, tanz mit mir.«

Überrumpelt ließ sich Benno von Babsi auf die Tanzfläche ziehen. Er machte mit, als sie sich von ihm rumwirbeln lassen wollte, und er wehrte sich nicht, als sie die Führung übernahm und quer über die Tanzfläche zu Thomas und Renate (Sybille hatte sich inzwischen Hubert geschnappt) steuerte.

Als sie sah, dass Thomas seine Hand auf Renates Busen geparkt hatte, schnappte Babsi nach Luft, und im nächsten Moment drückte sie dem armen Benno einen Kuss auf die bierfeuchten Lippen und drängte sich an ihn, als wolle sie ihn an Ort und Stelle vernaschen.

Doch das wurde dem arglosen Kumpel dann doch zu viel. »Spinnsch du?«, fauchte er, nachdem er Babsi an den Oberarmen gepackt und ein Stück von sich weggeschoben hatte. »Was soll denn des?«

In dem Moment wurde Babsi ihre eigene Dummheit bewusst. Thomas flirtete völlig unbeeindruckt weiter mit Renate, und Babsi wusste, sein Funkeln gehörte wieder einmal einer anderen. Ihr war klar, dass ihr Mann auch in dieser Nacht nicht im Ehebett landen würde. Eher im Heu, und das dann auch sicher nicht mit ihr, seiner angetrauten Frau, sondern mit einem der Dorfflittchen. Viele gab es eh nicht mehr, die er nicht schon gehabt hatte.

Sie riss sich von Benno los und stolperte tränenblind über die Tanzfläche Richtung Ausgang. Dabei achtete sie nicht auf die Empörung der Tänzer, die sie aus dem Weg rempelte. Draußen standen die Leute in Grüppchen beieinander, lachten, rauchten und tauschten den neuesten Tratsch aus. Bestimmt würde es nur noch Minuten dauern, bis auch sie Gesprächsthema war. Wieder einmal. Sie hatte es so satt!

Ohne auf die Rufe einiger Bekannter zu reagieren, rannte Babsi um die Dorfscheune herum und ließ sich beim Sandsteinbrunnen auf die Bank sinken. Dort endlich hatte sie ihre Ruhe, legte ihr Gesicht in die Hände und weinte hemmungslos.

»Na, geht's wieder?«, fragte eine sanfte Stimme, als Babsis Schluchzer nach einer gefühlten Ewigkeit endlich weniger wurden. Ein Taschentuch wurde zu ihr rübergestreckt. Babsi nahm es, putzte sich ausgiebig die Nase und trocknete ihr Gesicht.

»Wieso lässt du dir das gefallen?«, fragte Carolin und legte den Arm um sie. »Dieses Arschloch hat dich doch gar nicht verdient.«

»Aber ich lieb ihn halt«, heulte Babsi schon wieder los. Trotz ihres Elends freute sie sich, dass Carolin da war. Sie waren seit der Schulzeit befreundet. Nicht eng, aber doch so, dass sie sich gegenseitig wertschätzten und schon oft gute Gespräche geführt hatten.

»Ach, Liebe«, sinnierte Carolin und wiegte nachdenklich den Kopf. »Das ist so ein strapaziertes Wort. Kann es Liebe ohne Respekt geben? Was genau liebst du denn? Wirklich ihn? Ich meine, den Mann, der da auf der Tanzfläche an den Ärschen anderer Weiber rumfingert? Oder vielleicht doch eher die Erinnerung an den Mann, der er einmal war? Vielleicht liebst du auch den Wunschtraum? Den Mann, den du gern in ihm sehen möchtest, der er aber gar nicht ist?«

Ein tiefes Seufzen löste sich aus Babsis Brust. Sie lehnte sich an ihre Gesprächspartnerin an und dachte über deren Worte nach.

Es tat gut, wie Carolin ihr dabei über die Haare strich und über den Arm. Es gab ihr das Gefühl von Geborgenheit.

Nach einiger Zeit fing sie an zu erzählen. Von dem Feuer, das es früher zwischen ihr und Thomas gegeben hatte. Von den guten alten Zeiten, von besonderen Situationen und schönen Momenten.

»Wie lange ist das her?«, fragte Carolin, als Babsi verstummte und sich wieder in ihre Gedankenwelt zurückzog. »Wann habt ihr das letzte Mal zusammen gelacht? So richtig, meine ich. Wann hattet ihr das letzte Mal wirkliche Nähe?«

Die Fragen trafen wie Schüsse ins Schwarze. Wieder stiegen Tränen und Verzweiflung in Babsi hoch.

»Caro?«, klang ein Ruf zu ihnen rüber. »Bist du da? Alles klar bei dir?«

»Ja, alles in Ordnung, Petra. Ich brauch nur ein paar Minuten Ruhe. Ich komm später wieder rein.«

Carolin streichelte weiter beruhigend über Babsis Arm, hinunter bis zu ihrer Hand. Sanft strich sie über die Finger, und wie von allein verflochten sich die Frauenhände, lösten sich wieder, fanden sich neu.

Babsi erwiderte die Berührung. Sie dachte nicht mehr nach, ließ sich fallen und genoss die wohltuende Nähe.

Und auf einmal war das nicht mehr nur Trost. Ganz vorsichtig tasteten die beiden Frauen sich aneinander heran. Ihre Lippen fanden sich. Der Kuss war schüchtern, zaghaft. Dann stürmisch und bald schon so leidenschaftlich, dass Babsi ein Stöhnen nicht zurückhalten konnte. Hände tasteten, glitten unter Stoff.

In dieser Nacht fühlte sie sich zum ersten Mal seit Monaten wieder geliebt und wahrgenommen.

FÜNF

19. September

»Sag mal, glaubst du, sie hat uns alles gesagt?«, fragte ich in Ellens Richtung, während ich einen Stapel Bücher bis zum Tisch jonglierte und dort absetzte. Nicht, dass wir diese Frage nicht schon fünfundfünfzig Mal durchgehechelt hätten, aber sie beschäftigte mich eben. Und auch wenn wir gerade oben im Titiseehaus die letzten Umzugsvorbereitungen trafen, war ich in Gedanken weiter in Neuheim und bei dem Fall.

Molle rannte aufgeregt zwischen mir und Ellen hin und her und versuchte auf Mopsart zu helfen, was uns die Arbeit nicht wirklich leichter machte. Er hatte ein besonderes Geschick, einem immer im falschen Moment vor die Füße zu laufen. Aber wenn er dann sein Gesicht in Falten und den Kopf schief legte und auf ein Lob wartete, dann konnte ich nicht anders und musste ihm einfach kurz die Schlappohren kraulen oder ein Leckerchen ins weiche Maul schieben. Das machte ich auch jetzt ganz automatisch, während meine Gedanken bei der Toten und den Rätseln, die um die Geschichte waberten, verweilten.

Seit Babsi uns vor drei Tagen besucht hatte, um sich für unsere Hilfe zu bedanken, ließ mich das Thema nicht mehr los. Besonders Babsis Zusammenzucken, als ich erzählt hatte, dass Carolin noch versucht hatte, etwas zu sagen. Nicht, dass ein gehauchtes »…aa…« uns irgendwie weiterbringen könnte. Es war letztlich so nichtssagend, dass ich es der Polizei gegenüber nicht mal erwähnt hatte. Schließlich konnte das alles heißen, alles und nichts. Und dennoch, Babsi war die Farbe, von der ohnehin kaum welche vorhanden war, vollständig aus dem Gesicht gefallen, und ich hatte einen Moment gedacht, sie würde in Ohnmacht kippen. Gleich darauf hatte sie sich wieder unter Kontrolle, aber der Zweifel, ob sie uns gegenüber mit offenen Karten spielte, war gesät.

Wie gut hatte sie Carolin gekannt? Hatte sie doch mehr mit

der Tat zu tun, als sie zugab? War sie es am Ende sogar selbst gewesen? Ich schloss das aus, dazu war Babsi zu betroffen.

Leider hatte ich durch den fürchterlichen Dreh mit dem Breitmaulfrosch und die Umzugsvorbereitungen noch überhaupt keine Zeit gehabt, richtig in die Ermittlungen einzusteigen. Ich sortierte lediglich gemeinsam mit Ellen immer wieder aufs Neue die paar mickrigen Informationen, die uns zur Verfügung standen, und konnte es kaum erwarten, endlich mehr zu erfahren.

Nachdenklich packte ich Buch um Buch in den Karton. Irgendwie ein komisches Gefühl, jetzt hatte ich mich gerade in Titisee eingelebt, und schon zog ich wieder weiter. Aber auch wenn es merkwürdig war, ich stand zu der Entscheidung. Das hier war nur eine Zwischenstation gewesen. Wichtig, aber eben nur vorübergehend. Noch einmal schlafen, dann war es so weit, dann würde ich in meiner richtigen neuen Heimat landen.

Ellen steckte zur Hälfte im unteren Küchenschrank und sammelte Schüsseln und Deckel zusammen. Sie schnaufte und ächzte, und es dauerte eine Weile, bis sie auf meine Frage reagierte. Jetzt streckte sie ihren Kopf vor.

»Irgendebbes stimmt ned, und wenn du mich fragsch: Die Polizei isch aufm Holzweg. Die mache sich's viel z' eifach. Aber des kenne mer ja scho. Wieso sollte die in de Ortenau besser sein als der Benjamin? Die sin doch alle miternander irgendwie betriebsblind. Und wenn's doch d' Babsi war? Ich mein, ja, sie isch betroffe. Aber wenn ich zugstoche hätt, wär ich au durch de Wind. Nur deshalb ausschließe könne mer se ned.«

Auch wenn sich mein Bauchgefühl sträubte, ich musste Ellen recht geben. Einfach ausschließen ging nicht, da würde Sherlock sich im Grabe umdrehen. Wenn, dann mussten wir ihre Unschuld beweisen, indem wir den Täter überführten. Die Polizei vermutete eine Beziehungstat und konzentrierte zurzeit die gesamte Ermittlung darauf, den Freund von Carolin zu finden. Wer das sein sollte und wieso es zu einem Streit gekommen sein könnte, das wussten wir noch nicht. Ob die

Polizei wirkliche Anhaltspunkte hatte, hielten wir für fraglich. Nach allem, was Hübchen bislang erfahren konnte, stocherten die Beamten im Trüben.

»Wenn wir morgen endlich unten gelandet sind, knöpfen wir uns Babsi noch mal vor. Wir kriegen die Wahrheit schon aus ihr raus.«

Hört, hört. Frau Superermittlerin ist ja gar nicht von sich überzeugt. Pass nur auf, Hochmut und so …

Quatsch, Hochmut. Instinkt und gesunder Menschenverstand, Stimmchen. Hast du vergessen, wie es beim letzten Mal war? Wer hat denn da richtig kombiniert, hm? Die Polizei oder wir? Stimmchen schwieg.

Auch wenn ich fast sicher war, dass Babsi Informationen zurückhielt, ihre Betroffenheit über Carolins Tod war echt, das spürte ich. Sie kam meinem Bauchgefühl nach als Täterin nicht in Betracht. Aber da gab es noch mehr, viel mehr. Mein Ermittlerinnennäschen juckte und kribbelte, das machte mich ganz verrückt. Ich konnte es kaum erwarten, im Ried zu wohnen. Vor Ort hatten wir ganz andere Möglichkeiten, uns umzuhören. Wir mussten unbedingt mehr erfahren, komplett in die Geschichte eintauchen: Wer war Carolin? Wen kannte sie? Wer mochte sie? Oder, noch interessanter: Wer mochte sie nicht und weshalb? Und ja, natürlich wollte ich auch wissen, wer ihr Freund war. Ich hatte zwar nicht vor, ihn als Hauptverdächtigen abzustempeln, aber natürlich musste man auch ihn ins Kalkül einbeziehen.

Während ich in Gedanken bei der Toten und Babsi war, nahm ich den Karton vom Tisch und machte Platz für den nächsten. Meine Bandscheibchen jaulten.

»Autsch!«, stöhnte ich und versuchte mit einer kleinen Massage die Rückenmuskeln ein bisschen weicher zu bekommen und gegen den Schmerz zu arbeiten. »Beim nächsten Karton, den ich heben muss, verabschieden sich meine Bandscheiben, das melden sie gerade laut und deutlich. Kannst du mir sagen, wie ich das Ganze hier überleben soll?«

Ich setzte mich auf den Karton, den ich gerade auf den

Boden gehievt hatte, wischte mir mit dem Handrücken über die verschwitzte Stirn und beobachtete Ellen, die inzwischen aus dem Schrank geklettert war und ungebremst Karton um Karton packte. Die gute Laune, die sie dabei versprühte, war geradezu unverschämt.

Mein Blick fiel auf meine gerade erst frisch lackierten und schon wieder deutlich ramponierten Fingernägel, und ich schnaubte unwillig. Ich hatte die Nase so was von voll. Nie wieder renovieren! Nie wieder umziehen! Nie wieder überm…, na ja, okay, man soll ja nicht zu oft nie sagen, also übermütig sein konnte ja schon auch Spaß machen, zumindest dann, wenn der Übermut nicht gerade mit einem Hauskauf und daraus resultierendem Umzug zusammenfiel. Aber das war in absehbarer Zeit ohnehin nicht zu befürchten. In unserem Schnuckelchen würde ich die nächsten hundert Jahre wohnen bleiben, das war so sicher wie Fliederduft im Frühling. »Ich möchte bitte, bitte jetzt sofort eine Zeitmaschine und damit die nächsten Tage einfach überspringen«, jammerte ich.

Dann bist du aber auch von jetzt auf gleich ein paar Tage älter. Welche Frau kann das ernsthaft wollen? Denk an die Falten!

Wenn ich keine Kisten mehr schleppen muss, nehme ich auch ein paar Falten in Kauf. Das sind ja schließlich Lebenslinien, konterte ich und wehrte Molle ab, der versuchte, zu mir auf den Karton zu springen. Er fand die ganze Packerei total aufregend und schien fest davon überzeugt zu sein, dass es ein Spiel war, das wir nur für ihn veranstalteten. Ich musste trotz meiner Erschöpfung lächeln. Da er bei mir kein Glück hatte, kletterte Molle jetzt zu den Handtüchern in Ellens Karton.

»Du brauchsch ned eingepackt werde, du verrückter Kerle. Dich vergesse mer scho ned.« Ellen lachte, hob den Mops aus dem Karton und setzte ihn wieder auf den Boden. Zack, schon hatte er wieder ein Leckerchen abgestaubt. Wenn das so weiterging, mussten wir demnächst ein Sportprogramm für ihn auf den Tagesplan nehmen, sonst könnte er bald spazieren rollen. Aber erst einmal war das Wichtigste, dass er sich bei uns wohlfühlte und sein Frauchen nicht zu sehr vermisste. In stillen Momenten spürte ich es nämlich, da wirkte er plötzlich traurig, und manchmal winselte er ohne erkennbaren Grund leise. Das schmerzte mich bis in die hinterste Herzzelle, einfach weil ich wusste, dass ich ihm sein Frauchen nicht wiederbringen konnte. Ich konnte nur versuchen, seine Sehnsucht nach Carolin zu mildern. Ein guter Grund also, Herrn Mops nach Strich und Faden zu verwöhnen.

Obwohl es noch nicht einmal Mittag war, fühlte ich mich jetzt schon komplett erledigt und wie so oft in letzter Zeit bettreif. Bett! Was für ein wunderbares Wort. Was für eine köstliche Vorstellung! Ich sehnte mich so sehr nach einer richtigen Schlafstätte, keiner Luftmatratze, keiner auf dem Boden liegenden Notlösung, sondern nach einem echten Gestell mit Lattenrost und Matratze. Frisch bezogen, kuschlig und duftend. Hach! Seit Tagen träumte ich davon.

Oh Sehnsucht süßer Schmerz! Wie verzehrt sich mein Herz.

Ach du meine Güte, Stimmchen war wieder einmal in Dichterlaune. Solche Anfälle hatte sie hin und wieder. Aber ja, mein Herz verzehrte sich wirklich – vor allem aber meine Knochen. Wenn mein Bett erst aufgebaut war, würde ich reinklettern und hundert Stunden nicht mehr aufstehen. So.

»Komm jetzt, Clarissa, träume kannsch, wemmer des hinter uns hän. Ich sag dir ebbes. Mir packe die Pauline voll, fahre runter nach Neuheim und gucke, ob im Schnuckele alles für morgen okay isch. Und dann fahre mer wieder hoch und miete uns für die nächschte Nacht bei de Franziska ein. 's isch ja kei Hochsaison mehr, da hätt sie bstimmt e Zimmer für uns. Dann könne mer gut schlafe und sin morge fit für den Umzug. Was meinsch?«

Das katapultierte meine Laune mit Überschall von tiefgefroren auf wohlig überkochend.

»Ellen, du bist meine Lebensretterin!«, rief ich begeistert. »Auf die Idee hätten wir auch vorgestern schon kommen können. Aber gut, besser spät als nie. Also dann: Worauf warten wir noch?« Ich schnappte die Kiste, wollte sie mit Schwung hochheben und ließ sie in der nächsten Sekunde auch schon wieder fallen. »Ich glaube, die nehmen wir lieber zu zweit«, gab ich mit zusammengebissenen Zähnen von mir.

Mein Rücken war wie aus Beton gegossen, und die Schmerzwellen, die von dort ausgesandt wurden, schossen bis in meine Haarwurzeln. Kurzerhand sperrten wir Molle im Wohnzimmer ein, damit wir nicht über ihn stolperten und er nicht auf die Straße rennen konnte, und packten den schweren Karton zu zweit.

Als wir zur Haustür rauswollten, stolperten wir zwar dank unserer Vorsorge nicht über den Mops, dafür aber fast über den Postboten, der gerade die Hand Richtung Klingel bewegte.

»Morge, die Dame. Des isch jo gschickt. Ein Paket für die Frau Kleinschmidt hätt ich do.« Er tippte auf seinem Zustellgerät herum und hielt es mir zur Unterschrift hin. Dabei grinste er Ellen an. »Und du machschs echt wohr und hausch ab? Simmer nimmer gut gnug für die reich Madame?«

Ellen schnappte empört nach Luft. »Du musch grad 's Maul ufrieße. Du bisch doch vorne debie, wenn's ums Läschtere goht. Umkehrt wird eh Schuh druß. Ihr hän mich doch bhandelt wie ä Ussätzige. Schwarz Witwe, ich weiß genau, dass ihr mich so gnännt hän. Zischelt habts hinter mir her, d' Köpf hänner zammegstreckt und eifach kei Ruh gen. Aber was soll's? Demnächscht könnener gugge, über wen er euch 's Maul verrieße. 's wird sich bstimmt ebber finde. Engstirnigs Pack!«

Ach du meine Güte! Ich hatte mich die letzten Monate ziemlich gut an Ellens Dialekt gewöhnt und verstand sie meistens, auch wenn sie sich mal nicht bemühte, ein bisschen Hochdeutsch drunterzumischen, aber zwei Einheimische unter sich, das klang wie die Sprache von Außerirdischen. Aus den paar Fetzen, die ich verstanden hatte, und aus Ellens zorniger Tonlage konnte ich darauf schließen, dass es um das Gerede ging, um die Gerüchte von wegen schwarze Witwe und Lesbenwirtschaft. Kein Wunder, dass Ellens Augen Giftpfeile Richtung Postboten schossen. Der hatte es plötzlich ziemlich eilig. Ein kurzer Gruß, weg war er.

»Depp, depperter«, grummelte Ellen noch hinter ihm her,

dann schüttelte sie den Kopf und prustete wie ein Ackergaul. »So. Und jetzt auf, ich will ins Tal nunter. Hier obe stinkt's mer.«

»Moment, Ellen. Tut mir leid, aber erst muss ich wissen, was in dem Paket drin ist.«

»Kannsch des ned so mitnehme und unte auspacke?«, schlug sie vor. Nach einem Blick in mein entsetztes Gesicht lachte sie und meinte: »Scho klar. Die liebe Neugier. Alla, dann gucke mer halt erscht nei und fahre dann.«

Wir ließen den Karton, den wir ins Auto hatten schleppen wollen, stehen und nahmen das Paket, das der Postbote gebracht hatte, mit rein ins Haus. Molle umrundete uns keuchend und wedelnd, als wären wir ewig weg gewesen, dabei hatte er keine zehn Minuten warten müssen.

Ich las den Absender, in derselben Sekunde fiel der Groschen. Himmel und Hölle, vor lauter Umzugsstress hatte ich das völlig vergessen: Belegexemplare!

Das entlockte mir einen Freudenschrei, und im nächsten Moment tanzte ich gemeinsam mit Molle um Ellen herum, die mich mit Fragezeichen in den Augen anschaute. »Ellen, das Schwarzwaldbuch! Es ist da! Es ist da-ha!« Ich trällerte in den schiefsten Tönen.

»Echt? Woher …« Sie brach ab, schnappte mich und schob mich zum Karton. »Dann los, jetzt pack scho aus! Ich will's sehe!«

Ein paar Sekunden später saßen wir auf dem Boden – das Sofa hatten wir bereits entrümpelt. Jede hatte ein Buch in der Hand und verdaute das Wunder auf ihre Art. Ellen blätterte, las ein paar Sätze, blätterte weiter und stieß dabei immer wieder kleine und große Bewunderungsrufe aus.

Ich ließ mir Zeit.

»Hallo Kleines«, hauchte ich zärtlich Richtung Buch. Ehrfürchtig streichelte ich über das Cover und bestaunte den Titel: »Schwarzwald für Körper und Seele«. Und mein Name. MEIN Name. Gut, dass ich saß, sonst hätte es mich jetzt umgehauen. Ich würde mich wohl nie daran gewöhnen, und das wollte ich auch gar nicht, zu köstlich war dieser Moment – und das immer wieder, bei jedem neuen Buchkind. Langsam hob ich den Schatz an die Nase und schnupperte. Herrlich! Ein frisches Buchbaby roch nach Hoffnung, nach Aufregung, nach dem Lohn für all das Herzblut. Ich glaubte, die Anstrengung ebenso riechen zu können wie die Freude, wenn ich wieder eine Stelle so hingekriegt hatte, dass ich rundum glücklich und zufrieden war.

Erst nachdem ich es von vorn und hinten ausgiebig bewundert hatte, den Klappentext gelesen und die Buchstaben – die leicht erhaben auf dem Cover prangten – unter meinen Fingern gefühlt hatte, war ich so weit, mein Schätzchen aufzuschlagen. Zau-ber-haft! Der Verlag hatte sich echt ins Zeug gelegt, und die Layouterin verstand ihren Job. Kein Wunder, immerhin war es der Spitzentitel im Herbstprogramm, das hieß, die Erwartungen vonseiten des Verlags waren durchaus hoch.

Ein leichtes Ziehen in der Magengegend meldete sich. Hoffentlich waren die Leser genauso begeistert. Hoffentlich zogen die Buchhändler mit, und alles entwickelte sich wirklich so gut, wie es sich im Augenblick anfühlte. Mein Schwarzwaldbuch war so ansprechend gestaltet und so liebevoll aufgemacht, dass ich kaum fassen konnte, dass es wirklich mein Werk sein sollte. ICH hatte das geschrieben? Wow! Wie bei jedem neuen Buch zogen auch dieses Mal wieder Glücksschauer über mich, Stolz, Staunen und Ungläubigkeit wechselten sich im Sekundentakt ab. Ich lächelte, während ich Seite um Seite bewunderte. Ellen hatte sich inzwischen festgelesen. Nur Molle teilte unsere Begeisterung nicht. Er fand das offensichtlich ermüdend langweilig, denn er hatte sich zwischen meinen Beinen zusammengerollt und schnarchte.

»Hallo?« Eine Männerstimme riss mich aus der Verzauberung. Ich guckte kurz vorwurfsvoll zu Molle – schöner Wachmops, echt – und dann gleich Richtung Tür, um zu sehen, wer es wagte, diesen magischen Moment zu stören.

»Entschuldigen Sie, die Haustür war nur angelehnt. Köhler. Sebastian Köhler. Frau Kleinschmidt?«

Ach du je! Kripo? Wollte der mich verhören, wegen der

toten Carolin? Im nächsten Moment fiel mir ein, dass wir ja in Titisee waren und nicht im Schnuckelchen in Neuheim. Das war kein Polizist, das war der Pressemensch von der Schwarzwälder Rundschau. Den hatte ich total vergessen!

Molle hatte seine Müdigkeit erstaunlich schnell abgeschüttelt, war aufgesprungen und zu dem Herrn gelaufen. Kurzes Schnuppern, dann begeistertes Popowedeln und Umrunden. Sein Auftritt gab mir Gelegenheit, mich kurz zu sammeln. Ich stand vorsichtig auf, mein Rücken duldete keine schnelle Bewegung, und ging mit ausgestreckter Hand auf den Journalisten zu. »Hallo Herr Köhler. Bitte entschuldigen Sie, Sie sehen ja, wir sind mitten im Umzug, und irgendwie habe ich tatsächlich den Termin verschusselt. Aber was soll's? Im Grunde kommen Sie genau im richtigen Moment, sehen Sie, das Schwarzwaldbuch. Druckfrisch!« Ich schnappte zwei Bücher und lotste den Pressemenschen ins Esszimmer – dort standen noch Tisch und Stühle.

»Darf ich Ihnen ein Wasser anbieten? Oder eine Cola light? Sie müssten nur leider mit der Flasche vorliebnehmen, die Gläser sind schon alle verpackt.« Wir hatten extra für diese turbulenten Tage kleine Getränkeflaschen eingekauft, und ich stellte Herrn Köhler das gewünschte Wasser und für mich eine Cola auf den Tisch. Ellen kam hinter uns her.

»Ich nehm de Molle mit nach obe, dann hän ihr hier eure Ruh«, erklärte sie und packte Herrn Mops auch schon am Halsband. Die Ankündigung eines Leckerchens tat das Übrige, mit dem richtigen Argument folgte Molle wohl jedem ohne zu zögern. Die Tür ging zu, und die plötzliche Stille machte mich etwas nervös.

»Ja, also.« Ich zeigte auf das Schwarzwaldbuch. »Das ist es. Mein neuestes Werk.«

Ich spürte das rasende Klopfen meines Pulses bis in den kleinen Finger. Der erste Mensch – abgesehen von Ellen und mir –, der das Buch betrachtete und mir seine Meinung dazu sagte. Direkt und ungefiltert. Die Luft schmeckte auf einmal stickig und schal. Ich stand auf und öffnete ein Fenster. Aber auch der von draußen hereinströmende Sauerstoff machte es nicht besser. Wie atmete man noch mal?

Reiß dich zusammen, du Schaf!

Stimmchen hatte leicht reden. Mir war schlecht.

»Toll!«, kam es endlich vom Tisch, und als ich rüberblickte, strahlte der Pressemensch mir mit ehrlicher Begeisterung entgegen. Ich schloss das Fenster wieder und setzte mich.

Er legte direkt los. »Wie lange haben Sie recherchiert? War es sehr schwierig für Sie als Hamburgerin? Wobei, wenn meine Informationen stimmen, haben Sie als Kind schon einmal hier gelebt. Richtig?«

Die Erleichterung nahm alle Schwere von mir. Ich atmete wieder. Ein. Aus. Ein. Keine Frage nach dem toten Lukas. Keine Andeutungen in Richtung Tod auf dem Titisee oder gar Tod in der Ortenau – falls er die Geschichte überhaupt schon kannte. Einfach nur journalistisches und, wie mir schien, aufrichtiges Interesse an meiner Arbeit.

Entspannt blätterte ich in meinem Buch und erzählte Sebastian Köhler Anekdoten aus meiner Recherchearbeit. Dabei sparte ich nicht mit Selbstironie, als ich ihm zum Beispiel erzählte, wie ich japsend hinter Ellen den Berg hochgekrochen war und sie mich mit ihrem Wissen ein ums andere Mal beeindruckte. Oder wie ich begeistert Taubnesseln ernten wollte, leider aber Brennnesseln erwischt hatte – was mir sehr schnell schmerzhaft klar wurde. Aber auch die Herzlichkeit der Menschen, die Hilfsbereitschaft, der ich fast überall begegnet war.

Wir plauderten eine halbe Stunde, Sebastian Köhler machte sich Notizen, fragte nach, hörte genau zu und wirkte sehr zufrieden. »Sehr schade, dass Sie uns schon wieder verlassen, Frau Kleinschmidt«, sagte er, kurz bevor ich ihn verabschiedete.

Ich lächelte, und in dem Moment tat es mir selbst leid. Nette Pressemenschen waren ein wertvolles Geschenk. Die wuchsen nicht wie Löwenzahn in jeder Ecke. Aber ich konnte ihn – und mich – auch direkt trösten. »Ich ziehe zwar ins Tal runter, Herr Köhler, aber Neuheim im Ried ist ja nicht so weit weg. Ich werde ganz sicher immer mal wieder zu Besuch an den Titisee kommen. Immerhin habe ich hier einige nette Menschen kennengelernt, zu denen ich den Kontakt nicht verlieren möchte. Und wenn Sie mögen, dann informiere ich Sie weiterhin über meine Neuerscheinungen oder sonstige Anlässe, die für die Presse interessant sein könnten.«

»Das klingt gut«, freute er sich. »Werden Sie auch hier in der Gegend lesen?«

»Oh ja. Und zwar sogar die Premierenlesung. Allerdings mit etwas Verzögerung, das hängt mit dem Umzug zusammen. Franziska Wollschläger vom Hotel Schwarzwaldblick wird das organisieren. Wir haben Mitte Oktober ins Auge gefasst, aber der Termin ist noch nicht fest vereinbart. Ich werde ihr sagen, dass Sie Ihnen auf jeden Fall eine Einladung schicken soll.«

Premierenlesung? Davon weiß ich ja gar nichts!, fiepte Stimmchen und hatte einen beleidigten Unterton in der Stimme.

Ruhig Blut, Stimmchen, ich wusste es bis eben selbst nicht, und auch Franziska weiß noch nichts davon. Das war eine spontane Idee.

Na dann, Prost. Hoffen wir mal, dass Franziska überhaupt Lust hat. Auf deine Erklärung, wenn es nicht klappt, wäre ich allerdings gespannt.

Ich ließ Stimmchen unken und konzentrierte mich drauf, das Buch zu signieren. Nur nicht verschreiben, redete ich mir gut zu, während ich krampfhaft überlegte, was ich ins Buch schreiben sollte. Die erste Widmung. Das war etwas Besonderes. Aber meine Hirnwindungen waren zäh und klebrig wie das Harz der Schwarzwälder Tannen. Mir wollte einfach nichts Originelles einfallen. Okay, dann eben sachlich freundlich.

Für Sebastian Köhler.
In Erinnerung an unser Gespräch zur Neuerscheinung.
Viele Schwarzwaldgenüsse wünscht Ihnen
Clarissa Kleinschmidt

Gekonnt malte ich noch ein Gänseblümchen in die Ecke. Fertig. Sebastian Köhler zog zufrieden und beschwingt von dannen, und wir konnten uns endlich auf die Socken machen. Den Karton mit den Belegen nahmen wir mit. Ich wollte mich nicht von meinen Schätzen trennen.

Eine Weile redeten wir über das Schwarzwaldbuch, Ellen zählte die Stellen auf, die sie besonders gelungen fand – und das waren etliche. Immer wieder lachte sie und freute sich, dass »des aber au so schön gworde isch«, wie sie es ausdrückte. In den Gesprächspausen hörten wir das Schnarchen von der Rückbank, Molle war ein guter Autohund. Rein, hinlegen, schlafen. Wir hatten ihm extra einen Gurt gekauft, den man in die Sicherheitsgurtschnalle einklicken und am Geschirr befestigen konnte. So konnte er nicht in einem übermütigen Moment versuchen, nach vorn zu klettern und das Steuer zu übernehmen.

»Weisch«, erzählte Ellen etwas später. »In dem Glücksbuch stehn tolle Gärte drin.« Sie war wieder einmal bei ihrem derzeitigen Lieblingsbuch – neben meinem Schwarzwaldbuch natürlich, wie sie nicht müde wurde, zu betonen. »Und e paar sin ganz in de Nähe. Da will ich unbedingt e mol hin. Und die Babsi nehme mer au mit. Vielleicht erzählt se mehr, wenn mir locker mitnander durch Gärte schlendere. Und so en Gartebesuch tät ihr bstimmt au gfalle. Des Kloster St. Lioba zum Beispiel, die ham en richtig tolle Kräutergarte. Die Beete sind nach Krankheiten zemmegstellt. Des muss ich mir angucke. Es isch halt scho en Unterschied, vom Schwarzwald ins Tal, dort wachst ja viel mehr, und alles isch viel kräftiger, na, also fascht alles. Wemmer de Umzug gschafft habe, dann gönne ma uns den Ausflug. Und nach Lioba gibt's noch Ettenbühl – des muss sagenhaft sein! – und sogar noch zwei Privatgärte, die ganz nah bei uns sind. Einer isch im Elsass und einer nur zwei Dörfer von Neuheim weg. Do muss ma sich amelde, dann kamma die au bsuche. Und ich sag dir, des isch echt verruckt. Jeder Garte isch ganz andersch als de andere, und trotzdem sind se alle toll. Da kann ma sich gar ned entscheide, wie ma es selber habe will. Mir müsse ja überlege, was mir nächschtes Jahr mit unserm Garte mache wolle. Da könne mer die Inschpiration gut brauche.«

Ich lächelte, ließ Ellen erzählen und fragte mich ernsthaft, wo sie die Energie hernahm. Ich war mit Umzug und Bucherscheinungstermin schon überfordert, und Ellen stürzte sich mit Feuereifer obendrein noch in die Überlegungen zur Gartengestaltung, plante Gartenbesuche und verlor auch den Fall nicht aus den Augen.

»Und dann kauf ich mir endlich wieder e eigenes Auto«, spann Ellen ihre Fäden mit ungebremstem Feuer weiter. »Dem Lukas seins hätt ich ja ned bhalte wolle, aber so ganz ohne isch's doch nix. Ich weiß au scho, was ich will. En Dokker wird's. Da hab ich dann gnug Platz, wenn ich am Rhein Treibholz sammel oder andere Sache transportiere will.«

Aha. In meinem Kopf tanzten Ellens Überlegungen einen bunten Reigen und verwirbelten zu einem undurchsichtigen Buchstabensalat. Irgendwo zwischen Klostergarten, neuem Auto und Treibholz hatte ich den Faden verloren. Ich hörte nur noch mit halbem Ohr zu und genoss die Landschaft, die sich mit jedem Kilometer veränderte. Ein wohliges Nach-Hause-kommen-Gefühl machte sich in mir breit. Ich fühlte mich schon so mit dem Ried und Neuheim verbunden, dass ich kaum glauben konnte, dass ich den Ort erst vor Kurzem kennengelernt hatte.

Kurz bevor ich in den Lilienweg einbog, fiel mir ein merkwürdiges Geräusch auf. Alarmiert nahm ich den Fuß etwas vom Gas und lauschte. Es wurde weniger, ich trat aufs Gaspedal, das Geräusch wurde wieder deutlicher. Pauline stotterte. Hey, Kleine, mach keinen Quatsch, wir haben keine Zeit für Sperenzchen.

Pfrz. Das war nicht der Kommentar, den ich hatte hören wollen. Pfrzpffffpfpfpf, machte es noch einmal, dann bockte mein Mini und blieb stehen. Fast genau vor unserem Schnuckelchen, immerhin.

Ich gab einen unartikulierten Fluch von mir und hieb wütend auf das Lenkrad. »Entschuldige, Pauline. Du kannst ja nichts dafür, wenn es dir nicht gut geht«, beschwichtigte ich aber sofort.

»Was war jetzt des?«, fragte Ellen.

»Frag mich was Leichteres. Weißt du was? Du und Molle, ihr geht schon mal rein, und ich laufe eben ums Eck, dort ist eine Werkstatt.«

Glück im Unglück. Frederick, wie der Mechaniker hieß, war nicht nur Profi, sondern er hatte auch tatsächlich Zeit. Und obendrein war er durchaus einen zweiten Blick wert.

»Wenn so e schöne Frau daherkommt, kann ich jo schlecht Nei sage.« Er wischte sich die Hände an der Arbeitshose ab und grinste mich an. Zwei zuckersüße Grübchen, passend zu meerblauen Augen, die schelmisch blitzten. Anfang dreißig, schätzte ich und gratulierte mir zu meiner schlauen Pauline. Ganz sicher hatte sie das für mich eingefädelt.

Hübchen wird begeistert sein.

Tja. Die Konkurrenz schläft nicht, mein Lieber, dachte ich und lief leichtfüßig neben meinem Fang her. Rückenschmerzen? Ich doch nicht!

Betreff: Uiuiui
Datum: 19.09., 21.37 Uhr
Von: Clarissa <Clarisschen@netzwerk.de>
An: Sarah Brachtinger

Hey, hey, Sarah!

Es ist da! Mein neues Baby! Ich sag dir, es wird dich umhauen. Also setz dich lieber, wenn du es auspackst. Dein Exemplar hab ich vorhin Franziska gegeben, sie nimmt es morgen mit der Geschäftspost mit. Ja, du liest richtig: Franziska. Ellen hatte die grandiose Idee, uns eine Nacht bei ihr einzumieten, um unsere Knochen zu schonen.

Ich sag dir, hier ist so viel los, dass ich gar nicht mehr hinterherkomme. Dem Himmel sei Dank haben wir für morgen vier starke Helfer engagiert, ich hätte nicht die Kraft, auch noch Möbel zu schleppen.

Heute haben wir den Rest verpackt und auch schon wieder eine Fuhre mit nach unten genommen - was geschafft ist, ist geschafft. Ich kann es eh kaum erwarten. Jetzt noch mehr als zuvor, obwohl, weil, also, hm.

Okay.

Ich atme durch, und du liest weiter.

Das, was ich dir jetzt erzähle, verrate ich dir nur, weil du echt meine beste Freundin bist. Und weil ich weiß, dass du dich nicht über mich lustig machst. Wehe! Mir reicht es, dass Stimmchen immer noch kichert und prustet.

Aber jetzt von vorn. Wir, also Ellen, Molle und ich, heute auf dem Weg zum Schnuckelchen, plötzlich muckelt Pauline. Ganz schlimmer Mini-Husten. Meine Süße hat es mit Ach und Krach gerade noch so bis fast nach Hause geschafft, dann war der Ofen - oder besser gesagt der Motor - aus.

Ich hab mir solche Sorgen gemacht. Und das ausgerechnet einen Tag vor dem Umzug. Und du weißt ja, wie ich an Pauline hänge. Also ich schnurstracks in die Werkstatt, die zum Glück direkt bei uns ums Eck liegt. Und was soll ich sagen? Meerblaue Augen, Grübchen, um sich hineinzustürzen, und der Körper - nicht von schlechten Eltern: Frederick.

Glaub mir, ich hab mir auf die Schulter geklopft, meine neue Heimat geizt nicht mit Vorzügen, meine Wahl war perfekt. Und Frederick ist obendrein auch noch total hilfsbereit. Er kam sofort mit und hat sich Pauline angeschaut. Motorhaube auf, Startversuche, kritische Blicke und dann - verdammt noch mal, ich hätte nicht gedacht, dass ein Mensch so breit grinsen kann. Natürlich wollte ich wissen, was denn so lustig sei. Er - kein Kommentar. Stattdessen: Kofferraum auf, hinter den Kartons den Reservekanister rausgekramt und Pauline mit Sprit versorgt. Jaaa. Du liest richtig. Ich hab vergessen zu tanken.

Mensch, mir ist jetzt noch heiß. Da steht dieses Bild von einem Mann vor mir und lacht sich scheckig, weil das ja nur einer Frau passieren kann. Sagt der doch zu mir: »Und dabei sind Sie nicht mal blond.«

Ich wollte im Erdboden versinken. So ein Mist. Das kann doch echt nur mir passieren.

Geht's wieder? Bist du fertig mit lachen? Komm, jetzt hör schon auf!

Ich werde mir für den nächsten Kontrolltermin wohl eine andere Werkstatt suchen. Das ist zu peinlich.

Dafür hat das Interview mit der Schwarzwälder Rundschau super geklappt. Übermorgen ist der Bericht drin - passend zum Erscheinungstermin. Ohne Peinlichkeiten - zumindest hoffe ich das.

Ich geh jetzt ins Bett und schäme mich noch ein bisschen. Und nebenbei werde ich über Babsi nachdenken und über Carolin. Und schon mal überlegen, wo wir mit dem Ermitteln starten, wenn wir endlich unten wohnen. Friseur, Bäcker, Gärtnerei, Werkstatt - wenn wir genug Kontakte knüpfen und die richtigen Fragen stellen, werden wir sicher bald mehr über Carolin und ihr Leben wissen. Dass sie kein Kind von Traurigkeit war, habe ich beim Friseur ja schon gehört. Das müssen wir vertiefen.

Ach so, stopp, das wollte ich noch festhalten: Ellen ist heute in Franziskas Küche herumgewuselt. Frag mich, wie sie das schafft, den ganzen Tag ist sie am Räumen, Packen, Pläneschmieden und dabei auch noch gut gelaunt wie eine frischgebackene Lottomillionärin. Aber okay, sie hat also nach Küchenschluss den Schorsch (erinnerst du dich an den Küchenchef?) abgelöst, das Privatkommando übernommen und zusammen mit Franziska die So-halte-ich-die-Umzugshelfer-bei-Laune-Snacks zubereitet, während ich mich - unter Molles Aufsicht - von Sascha - erinnerst du dich an ihn? Ich hab dir schon von ihm vorgeschwärmt! - aufs Feinste hab durchkneten lassen. Der Mann hat heilende Hände, ich schwör es dir. Wenn ich nicht ständig das breite Grinsen von Frederick vor mir gesehen hätte, hätte ich mich sicher noch viel mehr entspannen können.

Ach so, aber was ich sagen wollte, hier kommen die Rezepte. Einfach und köstlich und ganz Ellen, natürlich mit dem besonderen Etwas!

Küsschen
Clarissa <3

Gefüllte Blätterteigtaschen - der perfekte Umzugssnack für alle Taschen

Blätterteig, am besten aus dem Frischeregal und rechteckig; wenn man einen runden erwischt, braucht man etwas Phantasie beim Falten der Teilchen. Tiefgekühlter Blätterteig geht auch.
Pro Packung frischem Blätterteig gibt es acht kleine Teilchen, bei der TK-Variante pro Platte zwei.

Natürlich kann man auch größere Stücke formen, aber gerade wenn es Fingerfood werden soll, sind kleine Teigtaschen leichter zu essen.
Eigelb zum Bestreichen

Die Teigränder mit Wasser anfeuchten und die Taschen verschließen. Dabei kann man Form und Gestaltung nach Herzenslust variieren.
Die Taschen im vorgeheizten Backofen bei 180 Grad 20 Minuten backen. Je nach Backofen kann es ein paar Minuten weniger oder mehr benötigen. Die Teilchen sind fertig, wenn der Blätterteig gut aufgegangen und goldbraun ist. Ist er schwarz, waren die Leckereien zu lang im Ofen. Du weißt, was ich meine, meine Süße. ☺

Schinken-Käse-Teilchen

200 g gekochter Schinken
100 g Käse (Gouda oder Emmentaler)
1 TL Honigsenf
2 EL Schmand
2 EL Mohn

Den Schinken klein würfeln und den Käse reiben, beides mit dem Senf und dem Schmand vermengen und einen gehäuften Teelöffel auf jedes Teilchen geben.
Die geschlossenen Taschen mit Eigelb bestreichen und Mohn darüberstreuen.

Spinat-Feta-Happen

300 g Blattspinat (TK)
1 Knoblauchzehe
150 g Feta

1 EL Olivenöl
etwas Pfeffer
2 TL Sesamsaat

Den Spinat auftauen, grob durchhacken, die Knoblauchzehe schälen und fein reiben, alle Zutaten miteinander vermengen. Das geht am besten mit der Hand, da kann man alles gut durchmatschen, bis der Feta zerdrückt ist.
Auf jedes Blätterteigstück etwas von der Füllung geben.
Die geschlossenen Happen mit Eigelb bestreichen und Sesam darüberstreuen.

Würstchen-Käse-Nascherle (Ich liebe Ellens Sprache!)

4 Scheiben Emmentaler
1 TL Chilisenf
4 Wienerle oder 8 Cocktailwürstchen (Nimm auf jeden Fall frische Würstchen, die aus dem Glas sind eine Beleidung für jeden Gaumen!)

Die Käsescheiben halbieren, den Senf hauchdünn draufstreichen, die Würstchen damit umwickeln (Wienerle halbieren) und mit Blätterteig ummanteln. Man kann die Würstchen ganz einpacken oder ein bisschen Wurst ohne Käse rausschauen lassen.
Mit Eigelb bestreichen und backen.

Hackfleisch-Paprika-Stückchen

2 rote Paprikaschoten
1 kleine Zwiebel
250 g Hackfleisch
1 EL Öl

Salz, Pfeffer, Paprikapulver
2 EL Sonnenblumenkerne

Die Paprika putzen und klein würfeln, die Zwiebel schälen und ebenfalls in kleine Würfel schneiden. Hackfleisch, Paprika und Zwiebeln in dem Öl anbraten, mit Salz, Pfeffer und Paprikapulver würzen.
Die Füllung etwas abkühlen lassen, auf dem Blätterteig verteilen und kleine Taschen formen.
Mit Eigelb bestreichen und Sonnenblumenkerne darüberstreuen.

Puddingtaschen

1 Päckchen Vanillepudding (Da gibt es auch gute, mit echter Vanille und ohne Zusatzstoffe, ein Blick auf die Inhaltsstoffe lohnt sich)
500 ml Milch
2 EL Zucker
4 Zwetschgen
Puderzucker

Natürlich kann man den Pudding auch selbst kochen. Wenn du nächstes Mal zu Besuch bist, machen wir das, liebe Sarah, versprochen!
Den Pudding etwas abkühlen lassen, auf den Blätterteig geben. Die Zwetschgen entsteinen und klein schneiden, auf jedes Teilchen etwas Frucht geben und die Taschen schließen.
Das geht auch mit anderem Obst - man kann das der Saison anpassen.
Die Puddingteilchen mit Eigelb bestreichen. Die gebackenen Taschen kann man nach dem Abkühlen mit Puderzucker bestäuben.

SECHS

20. September

»Hallo, guten Morgen«, wehte es schüchtern zu mir ins Auto. Ich war gerade bis zur Hüfte in Paulines Inneres eingetaucht und versuchte den letzten Karton zu bewegen. Er musste während der Fahrt Wurzeln geschlagen haben, denn er rührte sich trotz heftiger Kraftanstrengung meinerseits keinen Millimeter. Und das, obwohl ich heute dank Saschas Wunderhänden und einer wohligen Nacht in einem superbequemen Hotelbett nahezu fit war. Normalerweise brauchte ich immer ein paar Tage Einliegezeit, aber nach der Tortur mit Luftmatratze und Matratzenlager auf dem Boden nahm meine Nackenmuskulatur das nicht mehr so eng und freute sich ohne Verzögerung über das Geschenk entspannten Liegens. Nur noch hin und wieder, wenn ich es gar zu doll trieb, kam ein leises Fiepen von den Bandscheibchen – wie vorhin, als ich meinte, zwei Kartons auf einmal schleppen zu können. Der prompt einsetzende Schmerz wurde auch dadurch nicht besser, dass Stimmchen kicherte und kommentierte: *Die faule Eselin überlädt sich.*

Du solltest faul und effektiv nicht verwechseln, hatte ich sie zurechtgewiesen, aber danach vorsichtshalber die Kartons einzeln getragen. Die klügere Eselin gibt im richtigen Moment nach oder so ähnlich.

Ich stoppte mein Kartongezerre und schaute unter meinem Arm hindurch auf den Gehweg. Babsi stand da, mit Fahrrad. Immer noch blass um die Nase, aber mit der Spur eines Lächelns auf den Lippen.

»Hallo Babsi. Das ist ja nett. Warte, ich hab gleich Zeit.« Damit setzte ich zu einem neuen Versuch an – Karton gegen Clarissa.

Hau ruck! Hau ruck! Komm schon, Clarissa. Zeig dem Ding, dass du ein ganzes Weib bist und kein Weibchen.

»Warte, ich helfe dir!« Schon lehnte Babsi ihr Fahrrad gegen die Mauer, nahm den Korb vom Gepäckträger und stellte ihn auf den Boden.

»Bist du auf dem Weg zu einem Picknick?«, fragte ich mit Blick auf den Korb. Der Gedanke irritierte mich. Konnte es sein, dass sie schon wieder in Picknicklaune war? Hatte sie den Tod ihrer Freundin etwa bereits verdaut? Nach gerade mal ein paar Tagen?

Doch ihre Augen erzählten etwas anderes, und prompt schüttelte sie auch schon vehement den Kopf.

»Das ist der Korb, den ich dabeihatte, als …« Sie brach ab, schluckte, ihre Lippen zitterten, und sie hob entschuldigend ihre Schultern. Ich nickte, um ihr zu zeigen, dass ich verstand. Da sprach sie weiter: »Ich war gerade zum Verhör auf der Wache. Ich musste alles noch mal von vorn durchkauen, als ob ich nicht schon alles gesagt hätte. Und dann haben sie sogar meine Fingerabdrücke genommen. Da ich schon da war, konnte ich den Korb direkt mitnehmen, der hatte ja nichts mit dem Überfall und möglichen Spuren zu tun, aber ich hatte ihn vergessen, als …«

Was mich nicht weiter verwunderte, so kurz nach dem Tod ihrer Freundin hatte sie ganz sicher andere Dinge im Kopf, als Picknickutensilien zusammenzulesen. Ein Verhör also. Aber so, wie Babsi es erzählte, hatten die Herren Kommissare auch bei diesem Anlauf keinen Erfolg gehabt. Wieder hatte ich das Gefühl, dass Babsi etwas verschwieg. Ich würde mich vortasten. Ganz vorsichtig.

Babsi lief um Pauline herum und packte von der anderen Seite zu. Gemeinsam zeigten wir dem Karton, wo das neue Heim wohnte. Ziehen, Schieben, Stereo-Ächzen. Endlich ergab er sich. Allerdings war es nur ein kurzer Etappensieg, denn als wir die Hälfte der Strecke bis zur Haustür geschafft hatten, gab der Kartonboden nach, und die Bücher landeten auf dem Boden. Verflixt. Ein Teil meiner Lieblinge war in der letzten Pfütze gelandet, die vom nächtlichen Gewitter übrig geblieben war. So was von klar: Weit und breit war der Weg bereits abgetrocknet, nur hier … Wütend stampfte ich mit dem Fuß auf. Verdammte Umzieherei!

Wer zuletzt lacht, kicherte Stimmchen. *Der Karton hat bestimmt Angst, wenn du so wütend wirst. U-huuu!*

Klappe! Wenn du mich nervst, singe ich in Gedanken Heino. Den blauen Enzian hoch und runter, ich schwör es dir!

Verflixt, dieser blöde Karton. Muss der gerade jetzt durchbrechen? Tut mir echt leid, Clarissa. Und dann auch noch diese Pfütze. Blöder Murphy!

Na also. Wusst ich's doch, wie man Stimmchen das Fürchten lehrte.

»Kein Problem, ist doch fast nichts passiert«, munterte Babsi mich im nächsten Moment auf.

Sie lächelte mich an, und mir wurde klar, wie gut ihr die Ablenkung tat. Ihre Gesichtszüge entspannten sich, wurden weicher. Wenn sie lachte, war sie bestimmt wunderschön. Ich sah sie direkt vor mir, mit lebendig blitzenden Augen, einem herzlichen Lachen und einer wunderbaren Offenheit. Ich konnte mir vorstellen, dass sie ziemlich viel Lebensfreude versprühte, wenn sie nicht gerade mit der Trauer um einen lieben Menschen fertigwerden musste. Es brauchte sicher Zeit, aber ich wünschte ihr von Herzen, dass sie die Freude bald wiederfinden würde. Und ich meinerseits war froh, in der neuen Heimat gleich so interessante Menschen zu kennen, die ganz offensichtlich mehr zu bieten hatten als nur Oberflächlichkeit. Es fühlte sich gut an, vielleicht würde sich eine Freundschaft entwickeln – wenn erst mal der Mord geklärt war. Die Suche nach dem Täter und die Frage, was Babsi wirklich wusste, schwebten im Moment noch zwischen uns. Da gab es Wände, die es einzureißen galt. Aber das würde die Zeit bringen.

Und am Ende ist Babsi doch die Mörderin. Dann kannst du deine neue Freundin im Knast besuchen.

Jetzt fängst du schon wieder an wie bei Ellen, Stimmchen. Aber ich sage: Quatsch mit Soße. Babsi hat selbst sicher nichts mit dem Mord zu tun. Auf meine Menschenkenntnis kann ich mich verlassen.

Na, sei mal nicht so –

Stimmchen, darf ich dich daran erinnern, wer von uns beiden Ellen bis fast zum Schluss fälschlicherweise unter Verdacht hatte?

…

Schweigen war auch eine Antwort. Na also.

Mit Babsis Unterstützung schafften es dann alle Buchschätze ins Haus. Drinnen begrüßte Molle seine Babsi voller Inbrunst. Wild und keuchend umrundete er sie und sprang immer wieder an ihr hoch. Babsi ging in die Hocke und ließ sich das Gesicht und die Ohren abschlabbern, während ich die nassen Bücher ins Bad brachte, notdürftig mit Klopapier abtupfte, und anschließend zum Trocknen über den Wannenrand hängte.

»Was ist? Braucht ihr Hilfe? Soll ich bleiben? Wo sind denn überhaupt die anderen? Du wirst ja wohl kaum den Umzug allein stemmen?«, fragte Babsi zwischen Mopsküssen und Knuddeleien.

Können Engel singen?

»Dich schickt der Himmel. Hast du denn Zeit? Die anderen kommen auch gleich. Ich bin nur vorausgefahren, der Umzugswagen war mir zu langsam«, erklärte ich.

Babsi lächelte und nickte. »Es geht also gleich erst richtig los? Okay, dann bleibe ich. Das ist kein Problem, ich ruf nur eben meinen Mann an und sag ihm, dass ich über Mittag nicht zu Hause bin.«

Während sie telefonierte, holte Babsi den Picknickkorb rein, den sie neben dem Rad deponiert hatte, und stellte ihn in die Speisekammer – da war er aus den Füßen.

Mit ihrer Hilfe ging es auch wirklich viel schneller. Wir verteilten die Kartons in die entsprechenden Zimmer – ich klopfte mir für die ordentliche Beschriftung und die Liste selbst auf die Schulter, denn das ersparte viel unnötige Rätselraterei.

Manchmal war meine Listenschreiberei eben doch für was gut, auch wenn ich mir damit hin und wieder selbst auf die Nerven ging. Ich meine, hey, es konnte passieren, dass ich sogar für den Hausputz eine Auflistung machte, einfach, weil ich es liebte, die erledigten Dinge durchstreichen zu können. Da stand dann: »Müll runter, Staub wischen Wohnzimmer, Staub wischen Arbeitszimmer, Tastatur entkrümeln, Staub saugen einmal komplett, Toilette putzen, Spiegel polieren …« Je weniger Lust ich hatte, umso kleiner wurden die Punkte – was die Liste dann natürlich beängstigend lang werden ließ. Dafür gab es dann immer ruck, zuck viel zu streichen, und jeder Strich hob die Laune. Und irgendeine Macke brauchte der Mensch schließlich, sonst wäre das Leben furchtbar langweilig. Nicht ohne Grund hatte ich bereits als Jugendliche auf den Ausruf »Du bist ja verrückt!« stets mit einem herzlichen »Danke für das Kompliment« geantwortet. Apropos Liste. Sobald der Umzug rum war, musste ich eine Liste mit möglichen Verdächtigen machen. Wir brauchten einen Überblick.

Du könntest ja mal eine Übersicht von deinen Macken machen. Am besten nimmst du gleich eine Klopapierrolle, die könnte vielleicht reichen. Kommt ja doch einiges zusammen.

Der Spott tropfte zwischen den Buchstaben hindurch. Ich könnte mir ja auch so hin und wieder eine Macke abgewöhnen. So ein Stimmchen im Kopf zum Beispiel. Was meinst du?

Das würdest du nicht tun. Würdest du nicht? Oder? Clarissa!

Stimmchen kreischte panisch, und ich grinste. Nein. Würde ich nicht. Wer würde mich denn sonst unterhalten?

Uff. Du kannst einem aber auch einen Schreck einjagen.

Leider ergab sich bei der Zimmerwuselei zwar genug Spielraum für Stimmchenulkereien, aber keine Gesprächsgelegenheit mit Babsi. Ich wollte sie auch nicht vor den Kopf stoßen und ihr erst einmal die Möglichkeit geben, mich ein bisschen kennenzulernen und Vertrauen zu fassen.

Nachdem alle Kartons verteilt waren, machten wir uns gemeinsam an das Bücherregal, das Ellen und ich neu angeschafft hatten. Die Aufbauanleitung brachte mich an meine Grenzen, aber Babsi bewies handwerkliches Geschick, vor allem hatte sie eine gute Vorstellungskraft. Sie betrachtete die Teile, die ich probehalber aneinandergelegt hatte, prüfend, verglich mit den Bildern aus der Anleitung, schüttelte den Kopf und tippte auf ein kleines Detail, das man eigentlich nur mit der Lupe erkennen konnte.

Okay, ich hatte vorn und hinten vertauscht, kann ja mal passieren. Im Nu tauschte sie die entsprechenden Teile aus und nickte dann zufrieden.

»Jetzt können wir schrauben«, meinte sie zuversichtlich und reichte mir den Inbusschlüssel, der praktischerweise gleich mitgeliefert worden war. »Erst mal oben und unten, dann haben wir etwas Stabilität. Fängst du an? Ich halte die Bretter und löse dich ab, wenn deine Hand müde wird.«

Eindeutig: Babsi war praktisch veranlagt. Ich hätte sicher falsch zusammengeschraubt, meinen Irrtum erst ganz am Ende bemerkt, entnervt aufgegeben und auf Unterstützung gewartet. Vielleicht sollte ich der Firma anbieten, nachvollziehbare Anleitungen zu erstellen. Theoretisch reichte mir niemand so schnell das Wasser. Andererseits war ich froh, wenn ich zwischen meinen Büchern mal Luft holen konnte, noch mehr Arbeit brauchte ich wirklich nicht. Nach der fünften Schraube gab ich mich geschlagen, übernahm die haltende Rolle und beobachtete voller Bewunderung, mit welcher Leichtigkeit Babsi sich voranschraubte und -drehte. Sie las die Hochachtung wohl an meinem Gesicht ab und lachte.

»Ich habe ungefähr zwölf Billys bei mir zu Hause und alle selbst aufgebaut. Also reichlich Übung.«

Dann lieber zwölf Bücher schreiben. Das war auch anstrengend und dauerte sicher erheblich länger, als zwölf Bücherregale aufzubauen, selbst mit Montagefehlern und Korrekturen, aber irgendwie war Schreiben eben trotzdem mehr meins. Mich überkam die Sehnsucht nach meinem Schreibtisch. Nach dem leisen Klappern der Tastatur und den fliegenden Gedanken.

Von draußen drang Motorbrummen zu uns ins Haus, der Umzugswagen fuhr vor. Dicht gefolgt von Hübchens Passat, in dem Ellen und zwei Umzugshelfer mit drinsaßen.

Als Hübchen und ich uns auf dem Weg zwischen Haus und Gartentürchen begegneten, stolperte er über seine eigenen Füße. Eine Sekunde starrte er mir auf den Busen, doch ungewöhnlich kurz, schon wanderte seine Aufmerksamkeit körperaufwärts, und er bestaunte meine Haare.

Ich lachte und legte den Kopf schief. »Immer noch fassungslos?«

Als ich daran dachte, wie es ihm am Titisee die Sprache verschlagen hatte, zogen sich meine Mundwinkel noch weiter auseinander.

Hey, du machst dem Breitmaulfrosch Konkurrenz!

Wer will denn so was? Dementsprechend entspannte ich mein Lächeln schnell wieder auf Normalmaß.

Hübchen hatte seinen Blick inzwischen wieder gesenkt und klammerte sich doch lieber an meiner Brust fest, wie ich amüsiert feststellte. Ich regte mich über sein fasziniertes Starren längst nicht mehr auf. Den Versuch, ihm die Busenglotzerei abzugewöhnen, hatte ich bereits vor einiger Zeit aufgegeben. Das gehörte zu ihm wie Gänseblümchen zur Wiese. Vermutlich würde ich mir inzwischen Gedanken machen, wenn er mal nicht starren würde. Einen Kommentar konnte ich mir dennoch nicht verkneifen. »Genau, halt dich an meinem Busen fest, wenn meine Haare dich so aus der Spur werfen.«

Er wurde rosarot. »Entschuldige, das ist nur, ich muss, also …« Er sah mir ins Gesicht. »Aber du siehst toll aus!« Zack. Busen.

Na also. Immerhin. Hatte zwar etwas Überredungskunst gekostet, aber er hatte die Kurve gekriegt. Wobei ich jetzt lieber nicht nachfragte, ob er meine Haare oder was anderes meinte. Im besten Fall natürlich das Gesamtpaket! Davon ging ich einfach mal aus. »Danke, du bist ein Schatz.« Ich gab ihm ein Küsschen und half beim Abladen.

Molle fand es ausgesprochen blöd, aber er musste ins Badezimmer. Zumindest bis die Helfer und wir alles ins Haus getragen hatten. Dank Babsis Unterstützung kamen wir erstaunlich flott voran. Wir hatten zum Glück auch gar nicht so viele Möbel und Zeug. Kartons und Kleinkram hatten wir schon seit Wochen bei jeder Fahrt mit Pauline transportiert – die Arme war zum reinsten Lastesel mutiert. Und obendrein hatte Ellen einiges ihrer alten Einrichtung entrümpelt und verschenkt.

Trotzdem – Umzug blieb Umzug, und wir hatten keine Hand zu viel.

Viele Hände, schnelles Ende, zitierte Stimmchen einen Spruch, den meine Großmutter früher immer angebracht hatte, wenn es um die Hausarbeit ging.

Damals fand ich das saublöd, denn es bedeutete, dass ich mich nicht drücken konnte. Heute aber wirkten die vielen Hände geradezu beflügelnd auf mich. Und Molles Jaulen und das Rumpeln hinter der geschlossenen Badezimmertür trieben mich ebenfalls an. Im Sauseschritt ging es hin und her zwischen Lastwagen und Haus.

Als Lohn für die Mühen saßen wir recht bald auf Kartons und Boden verteilt in der Küche und ließen uns die wohlverdienten Blätterteigteilchen und den Kaffee schmecken. Okay, vorher hatte ich die Fetzen aufgesammelt, die Molle aus zweien der Bücher gemacht hatte. Geschmack hatte er jedenfalls, denn er hatte sich Lena Avanzini und Mara Andeck ausgesucht, nur konnte sich nach seinem Genuss niemand anders mehr an den Büchern erfreuen.

Des einen Leid, des anderen Freud. Schon hast du einen Grund, dich nach der nächsten Buchhandlung umzusehen, und kannst bei der Gelegenheit sicher gleich gute Kontakte knüpfen.

Wider Willen musste ich grinsen. Stimmchen kannte mich wirklich zu gut, und Herrn Mops konnte ich sowieso nicht böse sein. Es hätte ihn wohl auch nicht beeindruckt, denn er war ohne jede Spur von schlechtem Gewissen nur erleichtert, aus seinem Gefängnis entkommen zu sein. Wie aufgezogen jagte er zwischen uns hin und her und schnupperte neugierig an Füßen und Händen und überhaupt. Im Vorbeisausen leckte er gleich auch Blätterteigbrösel vom Boden auf – ganz praktisch, so ein Mops im Haus.

Die Gespräche plätscherten an der Oberfläche, es juckte mich zwar, jetzt endlich mit Babsi über Carolin zu sprechen, aber im Beisein der anderen Helfer wollte ich das Thema nicht anschneiden. Die Ablenkung durch das Umzugschaos hatte Babsi wohl gutgetan, sie wirkte etwas lockerer. Trotzdem war sie immer noch blass und nervös. Wie gut ich das nachfühlen konnte. So ein Schreckensmonster ließ sich nicht innerhalb von Tagen verscheuchen. Und dann auch noch verhört zu werden, das war nie ein Spaß. War man schuldig, saß einem dabei sicher die Angst im Nacken, überführt zu werden. Kam man unschuldig ins Blickfeld der Ermittler, musste man fürchten, seine Unschuld nicht beweisen zu können. Von wegen: unschuldig bis zum Beweis der Schuld. Haha! Von daher verstand ich Babsis Anspannung absolut. Es brauchte Zeit.

Also sprachen wir über mein Schwarzwaldbuch und über Lisa Rumpfinger – ich riss mich am Riemen und verkündete nicht lautstark, was für eine Breimaulfroschschnepfe sie in Wirklichkeit war.

Nach dem Imbiss machten sich die Helfer an den Aufbau der Küchenschränke. Sogar die Arbeitsplatte konnte verwendet werden. Sie war ein Stück zu kurz, aber für die offene Ecke würde sich sicher ein Regal finden. Vielleicht konnten wir aus dem Treibholz, das Ellen sammeln wollte, selbst etwas bauen.

Hübchen schloss die Waschmaschine an, und Babsi, Ellen und ich schraubten die Betten und Kleiderschränke zusammen und räumten die ersten Sachen aus den Kartons an ihren neuen Platz.

Nur an den Herd traute sich keiner, wie wir feststellten, als wir uns nach zwei Stunden wieder in der Küche einfanden. Inzwischen war es schon später Nachmittag.

»Was solle mer denn jetzt mache? Babsi, kennsch du vielleicht en Elektriker, den mer anrufe könnte?«

»Mein Mann kann so was. Heute wird es nicht mehr klappen, aber wenn euch morgen auch noch genügt, dann würde er das ganz bestimmt machen. Wartet, ich ruf ihn gleich an und frag.«

Gesagt, getan. Und tatsächlich war Thomas sofort bereit, uns zu helfen. Und das, obwohl er uns gar nicht kannte. Was für eine gute Gelegenheit, ihn ein bisschen über Babsi auszufragen. Ob er Carolin auch gekannt hatte? Vielleicht sogar besser, als es Babsi lieb gewesen war?

Du hast eindeutig zu viel Phantasie!

Abwarten, Stimmchen.

»Und dann lade mer euch glei zum Esse ein«, verkündete Ellen. »Einstand sozusage. Und des erschte selbst gekochte Essen im neue Heim. Heut halte mer uns mit Pizza über Wasser.«

Unsere Profihelfer hatten ihre Arbeit getan. Sie bekamen den vereinbarten Lohn und zogen von dannen. Hübchen blieb. Es gab noch Bilder und Vorhänge aufzuhängen, Lampen mussten angeschlossen werden, und jede Menge Kleinkram wartete auf Erledigung.

»Der Dönerimbiss in Ichenheim macht auch leckere Pizza. Was ist? Sollen wir dort anrufen? Die liefern auch.«

So eine ortskundige Babsi im Haus war Gold wert. Die Wünsche waren schnell notiert, und Babsi übernahm die Bestellung. Bis geliefert wurde, kümmerten wir uns alle gemeinsam um die Küche. Blümchen schloss die Spülmaschine an, Ellen räumte Lebensmittel in den großen Vorratsschrank, und Babsi reichte mir Teller und Gläser, die ich im Geschirrschrank verstaute.

Ich packte die Gelegenheit beim Schopf. »Gibt es eigentlich was Neues in Sachen Ermittlung?«

Hübchen schaute, als hätte er in einen alten Fisch gebissen. »Du kannst es nicht lassen, was?«, fragte er.

Ich lächelte und krabbelte kurz sein Kinn. »Och komm, jetzt hab dich nicht so. Was weißt du?«

Hübchen verdrehte die Augen und seufzte.

»Die Kollegen fahnden nach einem gewissen Markus. Allerdings ist das bis jetzt noch ziemlich hoffnungslos, denn mehr als den Vornamen und einen vermuteten Wohnort haben sie nicht. Und die Tote hatte kurz vor ihrem Ableben noch Sex«, erzählte er, während er im Werkzeugkasten nach einem passenden Schraubenschlüssel suchte.

Babsi gab einen erstickten Laut von sich, kramte ein Taschentuch aus ihrer Jeans und putzte sich ausgiebig die Nase. Ich hatte den Verdacht, dass sie versuchte, ihre Tränen vor uns zu verbergen. Klar, so trocken wie Hübchen über Carolin redete, logisch, dass das Babsis Fassung ins Wanken brachte.

»Woher weisch denn jetzt des?« Ellen legte den Finger genau in die Wunde.

Hübchens Blick schoss zu Babsi rüber, er wurde rot und druckste herum. »Na, was man halt so erfährt. Das ist ja kein Geheimnis«, sagte er endlich und verschwand wieder unter der Spüle, wo er eifrig hantierte.

Ha! Erwischt. Der hat sich bestimmt auf unsauberem Weg Infos besorgt.

Den Eindruck hatte ich allerdings auch. Das schlechte Gewissen zwickte mich. Wenn es nach ihm gegangen wäre, könnten die Kollegen ihm den Buckel runterrutschen. Aber ich hatte gequengelt und ihn weichgeklopft, bis er mir zuliebe eben doch an dem Fall drangeblieben war – so gut es eben ging, wenn man eigentlich nicht zuständig war. Und offensichtlich hatte er vergessen, dass wir nicht unter uns waren. Die Angelegenheit war ihm deutlich peinlich. Kein Wunder, immerhin konnte ihm das viel Ärger einbringen, wenn die falschen Leute davon Wind bekamen.

Nachdem sie sich von dem Schreck über Hübchens wenig einfühlsamen Bericht erholt hatte, schien es Babsi zum Glück vollkommen gleichgültig zu sein, woher die Informationen kamen. Im Gegenteil, sie kam mir plötzlich geradezu erleichtert vor, als sei ihr ein Stein von der Seele geplumpst.

»Die suchen den Markus? Aber wieso denn? Ich meine, gibt es denn einen Anhaltspunkt?«

»Kennst du den Markus denn?«, hakte ich sofort ein.

»Was? Ich? N-nein!«, stotterte Babsi, und jetzt wirkte sie wieder verschüchtert und erschrocken.

Die Antwort war unnatürlich schnell gekommen. Was verheimlichte sie? Ich überlegte krampfhaft, wie ich die Sache am besten anpacken konnte, ohne unsere einzige Kontaktperson zur Ermordeten direkt zu verprellen. Mir wollte einfach nichts einfallen. Zum Glück wurde ich erlöst.

»Die Carolin hat immer ein Geheimnis um ihn gemacht«,

redete Babsi zu meiner großen Erleichterung nach einer Weile weiter. »Sie hat mir nichts von ihm erzählt, nur eben, dass es ihn gibt.«

»Sag mal, kann es sein, dass Carolin mit diesem ominösen Markus verabredet war? Vielleicht liegt die Polizei doch nicht so falsch? Komm, Babsi, irgendwas weißt du doch.« Meine Hirnwindungen für Diplomatie waren verstopft, es musste direkt gehen. »Wir wollen doch nur, dass der Mörder gefasst wird, das musst du doch auch wollen. Also sag schon, was Sache ist.«

Als von Babsi keine Antwort kam, grübelte ich halblaut: »Ich mein, zu dem Wortfetzen könnt es ja passen. Da war schließlich irgendwas mit …aa…« Dann fiel mir der Wagen ein. »Vielleicht saß er ja in dem Wagen? Der Kombi, der mich beinahe umgespitzt hat, mein ich. Hast du vielleicht gesehen, wer da drin saß, Babsi? Oder ist dir jemand aufgefallen, als du dort entlanggegangen bist?« Mir kam noch etwas anderes in den Sinn. »Wo wolltest du eigentlich mit dem Picknickkorb hin? Hattest du eine Verabredung? Gibt es vielleicht doch noch einen weiteren Zeugen?« Dass ich da nicht früher drauf gekommen war! Vielleicht druckste Babsi deshalb die ganze Zeit herum. Sie hatte eine Affäre und Angst, dass ihr Mann was rauskriegte.

Bei meinen Fragen zuckte Babsi ganz deutlich zusammen. Sie kämpfte mit sich. Dann gab sie sich einen Ruck.

»Also, wenn du es unbedingt wissen willst«, sagte sie, »ich war mit Carolin verabredet. Sie war, sie wollte, also …« Ihre Augen füllten sich wieder einmal mit Tränen. Sie drehte den Teller in ihrer Hand, statt ihn mir zu reichen, und atmete mühsam durch.

»Wir waren wirklich gute Freunde. Sie hat mir immer geholfen, wenn es mit Thomas schwierig war. Wir haben ein paar Probleme, müsst ihr wissen.« Sie seufzte voller Inbrunst. »Ich wünsche mir so sehr ein Kind, aber mit Thomas kann ich nicht sprechen, Caro dagegen war …« Ein kleines Lächeln huschte über Babsis trauriges Gesicht. »Sie war besonders. Mit ihr konnte ich immer über alles reden. Sie hat mich verstanden, getröstet, mir Mut gemacht und überhaupt.«

»Wie war sie denn so? Ich meine, was war sie für ein Mensch? War sie schon lange mit diesem Markus zusammen? War sie treu? Oder naschte sie auch mal von fremden Tellerchen?« Wenn an dem Friseurgeplauder was dran war, sicher! Aber ich wollte es von Babsi hören. »War sie lebensfroh? Hatte sie viele Bekannte? Familie? Was hat sie gearbeitet?«

Ich überschüttete Babsi mit meinen Fragen, um sie von dem Kinderthema abzulenken, aber diese Rechnung hatte ich ohne Ellen gemacht – hätte ich mir gleich denken können.

»Des kann einem scho de Bode unter de Füß wegziehe, wemma sich so eh Butzele wünscht und es klappt eifach ned«, sagte sie und ging damit mit einem Wisch über mein Fragenfeuerwerk hinweg. Kurzerhand machte sie zwei Schritte zu Babsi rüber und nahm sie in die Arme. »Ich weiß genau, wie du dich fühlsch. Mir isch's selber lange Jahr so gange.«

Babsi lehnte sich an Ellen an, schluchzte und sagte: »Sie fehlt mir so.« Dann weinte sie, und Ellen hielt sie einfach nur fest. Nach einer Weile fragte sie Ellen: »Hast du denn Kinder?«

Ellen presste ihre Lippen zusammen und schüttelte kurz und knapp mit dem Kopf. »'s hätt ned solle sei.« Sie streichelte Babsis Wangen. »Aber weisch, ich kenn jede Menge Tricks. Nur weil's bei mir ned hätt sei solle, muss des ja bei dir ned au so komme. Wenn du willsch, helf ich dir. Wie isch's denn mit deinem Thomas? Will der überhaupt Kinder?«

Na prima. So viel zu meinen Ermittlungen. Ellen war in ihrem Element und hatte offenbar völlig vergessen, dass sie diejenige war, die Babsi noch nicht von der Liste möglicher Täter hatte streichen wollen. Beim Thema Baby vergaß sie einfach alles andere. Ich würde die nächste Zeit keine Chance haben, mit Fragen zum Fall dazwischenzupreschen. Aber natürlich verstand ich sie, denn dieses Thema war für sie besonders sensibel. Wenn ich nur daran dachte, wie entsetzt sie im Frühjahr war, als sie feststellen musste, dass die Geliebte ihres toten Mannes ein Kind von ihm erwartete. Und das, nachdem die Verzweiflung über die Kinderlosigkeit beinahe ihre Ehe zerstört hätte – nicht, dass Lukas das nicht auch ohne dieses Thema geschafft hätte. Im Nachhinein wurde klar, was für ein Hallodri und egoistisches Arschloch er gewesen war, was deutlich dabei geholfen hatte, Ellen über ihren Kummer durch den Verlust zu trösten. Aber die Sehnsucht nach einem Kind – das war ein zentrales Thema gewesen. Umso unglaublicher war es für mich gewesen, mitzuerleben, wie Ellen Lavinia – der Geliebten von Lukas – die Hand zur Versöhnung hingestreckt und ihr sogar noch geholfen hatte. Der Kontakt war nicht besonders eng, aber hin und wieder kam Lavinia auf eine Tasse Tee zu Besuch. Das letzte Mal war jetzt ein paar Wochen her, und die Kugel, die sie vor sich hergeschoben hatte, war beängstigend gewesen. Drillinge, mindestens aber Zwillinge – darauf wettete ich und wartete täglich gespannt auf die Nachricht der Entbindung.

Zwergenalarm! Ich glaube, ihr könnt froh sein, dass ihr nicht mehr oben lebt, sonst säße sie euch mit dem quäkenden Nachwuchs ständig auf der Pelle.

Na ja, die Ortenau ist ja nun auch nicht aus der Welt. Aber erst mal abwarten, wie es Ellen damit geht, das Baby (oder die Babys) zu sehen. Ich könnte mir vorstellen, dass es doch ziemlich an ihre Substanz geht. Immerhin steckt da zur Hälfte Lukas drin. Alles muss sich die gehörnte Witwe ja dann auch nicht geben.

Aber irgendwie schien das Thema an ihr zu haften. Jetzt also nicht mehr Lavinia und nicht mehr so schmerzhaft nah durch den Betrug, aber dafür nicht mit weniger Inbrunst und einer verzweifelten Babsi.

Die Pizza wurde geliefert, und während Ellen und Babsi immer noch beim Babythema waren, hatten Blümchen und ich unseren Spaß, gegenseitig von der Pizza zu naschen und locker über die neue Wohnsituation zu plaudern. Molle lag brav in seinem Körbchen und wartete darauf, dass wir fertig gegessen hatten. Er wusste, dass es danach eine Hundezahnbürste für ihn gab.

Sehr löblich. Heißt ja: Vor dem Schlafen, nach dem Essen Zäh-

neputzen nicht vergessen. Aber ich fürchte, ihr habt da was durcheinandergebracht.

Ach was, das darf man nicht so eng sehen. Ich ließ Stimmchen links liegen und führte lieber mein Geplänkel mit Blümchen fort.

»Wenn du brav bist, darfst du auch auf dem Dachboden schlafen, wenn du mal nicht mehr heimfahren magst«, neckte ich ihn.

Er grinste meinen Busen an und meinte: »Och, ich könnte mir da aber ein besseres Plätzchen vorstellen.«

Gespielt entsetzt riss ich die Augen auf und schlug mir die Hand vor den Mund. »Hübchen, du wirst doch wohl nicht zu Ellen unter die Federn kriechen wollen!«

Sein Grinsen vertiefte sich. »Nicht, wenn du mich zu dir schlüpfen lässt.«

Mein Husten musste ich gar nicht spielen, denn ich hatte mich prompt an einem Stück Peperoni verschluckt. Hübchen lehnte sich zu mir rüber und klopfte mir auf den Rücken.

»Na, na, so schlimm wird die Vorstellung ja hoffentlich nicht sein«, meinte er und zwinkerte mir zu. Wenn er sein spitzbübisches Jungengesicht zeigte, dann war er schon echt niedlich. Doch bevor ich kontern konnte, sprang er unvermittelt auf und rannte zur Tür raus.

»Vor lauter Schafferei hab ich das Wichtigste …«

Vergessen vermutlich, verstehen konnte ich ihn nicht mehr, denn die Küchentür schlug hinter ihm zu.

»Was isch denn in den gfahre?«, fragte Ellen und hob ihre Augenbrauen. Molle nahm Hübchens Aufspringen als Entlasskommando und kam zu mir rüber. Im letzten Moment konnte ich ihn noch am Kragen packen, sonst wäre die Pizza im gierigen Mopsschlund verschwunden.

»Stopp, junger Mann! So war das nicht ausgemacht. Marsch, geh noch mal zurück ins Körbchen, wir sind noch nicht fertig.« Meinen Befehl unterstrich ich, indem ich den Arm ausstreckte und auf das Körbchen zeigte.

Wenn er hätte sprechen können, dann hätte er jetzt gesagt:

Och menno, immer, immer, immer muss ich in das doofe Körbchen und mich langweilen. Menschen sind richtige Spaßbremsen. Dabei hätte ich so gern auch ein bisschen Pizza.

»Pizza ist gar nicht gut für kleine Möppels, du Strolch. Sei schön lieb, dann gibt es nachher ein Extra-Feini.« Das verstand er sofort, ich konnte es an seinen Falten und am Ohrenwackeln ablesen. Aber sein Ringelschwänzchen ließ er trotzdem noch ein bisschen hängen, vermutlich, um mir ein schlechtes Gewissen zu machen.

Hübchen rauschte wieder herein und hielt eine Hand auf dem Rücken. »Rechts oder links?«, fragte er und streckte schnell die zweite Hand auch nach hinten.

»Die Seite mit der Überraschung«, forderte ich und wurde prompt belohnt.

»Weil du es bist«, sagte mein Elefantenkommissärchen und strahlte mich an. Er hielt mir eine Tüte entgegen, in der etwas Flaches, Rechteckiges steckte. »Für dich und für Ellen. Alles Liebe im neuen Heim.«

Mit einem kleinen Kieksen fiel ich Blümchen um den Hals und drückte ihm einen Kuss auf die Lippen. Im nächsten Moment wurde mir bewusst, was ich getan hatte, und ich konnte am Anstieg meiner Kopftemperatur meine Gesichtsfarbe erahnen.

Stimmchen kicherte und prustete haltlos. *Sag ich doch! Sag ich doch! Dein Kommissar!*

»Was ist es denn?«, fragte ich nervös und bemühte mich, Stimmchen zu ignorieren, während ich versuchte, das Teil aus der Tüte zu zerren. Es verhakte sich. »Ellen, komm, hilf mir mal. Es ist schließlich für uns beide.«

Ich spielte immer noch Dampfkesselchen, und Stimmchen bekam Schluckauf vom Lachen.

Kurz darauf hielten Ellen und ich ein Schild in Händen.

»VORSICHT« stand da in Großbuchstaben, und daneben war ein Mops abgebildet.

»Oh, ist das süß«, jubelte ich. Aber nach der Blamage hütete ich mich, Hübchen erneut um den Hals zu fallen. Stattdessen strahlte ich ihn einfach nur an und freute mich von Herzen. »Das ist wirklich toll. Danke!«

Ellen begann schallend zu lachen. »Des isch klasse! Benjamin, du bisch super. Clarissa, hasch's denn überhaupt scho richtig glese?«, fragte sie mich und gluckste vergnügt.

Richtig gelesen? Na ja, ein Warnschild halt; auch wenn unser Molle nicht so unglaublich gefährlich war, fand ich die Idee doch bezaubernd. Damit gehörte Herr Mops jetzt wirklich zur Familie.

Ellen hob mir das Schild vor die Nase. »Lies!«

»VORSICHT«, las ich also noch mal. Und dann: »… vor den Frauen des Hauses. Der Mops ist harmlos.«

SIEBEN

21. September

»Zeit für eine Liste«, bestimmte ich, entschlossen, meiner Idee jetzt endlich Taten folgen zu lassen, und klopfte auf den Platz rechts neben mir. Links von mir, mit Kopf auf meinem Schoß, lag Molle und schnarchte mit offenen Augen. »Komm, Ellen, kuscheln und Gedanken sortieren.«

Da wir jetzt im Ried und in unserem Schnuckelchen angekommen waren, wollte ich die Ermittlungen endlich vorantreiben. Zeit, dem Täter auf die Spur zu kommen. Und nichts half dabei besser, als die Fakten und Fragen schriftlich festzuhalten, zu analysieren und anhand der Ergebnisse die nächsten Schritte festzulegen. Der Zeitpunkt war perfekt.

Nachdem Hübchen, der die Nacht in unserem Gästezimmer verbracht hatte, zum Dienst musste und sich verabschiedet hatte und unser Umzugschaos sich langsam, aber sicher lichtete, hatte ich es mir auf unserem neuen Sofa bequem gemacht. Das wohnte gerade erst seit ein paar Stunden bei uns, die Spedition hatte es heute kurz vor sieben angeliefert. Mitten in der Nacht! Zum Glück war Ellen schon seit sechs Uhr auf den Beinen und bereits vorzeigbar, sonst hätte ich im Pyjama die Tür öffnen müssen.

Och, den Männern hätte das sicher gefallen. Vielleicht hätten sie das als Einladung genommen, die Sprungfedern des neuen Sofas zu testen.

Unser Sofa hat keine Sprungfedern, Stimmchen. Das ist Kaltschaum. Und wenn ich es testen möchte, dann ganz bestimmt nicht mit den Männern der Spedition.

Klar, da gibt es ja noch –

Klappe! Denk an Heino!

Pfff.

Während ich darauf wartete, dass Ellen die Räumerei endlich sein ließ, den Kram aus der Hand legte und sich zu mir setzte, streichelte ich noch ein bisschen synchron. Auf der einen Seite

Molle, der genüsslich den Kopf gegen meine Hand drückte, und auf der anderen unser neues Sofa. Ektorp! Seit Jahren war ich bei jedem Ikea-Besuch um diese Sofas rumgeschlichen und hatte davon geträumt, auch mal eins zu besitzen – im wahrsten Sinne des Wortes! Aber in meiner Hamburger Wohnung stand Oscar, ein kleines leuchtend blaues Sofa, das auch sehr bequem war und für die Größe der Wohnung perfekt. Dort war kein Platz für meinen Traum von einer Ektorp-Landschaft – wenn schon, dann wollte ich mindestens Sofa und Sessel oder vielleicht Sofa mit Recamiere haben. Dafür hätte ich mir eine größere Wohnung suchen müssen. Ein Ding der Unmöglichkeit in einer Stadt, in der Wohnraum quasi mit Gold aufgewogen wurde. Ein Zentimeter Wohnung gleich ein Gramm Gold – mindestens. Aber etwas in mir hatte immer gewusst, dass der richtige Zeitpunkt und der richtige Wohnraum kommen würden, ich musste nur warten und darauf vertrauen.

Und nun war es so weit. Oscar, mein blaues Schätzchen, stand jetzt oben in meinem Arbeitszimmer – für inspirative Arbeitspausen. Und hier, im Wohlfühlkuscheltagträum-Gemeinschaftswohnzimmer, hatte sich meine Vision der schwedischen Sofalandschaft materialisiert. Es war genau so gemütlich, wie ich es mir die ganzen Jahre über ausgemalt hatte. Ellen und ich hatten uns auf den Blumenbezug geeinigt – schon praktisch, wenn man einen sehr ähnlichen Geschmack hat, besonders, wenn man zusammen wohnt. Und da standen sie nun und gaben unserem neuen Wohnzimmer die Gemütlichkeit, die es brauchte – ein Dreisitzer, das Zweisitzerschätzchen mit Recamiere und ein Sessel.

Liebchen, du brauchst einen Namen. Was meinst du, wäre Frieda passend? Ich spürte der Idee nach und schüttelte den Kopf. Nein, das war nicht weich genug. Es war ein Mädchen, so viel war klar. Erika, Heide, Jasmin? Hm, nein, das passte alles nicht. Und dann wusste ich es. Lottchen! Na klar. Das klang nach Kuscheln und Wohlfühlen. Liebchen, was meinst du? Ich wippte ein bisschen in den Polstern auf und ab. Vom Liebchen kam kein Widerspruch.

»Lottchen«, verkündete ich also.

»Hä?« Ellen schaute verdutzt zu mir rüber. »Hasch du gezürpfelt? Ohne mich? Ich heiß immer noch Ellen.«

»Aber das weiß ich doch, liebe Ellen. Ich meinte unser Liebchen hier.« Zur Sicherheit klopfte ich auf das Sofapolster, damit Ellen nicht meinte, ich hätte Molle umbenannt, der ja ebenfalls ein Liebchen war. »Unser Sofa heißt Lottchen.«

Jetzt musste Ellen lachen. »Wenn du kei Meise hesch, dann weiß ich au ned. Aber okay. Lottchen klingt gut. Wart, ich komm jetzt au glei.« Sie legte den Stapel Postkarten, den sie gerade aus den Tiefen des Kartons gefischt hatte, in die Schublade und faltete mit inzwischen geübten Handgriffen den jetzt leeren Karton so auseinander, dass sie ihn flach an die Seite stellen konnte.

»So!« Schon ließ sie sich mit einem Seufzer neben mich plumpsen. Sie fühlte ein paar Sekunden in die Situation hinein, dann jubelte sie. »Hach, isch des gmütlich! Clarissa, des hämmer gut gmacht.«

Ich nickte. Ja. Hatten wir. Fand ich auch. Sowohl die Sofawahl als auch den Umzug.

»Wir sind eben ein prima Team«, antwortete ich deshalb. »Aber jetzt genug der Plauscherei und Tagträumerei.« Ich schnappte meinen Notizblock und den Stift. »Also dann. Lass uns den Stand der Dinge festhalten. Was wissen wir? Welche Informationen fehlen? Was für mögliche Täter kommen in Betracht? Was hat Hübchen an Interna über die Polizeispuren berichtet?«

Ich notierte die Fragen als Überschriften und ließ drunter immer ausreichend Raum, um Punkte ergänzen zu können.

»Du kannsch Frage stelle«, ächzte Ellen. »Im Grund wisse mer nix und dadevo noch z' wenig.«

Nein, so ging das nicht. Von wegen prima Team. Höchste Zeit, dass wir das auch ermittlungstechnisch unter Beweis stellten.

»Ach komm, Ellen. Jetzt mach aber halblang. Ein bisschen was haben wir im Topf. Also los jetzt. Konzentration bitte.«

Ellen schnaufte theatralisch, aber dann riss sie sich zusammen, fing an zu diktieren, und ich schrieb mit und ergänzte direkt, was mir so einfiel.

Kurz darauf sah die Liste so aus:

Was wissen wir?
– Ein Stich. Tötungsabsicht oder Affekttat?
– Sie hatte kurz vor ihrem Tod Sex. Mit wem? Laut Hübchen gibt es hierzu noch keine Erkenntnisse.
– Turnschuhabdruck, Größe 42 oder 43, Adidas?

Welche Informationen fehlen?
– Das gesamte Umfeld der Toten: Arbeitsstelle: »Riedgärtnerei« – kennen wir dank Hübchen, müssen wir hin!
– Familie – gibt es da jemanden? Meldeamt?
– Freunde? Wer? Wie gut? Motiv?
– Hobbys? Vielleicht sammelte sie Briefmarken, Porzellan oder seltene Steine und hatte eine Entdeckung gemacht, die ihr jemand stehlen wollte – dann wäre es doch ein getarnter Raubmord? Gab es Einbruchspuren am Haus? Babsi fragen!
– Charakter – war sie wirklich so nett, wie Babsi es behauptete?

Was für mögliche Täter kommen in Betracht?
– Freund. Markus?
– Abgelegte LiebhaberInnen?
– Fremder, der auf Beute aus war (hier wieder die wertvolle Sammlung in Betracht ziehen!)
– Triebtäter (Hübchen hat nichts davon gesagt, das hätten sie bei der Obduktion sicher festgestellt)
– Hundehasser, mit dem sie in Streit geraten war (weit hergeholt, aber wir dürfen nichts außer Acht lassen!)
– Babsi – (glaub ich nicht!)

Markus
– Wer ist dieser ominöse Freund?
– Wo wohnt er? Schuttern?

– War die Beziehung intakt?
– Eifersucht?

Kombi
– Rot, Lahrer Nummer (mit einem P)
– Fabrikat? Könnte ein Renault gewesen sein oder ein Citroën

…aa…
– Markus – sehr naheliegend
– Könnte auch ein Abschiedsgruß an die Mama gewesen sein
– Keine weitere Idee …

Polizei-Interna
– Keine Spuren einer Vergewaltigung, aber Sex
– Tatwaffe – noch nicht aufgetaucht
– Markus soll in Schuttern (nur ein paar Kilometer von Neuheim entfernt) leben (Gerüchte)
– Beruf der Toten: Gärtnerin
– Arbeitgeber: »Riedgärtnerei«, Inhaberin Petra Hartmann

Das mit den Interna war zwar hilfreich, aber irgendwie schmeckte mir das nicht mehr. Das hatte sich falsch entwickelt. Wir kämen auch ohne diese Informationen weiter oder könnten uns die wichtigen Fakten auf anderem Weg beschaffen, ohne dass Hübchen seinen Job riskierte. Immerhin hatten wir unseren ersten Fall ja auch ohne polizeiliche Unterstützung gelöst.

Hört, hört. Darf ich dich dran erinnern, dass du ihn selbst auf die Sache angesetzt hast? Du wolltest, dass er die Ermittlungsergebnisse einsieht. Ich zitiere: »Ach, Hübchen, jetzt stell dich nicht an wie ein Christkind. Was ist denn dabei? Die paar Infos.« Er war von Anfang an nicht begeistert.

Aber da dachte ich auch noch, er kann sich ratzfatz in die Datenbank einklicken und fertig. Ich wollte nie, dass er Kollegen ausspioniert. Das kann gehörig nach hinten losgehen.

Du meinst wohl, du wolltest nie, dass er KollegINNEN ausspi-

oniert. Wobei du da wohl eine bestimmte Kollegin im Blick hast. Clarissa, machen wir es kurz: Du bist eifersüchtig.

Der feixende Unterton, den Stimmchen an den Tag legte, war unerträglich. Also jetzt schnappst du aber langsam über. Das sind Anzeichen von Wahn, was du da von dir gibst.

Aha. Nur komisch, dass du erst Feuer und Flamme warst, und seit du die näheren Umstände seiner Informationsquelle kennst, findest du es plötzlich viiieeel zu riskant.

Auf dem Niveau hatte ich keine Lust mehr, mit Stimmchen zu diskutieren. Das war doch lächerlich! Okay, Hübchen hatte den eingeschlafenen Kontakt zu einer Kollegin, die ganz zufällig im Offenburger Kommissariat arbeitete, wieder aktiviert. So wie er rumgedruckst hatte, musste da mal was gelaufen sein, das sagte mir meine weibliche Intuition sehr deutlich. Aber hey, das hatte doch nichts mit mir zu tun. Und überhaupt: Hübchen war schließlich ein freier Mann. Sollte er doch flirten, mit wem er wollte. Mir doch egal. Schön blöd, das Hühnchen, wenn sie sich wieder drauf einließ. War doch klar, dass Hübchen nichts von ihr wollte. Ich jedenfalls wäre sehr misstrauisch, wenn mein Ex plötzlich auftauchte und dann so ein großes Interesse an Informationen hätte. Da würden meine Alarmglocken schrillen und nicht meine Flirtinstinkte Herzchenwellen ausstoßen.

»Okay«, sagte Ellen, nachdem wir die Liste ohne weitere Erkenntnisse ein paarmal durchgegangen waren. »Ich mach mich jetzt auf d' Socke. Eikaufe. Mir wolle ja nachher für d' Babsi und ihren Mann koche. Und dann mach ich noch en Abstecher in selle Gärtnerei. Mal gucke, was die Chefin so über ihre tote Agstellte z' erzähle weiß.«

»Und der Molle und ich, wir schnappen uns Pauline und fahren nach Schuttern. Einfach mal ein bisschen durch den Ort kurven und dabei nach einem roten Kombi Ausschau halten. Vielleicht haben wir Glück.«

Das war nicht viel, aber immerhin ein Anfang. Obwohl ich lieber wieder in mein Bett gekrochen wäre. Dieser verflixte Hahn im Nachbarsgarten hatte um drei Uhr dreißig angefangen, den Tag zu begrüßen. Vielleicht würde ich demnächst statt Sachbuch einen Krimi schreiben, »Kill den Gockel« oder »Hühnerklein« oder so was. Aber wir mussten sowieso bald rüber und uns vorstellen. Vielleicht wäre es möglich, den Gockel im Stall zu halten und erst morgens rauszulassen. Um acht freute sich der Tag sicher auch noch über eine Begrüßung.

Kräht der Hahn laut auf dem Mist, weiß man, dass es Morgen ist.

Fängst du jetzt auch noch mit Bauernweisheiten an? Die jedenfalls stimmt nicht – du willst ja wohl nicht behaupten, dass mitten in der Nacht als Morgen bezeichnet werden sollte, grummelte ich. Ich war mir nicht sicher, was schlimmer war, Stimmchens Lyrikanfälle oder Bauernsprüche.

Dann halt: Kräht der Hahn auf dem Mist, ändert sich's Wetter, oder's bleibt, wie's ist.

Haha. Da lach ich drüber, wenn ich Zeit hab. Wird aber schwierig, mein Terminkalender ist voll. Damit stand ich auf und schnappte das Hundegeschirr. »Komm, Molle, anziehen. Wir machen einen Ausflug.«

Wie immer machte Herr Mops ein Spiel daraus. Einfach ein Geschirr überstreifen zu lassen, wäre wohl unter seiner Mopsehre gewesen. Also zack – ab unter den Küchentisch. Ich hinterher und ihn sanft drunter vorgeschoben. Belohnt wurde ich – ebenfalls wie immer – mit wildem Popowedeln und einem Kuss. Mopsrituale. Davon hatte uns Molle in der kurzen Zeit, in der er bei uns lebte, schon einige beigebracht, und mir schwante, dass dies erst der Anfang einer immer größer werdenden Mopsherrschaft war. Aber wie sollte man ihm das verübeln? Ein Blick aus seinen großen Augen, einmal Kopf schief legen und die Falten in die Waagschale werfen, und ich schmolz dahin.

Du hast keine Chance, Clarissa, nutze sie. Stimmchen kicherte, und ich gab ihr ausnahmsweise recht. Wozu sich über Mopsmarotten ärgern, wenn sie so goldig verpackt waren?

Ein paar Minuten und vier Pipis später tuckerten wir über die Landstraße, und gleich darauf hatten wir Schuttern erreicht.

Dort kurvten wir einige Zeit durch die Straßen und Sträßchen, tatsächlich entdeckte ich kurz hintereinander zwei Kombis. Jedes Mal schoss mein Puls in die Höhe, das Jagdfieber pulsierte durch meine Adern. Aber der eine hatte eine Offenburger Nummer und der andere ein Firmenlogo hinten auf der Scheibe – das hatte der Wagen, der mich fast angefahren hätte, nicht. Absolut sicher. Es dauerte nicht lange, und ich fühlte mich nur noch genervt. Diese Suche ohne konkrete Hinweise war ein komplett unbefriedigendes Unterfangen. Meine Laune näherte sich dem Gefrierpunkt.

Eine Frau wollte mit ihrem Pudel die Straße überqueren, ich verlangsamte meine ohnehin sehr gemächliche Fahrt und ließ sie rüber. Als sie sich bedankte, nickte ich ihr zu und zwang sogar ein kurzes Lächeln in mein Gesicht. Auf der anderen Seite begrüßte der Pudel einen schwarz-weißen Zottel, bei dem wohl mehrere Rassen beteiligt waren. Die Frauchen begrüßten sich ebenso freundlich – nur ohne Schwanzwedeln – und hielten einen kurzen Tratsch. In dem Moment schoss es mir durch den Kopf: Hundemenschen! Natürlich. Wieso war ich nicht längst auf die Idee gekommen?

Ganz sicher war auch Carolin oft mit Molle unterwegs gewesen, und vermutlich hatte es bei diesen Ausflügen das ein oder andere Treffen mit anderen Vierbeinern und den dazugehörenden Menschen gegeben. Vielleicht konnte mir von diesen Bekanntschaften jemand ein bisschen mehr über Carolin erzählen? Das wäre mit etwas Glück ergiebiger als diese Suche nach der Nadel im Heuhaufen in Form eines roten Kombis. Und würde garantiert mehr Spaß machen.

»Na, Molle, wo bist du immer mit deinem Frauchen rumspaziert? Hattet ihr einen Lieblingsweg?«

Molle wedelte mit seinem Popo, kam mit den Vorderpfoten auf die Rückenlehne des Fahrersitzes und prustete mir ins Genick.

»Wuä. Du hast eine nasse Aussprache. Danke vielmals, ich wollte nicht duschen.« Nass? War das Zufall, oder wollte mir Molle damit was sagen? Wasser? »Was ist, Molle? Fahren wir ans Wasser? Ist es das? Seid ihr oft am Rhein spaziert?«

Molle geriet ganz aus dem Häuschen. Er jaulte kurz auf, und sein Popo wedelte wild. Okay, das nahm ich als Ja.

Die Rheinzufahrt in Ichenheim war von Neuheim aus nur einen Katzensprung entfernt. Wir fuhren die Rheinstraße entlang durch den Auenwald, vorbei an Fischweihern und Badeteichen, und ein paar Minuten später schob sich Pauline auch schon zwischen einen schwarzen Golf und einen weißen Polo. Hier war richtig viel los. Und vor allem: jede Menge Hunde!

Molle konnte es kaum erwarten und schoss davon, kaum dass er Bodenkontakt hatte. Mich zog er an der Leine hinter sich her. »Hey, langsam, eine alte Autorin ist kein D-Zug!«, jammerte ich.

Nachdem Herr Mops das erste Grün erreicht hatte, hatte die wilde Jagd schlagartig ein Ende. Molle erschnüffelte in aller Ruhe die neuesten Neuigkeiten und hatte es jetzt überhaupt nicht mehr eilig. Ich ließ ihn Hundezeitung lesen und blickte mich um. Eine Dame mit einem schwarzen Riesenschnauzer kam den Weg entlang. Molle hob nur kurz den Kopf, dann schnüffelte er weiter. Herr Riesenschnauzer war wohl uninteressant. Der nächste Vierbeiner war ein Chihuahua, für diese Minidame hatte Molle ein kurzes Wedeln übrig.

Ich grüßte derweil fleißig alle Zweibeiner, die meinen Weg kreuzten, und hoffte darauf, dass einer von denen angesichts des Mopses ein Zeichen des Erkennens von sich gab. Als ein halbhoher Wuschel auf Molle zuschoss und die beiden sich voller Inbrunst begrüßten, klopfte ich mir in Gedanken auf die Schulter. Bingo! Das Frauchen, das hinter dem Wuschel herkam, begrüßte erst Molle, dann mich mit einem herzlichen Lächeln. Dann wurde ihre Mimik ernst.

»Armer Kerl. Lebt er jetzt bei Ihne? So en Unglück. Ich kann immer no ned glaube, dass d' Carolin nimmer lebt.«

»Wir haben Molle adoptiert. Es ist wirklich schrecklich, was da passiert ist. Kannten Sie die Carolin gut?«

Die Frau zuckte mit den Schultern. »Ha, wie ma sich halt so kennt, im selbe Ort. Mir sind manchmal mitnander glaufe, weil unser zwei Strolch sich so gern möge. Und natürlich hab ich oft mal ebbes in de Gärtnerei kauft. Aber sonst hab ich ned viel mit ihr zu tun ghabt.«

Sie sagte das mit einer Vehemenz, als hätte ich ihr irgendetwas unterstellt. Aber so schnell wollte ich mich nicht geschlagen geben.

»Wenn Sie zusammen spazieren waren. Über was haben Sie sich denn dann unterhalten? Gab es besondere Themen?«

Jetzt wurde der Blick der Frau misstrauisch.

»Und wer hän Sie gsagt, sin Sie? Wieso wolle Sie wisse, über was ich mit der Carolin gschwätzt hab?« Der Ton war von einem Buchstaben zum anderen von warm-herzlich zu unterkühlt-ablehnend gewechselt. »Pepe, komm. Wir müsse weiter!«

»Ach Mensch, entschuldigen Sie bitte. Manchmal bin ich wirklich ein Stoffel.« Ich lächelte sie offen und herzlich an.

Breitmaulfroschalarm!

Stimmchens Einwurf überhörte ich und streckte der Frau meine Hand hin. »Clarissa Kleinschmidt. Meine Freundin Ellen und ich wohnen jetzt auch in Neuheim. Ganz in der Nähe der Stelle, an der es zu dem Überfall auf Carolin kam. Deshalb war ich auch bei ihr, als sie … also, na ja, ich habe versucht, Erste Hilfe zu leisten, aber es war leider zu spät. Und so kam auch Molle zu uns. Meine Freundin Ellen und ich, wir haben ihn gefunden. Wir wussten erst gar nicht, wem er gehört. Und als wir es erfahren haben, konnten wir ihn ja nicht einfach ins Tierheim stecken. Das ist ja wohl klar.«

Okay. Meine lange und etwas atemlose Rede hatte zumindest so weit Früchte getragen, dass Pepes Frauchen wieder etwas freundlicher guckte. Ganz ausräumen konnte ich ihr Misstrauen aber nicht.

»Und wieso interessieren Sie sich jetzt so für die Carolin?«, hakte sie nach.

Ich grinste schief. »Vermutlich hab ich zu viel Miss Marple und Jessica Fletcher geschaut. Ich versuche, den Fall aufzuklären. Immerhin läuft ein Mörder frei herum, kein besonders gutes Gefühl, finden Sie nicht?«

»Sind Sie Privatdetektivin?«

Ich schüttelte den Kopf und nickte gleichzeitig, was vermutlich reichlich albern aussah. »Ja, nein«, untermalte ich das Reaktionschaos auch noch verbal. »Privatdetektivin bin ich nicht, aber irgendwie vielleicht doch. Ich habe keinen Auftraggeber, das ist nichts Offizielles. Es ist eher eine Art Hobby. Ich mag einfach das Gefühl nicht, einen Verbrecher auf freiem Fuß zu wissen.«

Eloquenz geht anders, das ist dir schon klar, oder?

Wie bitte schön soll ich denn etwas eloquent erklären, was ich selbst nicht verstehe?

»Und Sie lebe mit Ihrer Freundin jetzt in Neuheim?«

Wie das klang! Hörte ich Flöhe husten, oder hatte diese Frage einen lesbischen Unterton?

Jetzt fang nicht an, das auch noch erklären zu wollen. Ruck, zuck bist du beim toten Lukas, dem Mordverdacht gegen euch und zack – denkt die gute Frau, sie hat es mit einer Irren zu tun. Was ich ihr gar nicht verübeln könnte, ein bisschen wahnsinnig bist du ja schon.

»Ja, genau«, sagte ich und ließ den Rest im Raum stehen, so wie Stimmchen es geraten hatte. Wie genau ich mit meiner Freundin zusammenlebte und was das bedeutete, ging im Grunde niemanden etwas an. In der heutigen Zeit sollte das kein Thema mehr sein. Außerdem wollte ich hier nicht meine gesamte Lebenssituation ausbreiten, sondern viel lieber etwas über Carolin erfahren. Ich nahm noch mal Anlauf. »Wie gut kannten Sie Carolin denn?«

»Wie ich gsagt hab. Mir sin manchmal spaziere gange. Mer ned.« Sie zuckte wie vorhin schon mit ihren Schultern und meinte: »Tut mir leid. Ich kann Ihne da ned weiterhelfe. Vielleicht sollte Sie so en Mordfall au besser der Polizei überlasse. Die sind schließlich für so ebbes da.« Sie schnappte ihren Wuschel am Halsband, klickte die Leine ein und sagte: »So, auf jetzt. Mir müsse weiter.« Während sie ihren Pepe bereits von Molle wegzerrte, grüßte sie noch kurz in meine Richtung und drehte sich dann weg.

»Das war keine Meisterleistung, liebe Clarissa«, sagte ich halblaut zu mir selbst.

Da gebe ich dir recht, meine Liebe.

»Komm, Molle. Wir fahren heim. Mal sehen, ob Ellen schon da ist.«

Wenn es nach Herrn Mops gegangen wäre, hätte er es hier am Rhein sicher noch eine Weile ausgehalten, aber mir genügte es. Von wegen Ermittlerin! Anscheinend hatte ich vergessen, heute Morgen meinen Sinn für Diplomatie mit aus dem Bett zu nehmen, der wälzte sich wohl noch in den Federn.

»Und? Hasch des Auto gfunde?«, begrüßte mich Ellen, die in der Küche zugange war. Wie es aussah, plante sie ein mittelgroßes Gelage. Salate, Brotteig, Fleisch in Marinade, eine Schüssel voller buntem Gemüse.

Ich griff zu, schnappte mir ein paar Stück der frischen Paprika und stopfte mir alles gleichzeitig in den gierigen Schlund. Während ich kaute, ließ ich mich auf einen der Stühle fallen und streckte alle viere von mir. Molle machte sich über den Wassernapf her und verzog sich dann samt Kauknochen in sein Körbchen.

»Nichts. Kein Auto, keine neuen Informationen. Nachdem das in Schuttern komplett ins Leere lief, hab ich versucht, mich bei den Hundemenschen umzuhören. Molle und ich sind an den Rhein gefahren. Wir haben auch tatsächlich einen Hund samt Frauchen getroffen, die Carolin kannten. Aber ich hab mich beim Gespräch angestellt wie ein Bernhardiner beim Seilspringen. Tollpatsch hoch tausend!« Ich legte mir die Hände vors Gesicht und gab ein unwilliges Grunzen von mir.

»Hundemenschen?«, echote Ellen.

»Na ja, ich hab halt gedacht, wenn ich …« Ich unterbrach meinen Erklärungsversuch und winkte ab. »Vergiss es. Blöde Idee. Erzähl lieber, wie es bei dir war. Und hast du das ganze Dorf zum Essen eingeladen?«

»Wenn der Mann von der Babsi nur halb so verfressen isch wie der Hübchen und e gwisse Dame, von derre ich de Name jetzt ned sage will, dann langt des, was ich vorbereitet hab, grad so.« Ellen grinste mich an.

Ich zog ratzfatz den Bauch ein, schob den Daumen in den Hosenbund und zog dran. »Schau mal, die Jeans lottert richtig. So viel kann ich also gar nicht futtern.«

»Viel scho, aber gsund halt. Dafür hasch ja schließlich mich.« Ellen stellte die Schüssel mit dem Blattsalat in die Spüle und ließ Wasser hineinlaufen. »Aber jetzt mal Spaß beiseite. Ich war in der Metzgerei. Dort ham se nur so von der Carolin gschwärmt. Aber sie ham au durchblicke lasse, dass sie nix hat abrenne lasse.«

Aha. Das klang wie das, was ich beim Friseur gehört hatte. Keine Kostverächterin also. Na ja, wieso auch? Frau durfte sich ruhig nehmen, was das Leben so zu bieten hatte. Solange man mit offenen Karten spielte …

»Und dann bin ich in die Gärtnerei. Du, ich sag dir, die Chefin dort, die hätt me Dorne uf de Zähn, als wie ihre Rose an de Stängel hän.« Jetzt musste ich kichern. Was für ein gelungener Vergleich. Aber Ellen ließ sich nicht ablenken. »Ich bin da nei und hab nach re Chrysanthem gfragt. Weil die brauche mer sowieso. Des war zuerscht richtig nett. Mir ham über den Garten gschwätzt und was ich alles ins Kräuterbeet pflanze will. Fachlich brucht die sich ned verstecke. Aber dann wollt ich des Thema wechsle. Bissel mit der Frau schwätze, halt so frage, wies ihr jetzt geht, so ohne Hilf. Und wie lang die Carolin denn bei ihre gschafft hätt. Ganz freundlich, kennsch mich ja. Mei, hätt die mich abgschmettert. Ich kann's dir sage. Da war se plötzlich richtig kratzbürschtig. Was ich von ihre will? Und ich soll mer e Bildzittig kaufe, wenn's mir nach Tratsch wär, bei ihre gäb's nur –«

Die Türklingel unterbrach Ellens Bericht, und Molle sauste auch schon los, um die Gäste zu begrüßen. Dieser Mops war echt der Hammer. Im Bruchteil einer Sekunde konnte er von Tiefschlaf auf Action schalten. Gerade noch geschnarcht, führte er im nächsten Moment einen Mopstanz vom Feinsten auf, umrundete Babsi, sprang an ihr hoch und arbeitete mit seinem wilden Wedeln garantiert an einem deftigen Popo-Muskelkater. Thomas flößte ihm wohl Respekt ein, vor ihm machte er sich ganz klein, und das wilde Wedeln war plötzlich nur noch eine ganz zarte und schüchterne Andeutung. Nachdem Thomas ihn gestreichelt hatte, verzog Molle sich wieder zu seinem Kauknochen. Endlich konnten wir uns begrüßen.

»Hallo Thomas. Schön, dich kennenzulernen. Ich bin Clarissa.« Ich schüttelte die Hand unseres Besuchers und begrüßte Babsi mit einer Umarmung.

»Willkomme in unserm Heim. Schön, dass ihr da sin«, sagte auch Ellen und begrüßte die Gäste so herzlich, wie es eben ihre Art war.

»Dann mal her mit euerm Sorgenkind. Wolle mer dem Herd mal Strom gebe, damit ihr ned verhungere müsst.« Thomas lächelte charmant in die Runde und zeigte dabei eine Reihe bildschöner Zähne. Überhaupt, der ganze Kerl konnte sich sehen lassen. Babsi hatte einen guten Geschmack.

So einen Schönling hat eine Frau nie für sich allein!

Vielleicht lagen da die Probleme im Pfeffer? Nicht nur beim unerfüllten Kinderwunsch. Ich war gespannt, wie sich das alles entwickeln würde.

Weil es in der Küche gemütlich war, blieben wir direkt dort. Ellens tolle blaue Korbstühle und der ovale Holztisch passten perfekt, zum Glück war die Küche groß genug, wir hatten alles locker untergebracht. Nur von einer Theke träumte Ellen noch, aber das ließ sich ja vielleicht irgendwann nachrüsten.

Babsi und ich durften beim Gemüseschneiden helfen, Thomas verschwand samt Schraubenzieher hinterm Herd, nachdem er sich vorher überzeugt hatte, dass die Sicherungen wirklich draußen waren, und Ellen rührte schon mal die Salatsoße an. Sie gab einen Löffel Senf in den Essig. Dann streckte sie das Glas zu uns und sagte: »Des isch einer von hier us der Gegend. Den hab ich beim Apfelmann in Dundeheim entdeckt, als ich Äpfel gholt hab.«

Babsi nickte. »Stimmt. Der ist wirklich gut. Die Senfmanufaktur ist seit ein paar Jahren in Ichenheim.«

Mich wunderte gar nichts, hier in der Ortenau wusste man wirklich zu genießen, das hatte ich schon beim ersten Besuch gemerkt.

Mein Handy vibrierte, und nach einem kurzen Blick auf das Display nahm ich den Anruf an.

»Hallo Franziska! Du hast ein gutes Timing, wir machen es uns gerade gemütlich. Der Herd tut, und Ellen ist bereit, ein köstliches Einstandsmahl zu kochen. Und bei dir? Alles klar?

»Aber ja, hallo Clarissa. Herzlichen Glückwunsch zum Einzug. Und zum Erscheinungstag vom Schwarzwaldbuch. Übrigens: guter Artikel da in der Schwarzwälder Rundschau.«

»Echt? Wie schön. Vor lauter Aufregung hab ich noch gar nicht danach geschaut. Der Herr Köhler ist aber auch ein besonders netter Pressemensch. Ich hab ihm versprochen, ihn weiter mit Neuigkeiten zu versorgen.«

»Wie es aussieht, machst du das ganz prima. Du erzählst ihm sogar Dinge, die mich betreffen, bevor ich etwas davon weiß.«

Hä? In meinem Kopf ratterte es. Wovon sprach sie?

»Ähm …?«

»Na, ich freue mich, dass ich jetzt informiert bin, dass die Premierenlesung bei mir stattfindet. Ist doch fein. So hab ich Gelegenheit, mich drauf vorzubereiten.«

Stimmchen jodelte vor Schadenfreude. *Ich hab's doch geahnt. Der Schuss geht nach hinten los und trifft Frau Autorin voll auf die Zwölf. Jetzt guck, wie du aus der Nummer wieder rauskommst. Herrlich. Popcorn und 'ne Cola, ich hab hier Spaß!*

Wer so ein Stimmchen hat, braucht keine Feinde mehr, ehrlich. Ich stöhnte.

»Franziska. Das tut mir so leid. Wirklich! Ich wollte … also eigentlich hatte ich vor … ich meine …«

Ihr warmes Lachen erlöste mich aus meiner Stammelei.

»Lass gut sein, Clarissa. Ich vermute mal, das war eine deiner Spontanideen, und im Umzugsstress ist dir durchgerutscht, mir davon zu erzählen. Bingo?«

»Bingo«, sagte ich ziemlich kleinlaut. »Und?«

Franziska ließ mich einen Moment zappeln, dann sagte sie:

»Und? Na, wir sprechen den Termin ab und machen eine Schwarzwaldsause, was denkst du denn? Ist doch wohl Ehrensache!«

Du hast mehr Glück als der Mops Haare. Echt.

»Du bist ein Schatz! Ich melde mich, ja?«

»Alles klar. Feiert schön. Und macht nichts, was mir nicht auch Spaß machen würde! Grüße an Ellen!«

»Franziska?«, fragte Ellen.

Ich nickte. »Lange Geschichte. Aber alles gut. Schöne Grüße.«

»Fertig. Des war e Kinderspiel.« Thomas tauchte wieder auf und ersparte mir damit weitere Erklärungen. Er schob den Herd nach hinten, klickte die Sicherung ein und drehte an den Herdknöpfen. Ein mehrfaches Piepen war die Antwort, nur der Backofen brummte.

»Mir müsse ebbes draufstelle, sonscht tut der ned, des isch Induktion.«

Gesagt, getan und im nächsten Moment klatschte Ellen begeistert in die Hände. »Danke, Thomas. Des isch echt super. Na denn, hock dich na. Willsch e Bier oder lieber e Glas Wein?«

»Ich mach einen Riesling vom Alexander auf. Einverstanden?«

Kein Widerspruch und im Nu hatten alle ein Gläschen gut gekühlten Riesling vor sich. Wir prosteten uns zu. »Im Grunde ist dieser Wein die Ursache für unseren Umzug«, erzählte ich. »Wir haben das Weingut Danner besucht, und dabei hab ich mich in die Ortenau verliebt.« Ich nahm einen großen Schluck und schloss genießerisch die Augen. »Ahh. Das tut gut.«

»Des Esse dauert noch so e Dreiviertelstund. Aber ich hab scho mol e paar Amüsgöschle gmacht, damit 's Warte ned z' lang wird.« Damit schob Ellen eine Platte mit Köstlichkeiten in die Mitte des Tisches. »Greift zu. 's isch halt kauftes Brot, aber die Avocadocreme hab ich gmacht.« Sie schaute zum Backofen, bei dem gerade das Licht ausging, was Ellen mit zufriedenem Nicken begrüßte. »Prima. Dann gibt's jetzt demnächscht au wieder selber backenes Brot.« Damit schob sie ein Blech mit drei Baguettes und ein paar Speckbrötchen in den heißen Ofen.

»Stammst du von hier?«, fragte ich Thomas und angelte mir ein Crostini mit Guacamole. Ich wollte die Stimmung lockern und Babsis Mann vorsichtig ein bisschen auf den Zahn fühlen.

»Yepp«, machte er, und sein Lächeln war nicht von schlechten Eltern. »Hier gebore, aufgewachse und nie weggange. Wieso au? Kein vernünftige Mann verlässt des Paradies, wenn er es gfunde hat, oder?« Er zwinkerte mir zu.

»Und deine Eva hast du ja auch«, gab ich zurück, in dem Versuch, seine Aufmerksamkeit ein bisschen von mir weg und in Richtung seiner Babsi zu lenken. Was für ein Glück, dass Hübchen gerade kam. Erleichtert sprang ich auf und lief zur Haustür. Molle war schon da und wartete ungeduldig.

»Schön, dass du da bist, Hübchen«, begrüßte ich ihn, nachdem Molle sein Willkommensritual beendet hatte. »Dieser Thomas ist ein Früchtchen«, flüsterte ich Hübchen ins Ohr, dann nahm ich seine Hand und zog ihn hinter mir her in die Küche.

»Darf ich vorstellen: Benjamin Hübchen.« Ich gab ihm ein Küsschen auf die Wange, was er mit einem leichten Heben der Augenbrauen beantwortete, aber ansonsten kommentarlos hinnahm. »Babsi kennst du ja. Und das ist Thomas, ihr Mann und unsere Rettung in Sachen Herd.«

Hübchen bekam ebenfalls Wein, und ich sorgte dafür, dass er sich zwischen mich und Thomas platzierte. Wie es schien, war die Botschaft angekommen, allerdings nicht ganz in meinem Sinne, denn Thomas konzentrierte sich jetzt auf Ellen. Er stand auf, ging zu ihr rüber und legte ihr den Arm um die Hüfte. »Was isch, kann ich dir ebbes helfe?«

»Autsch!« Ellen ließ das Küchenmesser fallen und schob sich den Zeigefinger in den Mund. »Lasch mal«, nuschelte sie undeutlich und wand sich mit einer geschickten Drehung aus der Situation.

»Clarischa, häm mir Pflaschter?« Sie zog den Finger aus dem Mund, aus dem sich sofort rot und dick die nächsten

Bluttropfen quetschten. Ellen wickelte Küchenkrepp drum, und ich sprang auf, um im Bad nach Pflaster zu suchen. »Setz dich lieber zu deiner Frau«, hörte ich Ellen. »Ich komm scho klar.«

»Jetzt setz dich halt wieder her zu mir. Du bringsch ja alles durchenander«, kommandierte Babsi ihren Thomas an den Tisch zurück. Sie schaffte es nur teilweise, ihre Wut zu unterdrücken. Als sie meinen Blick bemerkte, bekam ihr Gesicht einen rosa Überzug, und ein kurzes Zucken ihrer Mimik drückte Bedauern über die eigenartige Situation aus. Thomas schien etwas verwirrt, gleich zwei Abfuhren hintereinander – das war er offensichtlich nicht gewohnt. Aber er nahm es locker, setzte sich zu Babsi und schob seine Hand auf ihren Schenkel.

»Da fällt mir ein! Molle, schau mal, ich hab dir was mitgebracht!« Babsi beugte sich über ihre Tasche und zog einen Stofftiger, einen Stoffuhu und ein blaues Band hervor. Molle hatte sofort den Kopf gehoben, als sein Name fiel. Als er jetzt die Sachen in Babsis Hand sah, raste er wie vom wilden Mops gebissen auf sie zu, winselte und drehte sich vor Freude um sich selbst.

Babsi strahlte. »Ich war bei der Caro und hab mir gedacht, das hilft dem Molle vielleicht gegen sein Heimweh. Er hat natürlich noch viel mehr Zeugs, aber des hier sind seine liebsten Spielsachen. Des isch der Tiger, des Eumel und sein Rrrr«, erklärte sie.

Rrrr? Was soll das denn …? Bevor ich die Frage zu Ende denken konnte, hatte Molle dieses blaue Flechtband bereits geschnappt, hielt es an einem Ende zwischen den Zähnen und schüttelte wie wild mit dem Kopf, dass ihm das Band um die Ohren flog. Vor lauter Schwung hob er mit den Vorderpfoten vom Boden ab. Und dabei machte er: »Rrrrrr!«

Okay. Alles klar. Das war eine deutliche Antwort.

Thomas' Gesichtsausdruck hatte sich inzwischen immer weiter verfinstert, Babsi merkte es nicht, sie war zu sehr mit den Spielsachen und der Mopsfreude beschäftigt. Ich aber ahnte, dass da eine Explosion bevorstand. Leider hatte ich keine Idee, was die Ursache für den Stimmungssturz war, sonst hätte ich dagegengelenkt.

»Molle hat immer bestimmte Zeiten. Das kriegt ihr schon raus. Nach dem Essen ist meistens das Eumel dran. Und Caro hat ihm vor dem Schlafengehen immer noch ein paarmal das Rrrr geworfen. Dabei hat er es aber meistens nicht freiwillig hergegeben, man muss es ihm abjagen. Oder – warte, ich glaube, wenn man laut ›Bett‹ ruft, dann lässt er es fallen.«

Zack. Da lag das Ding auf dem Boden, und Molle guckte erwartungsvoll zu Babsi, die vergnügt auflachte. »Siehst du? Genau so!«

»Kannsch du den blöden Köter jetzt mal in Ruhe lasse? Und aufhöre, dauernd von sellem Mannsweib zu schwätze. Des isch ja unerträglich!«

Peng. Explosion. Ich hatte es kommen sehen, aber obwohl ich gewarnt gewesen war, zuckte ich unter dem Donnern jetzt doch zusammen.

»Hey, sag mal, was ist denn in dich gefahren?«, fuhr Hübchen den aufbrausenden Thomas an, bevor ich mich vom Schreck erholt hatte. Doch der war nicht mehr zu bremsen.

»Was willsch du denn?«, fauchte er zurück. »Pass lieber auf dei Weib auf, sonst macht mei Frau die au no an.« Er drehte sich zu Babsi. »Du glaubsch wohl, ich bin en Depp, hä? Meinsch, ich hätt ned gmerkt, was da mit sellere Carolin glaufe isch?«

»T-t-thomas, bitte«, stammelte die völlig überrumpelte Babsi und versuchte ihren Mann wieder auf den Stuhl zu ziehen, vom dem er aufgesprungen war.

Doch der entriss ihr seinen Arm und schrie: »Leckt mich doch am Arsch. Alle mitnand!«

Damit stapfte er Richtung Haustür, und weg war er.

Betreff: Mist! Mist! Mist!
Datum: 22.09., 01.14 Uhr
Von: Clarissa <Clarisschen@netzwerk.de>
An: Sarah Brachtinger

Hey, hey, Sarah!

Ich kann dir sagen, bei uns tanzt die wilde Lucie Polka! Wir hatten unser Einstandsessen. Geplant war ein fröhlicher Abend mit vielleicht neuen Freunden in der neuen Heimat.

Am Ende hatten wir einen deftigen Ehestreit und schlüpfrige Geheimnisse. Aber der Reihe nach: Babsi und Thomas sind wie verabredet gekommen, und Thomas hat auch direkt den Herd angeschlossen – ein Glück, dass er das gleich gemacht hat, sonst wäre die Küche vermutlich kalt geblieben. Der Typ ist schon einen zweiten Blick wert, aber nachdem ich ihn jetzt kenne, würde ich sagen: außen hui, innen pfui. In einem Wort: Arschloch!

Aber jetzt zum schlüpfrigen Teil des Abends. Babsi hat dem Molle Spielzeug aus Caros Haus mitgebracht, damit er kein Heimweh hat. Daraufhin ist Thomas komplett ausgerastet, aufgesprungen und wie ein angeschossenes Nashorn zum Haus rausgestürmt. Rumms!

Erst waren wir alle wie gelähmt vor Entsetzen, aber irgendwann konnten wir den Schock abschütteln und haben so getan, als wäre nichts gewesen. Also wir haben versucht, so zu tun, als wäre nichts gewesen. Das hat natürlich nur bedingt geklappt, aber es hat gereicht, um Babsi das Gefühl von Geborgenheit zu geben, das ein Mensch braucht, wenn er sein Herz öffnen soll.

Und so hat sie während des Essens Stück für Stück erzählt, was hinter dieser schrägen Geschichte steckt.

Der Hammer gleich zu Anfang: Babsi und Carolin waren ein Pärchen. Ja, schnapp nur nach Luft. Ich weiß, dass die Babsi mit dem Thomas verheiratet ist. Was glaubst du denn, wieso der so ausgetickt ist, als er kapiert hat, dass Babsi in Carolins Haus war? Gut, eifersüchtig sein müsste er jetzt nicht mehr, immerhin ist Carolin tot, aber gehörnt bleibt gehörnt. Und weil der Thomas ein Mann ist, hat er in seiner selbstgerechten Wut eben komplett vergessen, dass er höchstselbst und seine ekelhafte Vielweiberei seine Babsi in Carolins Arme getrieben hat. Der Kerl pimpert alles, was nicht schnell genug die Tür abschließt. Zumindest hat Babsi erzählt, dass seine Feuerwehrkumpel ihm das nachsagen.

Anfang Mai, auf dem Dorffest, ist es dann passiert. Es sollte der Abend der Abende werden. Babsi hatte sich fest vorgenommen, ihren Schatz mal wieder nach Strich und Faden zu verführen – und dann hat der Depp sich mit anderen Frauen vergnügt, und Babsi ist in Carolins Armen gelandet. Tja. Und da hat sie sich dann Hals über Kopf verliebt.

Und an dem Tag, als Carolin getötet wurde, waren sie und Babsi zu einem Liebespicknick verabredet gewesen.

Babsi hat erzählt, dass sie nie, nie, nie erwartet hätte, dass sie sich in eine Frau verlieben könnte – aber die Sache mit Carolin hat plötzlich ihr gesamtes Leben auf den Kopf gestellt.

Und jetzt hat sie Angst, dass Thomas ihre Carolin umgebracht haben könnte.

Und die Indizien zeigen tatsächlich in seine Richtung. Er trägt immer Adidas-Turnschuhe. Er ist Jäger und hat ein Jagdmesser. Er fährt einen roten Kombi mit Lahrer Nummer und einem P dabei und das gehauchte …aa… würde auch passen.

Was sagst du jetzt?

Wäre möglich, dass wir den Fall schon gelöst haben. Aber ganz sicher sind wir noch nicht. Bevor wir die Polizei einschalten, müssen wir diesen Thomas erst noch gründlich abklopfen. Ein paar Ungereimtheiten gibt es noch.

Ich halte dich auf dem Laufenden. Versprochen!

Küsschen
Clarissa <3

PS: Und hier noch das Rezept für Ellens Guacamole, die hat sie heut auf Crostini als »Amüsgöschle« serviert, wie sie es ausdrückt. Sie meinte damit natürlich Amuse Gueule – den Gruß aus der Küche, aber auf Badisch klingt es echt nett. Und es ist köstlich! Probier es aus, ich weiß genau, dass du es lieben wirst.

Und ihre Dinkel-Speckbrötchen gibt es als Rezept gleich noch dazu. Zum Anknabbern lecker!

Ellens Avocadocreme

1 EL Saft einer Zitrone
1 reife Avocado
1 Tomate
1 Chili (von den kleinen scharfen)
2 Pfefferminzblättchen
Salz, Pfeffer

Zuerst den Zitronensaft pressen, dann die Avocado halbieren, Kern rausnehmen. Das Fruchtfleisch mit einem Löffel aus der Schale lösen, in eine Schüssel geben und mit dem Zitronensaft beträufeln, damit es nicht braun wird. Die Tomate schälen – dazu entweder kurz blanchieren oder einen Sparschäler verwenden –, vierteln und das Kerngehäuse rausschneiden. Das Fruchtfleisch der Tomate sehr fein würfeln, zur Avocado geben. Die Chili ebenfalls sehr fein schneiden – je nachdem wie scharf das kleine Teufelchen ist, mehr oder weniger der

Kerne drinlassen. Die Pfefferminzblätter zerkleinern. Alle Zutaten gut miteinander vermengen und mit Salz und Pfeffer abschmecken. Das ist himmlisch auf geröstetem Weißbrot, zu Käse oder auch zu Gemüsesticks. Jammi!

Dinkel-Speckbrötchen auf Ellens Art

400 g Dinkelmehl
100 g Weißmehl
250 ml lauwarmes Wasser
1 Würfel Frischhefe
½ TL Zucker
½ TL Salz
2 EL Rapsöl
½ TL gemahlenen Koriander
1 Zwiebel
200 g Speck

Das Mehl in eine Schüssel geben, eine Mulde in die Mitte drücken. Das lauwarme Wasser hineingießen, die Hefe in das Wasser bröckeln, den Zucker dazugeben und vorsichtig rühren, sodass mit etwas Mehl vom Muldenrand ein Vorteig entsteht.
Eine halbe Stunde an einem warmen Platz gehen lassen. Dann Salz, Öl und Koriander dazugeben und alles zu einem geschmeidigen Teig kneten. Den Teig ordentlich durchwalken, bis er Blasen wirft. Abgedeckt nochmals eine halbe Stunde gehen lassen.
In dieser Zeit die Zwiebel schälen und in Würfel schneiden, den Speck ebenfalls würfeln und beides in einer Pfanne etwas anbraten und auskühlen lassen.
Den Teig in kleine Stücke zerteilen (je nach Geschmack kleinere oder größere Brötchen.) Die Speck-Zwiebel-Würfel auf die Teigstücke verteilen, hineinkneten und die Brötchen auf ein mit Backpapier ausgelegtes Backblech

legen. Die geformten Brötchen mit einem Messer kreuzförmig einritzen. Zudecken, nochmals ein paar Minuten gehen lassen. Im vorgeheizten Ofen bei 220 Grad 15 bis 20 Minuten backen.

ACHT

23. September

»Isch des toll, dass mir dich hän überrede könne! Wirsch sehe, des tut dir gut! Und verdient hesch des allemal, so wie du uns gholfe häsch.«

Wir passierten gerade die Ausfahrt Teningen, und Pauline schnurrte brav – ich hatte sie extra noch vollgetankt. Ellen schaute über ihre Schulter auf den Rücksitz, wo Babsi und Molle es sich gemütlich gemacht hatten. Eigentlich hätten wir im Schnuckelchen noch reichlich Arbeit, und ein paar Presseanfragen und Interviews zum Schwarzwaldbuch warteten auch auf Antwort, ich hatte gestern noch lange nicht alles geschafft. Aber wir hatten den ganzen Tag geschuftet, und das Herbstwetter war so herrlich, dass Ellen nicht mehr zu bremsen gewesen war. Und so hatte sie kurzerhand beschlossen, heute einen Gartenbesuchstag einzulegen. Sie hatte es verkündet, als wir beide gerade in der Küche waren, sie beim Kuchenbacken, ich samt Notebook am Tisch.

Babsi hängte unter Molles Aufsicht im Wohnzimmer die frisch gewaschenen Vorhänge auf. Sie war echt ein Schatz. Wir hatten sie nach dem verunglückten Abend überredet, bei uns zu schlafen, und seit dem frühen Morgen krustelte sie jetzt schon mit Ellen um die Wette, während ich mitten im Gewühl saß und Interviewfragen beantwortete. Manche wiederholten sich, aber zwischendurch waren auch originelle Fragen dabei, und ich gab mir Mühe, die Antworten zu variieren und mit einem gewissen Pfiff zu versehen. Schließlich sollten die Leute beim Lesen Spaß haben.

»Und die Babsi kommt mit. Als kleines Dankeschön. Vielleicht kriege mer se dann au endlich dezu, dass se sich öffnet.« Obwohl Babsi uns sicher nicht hören konnte, war Ellen zu mir rübergekommen und hatte ihre Stimme gesenkt. Dann redete sie im Normalton weiter: »Drin schaffe könne mer immer noch, wenn's Herbschtwetter nasskalt wird. Jetzt müsse mer noch e bissel uftanke. Und außerdem muss ich e bissel Garte eischnaufe könne, sonscht werd ich trübsinnig.«

»Aber ich muss unbedingt –«

»Papperlapapp!«, hatte sie meine Einwände kategorisch abgeschmettert. »Mir sin doch ned nur auf de Welt zum Schaffe! Mir hän so viel gschtemmt in letzter Zeit, mir hän uns des einfach verdient. Baschta.« Wieder flüsternd: »Denk an die Babsi, des isch wichtig, glaub mir.«

Diesen Argumenten hatte ich nichts mehr entgegenzusetzen. Und ja, es würde Babsi auf jeden Fall guttun, sie ein bisschen von ihrem Kummer ablenken und uns mit den Ermittlungen vielleicht ein Stück voranbringen. Außerdem sollte das Wetter laut Wetterbericht wirklich herrlich werden. Viel zu schön, um sich so einen Tag mit Arbeit zu versauen.

Ellen hat nicht viel Energie gebraucht, um dich von der Arbeit wegzulocken. Faultier, hm?

Wenn schon, dann fleißiges Faultier, Stimmchen. Immerhin ist gerade mein Buch rausgekommen, und nächsten Monat starte ich mit den Lesungen. Mein Auftritt in der Talkshow vom Breitmaulfrosch steht an. Ich denke schon über das nächste Buch nach. Und überhaupt.

So wie manche schaffen, möchte ich Urlaub machen, seufzte Stimmchen.

Vielleicht sollte ich mal über einen Urlaub nachdenken, konterte ich. So einen Urlaub vom Stimmchen, präzisierte ich diese Idee.

Das würdest du keine zwei Stunden aushalten. Du liebst mich doch.

Ich grinste vor mich hin, lenkte Pauline auf die Überholspur und sparte mir eine Antwort. Ellen blätterte derweil im Glücksgartenbuch und hielt es hoch, damit Babsi einen Blick auf die Bilder werfen konnte. »Guck dir des nur an. Isch des ned herrlich?«, schwärmte Ellen. Langsam musste sie das Buch eigentlich auswendig kennen, aber die Begeisterung schmälerte das nicht.

Ursprünglich hatte sie als Erstes in den Klostergarten

St. Lioba wollen, aber letzte Nacht, so kurz vor dem Schlafengehen – Babsi hatte gerade ihrem Thomas aufs Band gesprochen, dass sie nicht nach Hause käme –, hatte sie sich umentschieden und für heute einen Ausflug nach Ettenbühl vorgeschlagen.

»Da könne mer nach Herzenslust Garte gucke und au glei noch ganz wunderbar schlemme. Des Reschtaurant dort soll supergut sei, hab ich ghört.«

Wohl eher gelesen – und ich ahnte natürlich auch, wo. Deshalb hatte ich gelacht und mich einfach gefreut, dass Ellen ein ebensolcher Genussmensch war wie ich.

»Aber ned falsch verstehe, nach St. Lioba will ich au noch.«

Schon klar. Und in den Riedgarten und in den Radhiesligarten. Und in alle hundertfünfundachtzig Gärtnereien, die es in der Umgebung gab, natürlich auch. Ellen war kaum noch zu bremsen vor lauter Gartenlust. Und es stand ihr ganz ausgezeichnet. Sie strahlte eine Lebensfreude aus – unglaublich! Besonders, wenn ich daran dachte, was sie schon alles mitgemacht hatte, kam es mir wie ein Wunder vor, sie so erleben zu können. Wäre ich ein Mann, ich würde mich ganz bestimmt in sie verlieben.

Vielleicht verliebt sich ja die Babsi in sie.

Besser als mit ihrem Thomas ginge es ihr dann gewiss. Aber nein, lass mal. Das muss nicht sein. Schon gar nicht, bevor wir sicher wussten, dass sie wirklich nicht die Täterin war. Nach wie vor konnte ich mir das zwar nicht vorstellen, aber bewiesen wäre es erst, wenn der Mörder überführt war. Abgesehen davon macht Liebe doch nur immer alles kompliziert, das braucht kein Mensch. Ich hatte mich noch immer nicht vollständig von meiner letzten Beziehung und vor allem von dem dazugehörenden Trennungsstress erholt. So einfach steckte man einen durchgedrehten Stalker eben nicht weg, auch wenn Pascal am Ende doch noch die Kurve gekriegt hatte und wieder einigermaßen normal tickte – natürlich nur im Rahmen seiner Möglichkeiten. Eine neue Liebe war auf jeden Fall nicht das, was mich derzeit locken konnte. Also zumindest keine zwischenmenschliche. Es gab schließlich genug andere Dinge, die ich lieben konnte: Molle, Pauline, das Lottchen, meinen blauen Oscar, unser Schnuckelchen, mein Schwarzwaldbuch, Ellens Küchenköstlichkeiten …

Du denkst echt immer ans Essen. Ellen hat recht: Du bist genauso verfressen wie Hübchen!

Aber nein. Im Gegensatz zu ihm bin ich ein Gourmet, Stimmchen, kein Gourmand. Und um das zu beweisen, trällerte ich: »Wenn wir schon in einen englischen Garten fahren, dann möchte ich aber auch eine klassische Teatime. Geht das? Bieten sie das an?«

»En tolle Apfelkuche gibt's jedenfalls. Dadevo hätt die Autorin gschwärmt«, meinte Ellen.

»Wartet. Ich schau nach. Die haben doch bestimmt eine Website.« Babsi zückte ihr Smartphone, das sie seit dem Vorfall mit Carolin hütete wie ihren Augapfel. Immer wieder kämpfte sie mit dem Gedanken, ob Caro hätte gerettet werden können, wenn sie nicht ihr Handy vergessen hätte. Ich hatte schon Fusseln am Mund, so oft hatte ich ihr erklärt, dass ihre Caro keine Chance gehabt hätte. Auch nicht bei sofortiger Versorgung. Das stand eindeutig im Polizeibericht, das wusste ich von Hübchen. Und der wusste es von diesem doofen Hühnchen.

Gooock, gock, gock. Die Clarissa ist eifersüchtig. Gooock, gock, gock.

Von diesem doofen Hühnchen, auf das ich nicht und gar nicht und in keinster Weise eifersüchtig bin! Kapiert?

Aber okay, deshalb hatte Babsi jetzt also immer das Handy dabei und konnte somit in aller Ruhe im Netz nach Ettenbühl suchen und sich durch die Seiten klicken, während ich mich auf den Verkehr konzentrierte.

»Da haben wir's!«, verkündete sie nach ein paar Minuten. »Wir müssen es nur anmelden, dann können wir in aller Ruhe Garten gucken, und die Teatime wird vorbereitet.«

»Und was isch des dann? Hoffentlich ned nur Tee. Des wär dann doch e bissel dünn. E bissel was zum Mampfe brauche mer scho.«

Wer denkt jetzt nur ans Essen, mmh, Stimmchen?

Babsi tippte wieder und las vor: »Dreierlei Sandwiches: mit Ei und Kresse, Lachs und Dill, feinsten Gurkenscheiben, ein Scone mit Clotted Cream, Erdbeer- und Orangenmarmelade, feine Kuchen und Törtchen, eine große Kanne Tee. Sie haben die Wahl aus sechsundzwanzig exklusiven Teesorten. Also Mädels, ich glaube, hungern und dursten müssen wir nicht.«

»Des isch au gut so. Des muss e Wahnsinnsgarte sei. Über fünf Hektar groß. Zwanzig verschiedene Gartezimmer. Da hämmer uns e guts Esse hinterher auf jeden Fall verdient.«

Eine halbe Stunde später parkte ich Pauline im Schatten eines Baumes.

»Molle, du passt auf Pauline auf. Wir holen dich nachher, bevor wir essen gehen. In den Garten darfst du leider nicht mit.« Ich löste den Gurt. Wenn er schon im Auto warten musste, dann sollte er sich wenigstens frei bewegen können. Dann gab es noch eine Schüssel mit Wasser für Herrn Mops und ein paar mahnende Worte. »Nicht wegfahren, hörst du? Und nicht mit Fremden sprechen.«

Ein paar Knuddeleinheiten und Leckerchen später rollte Molle sich auf dem Rücksitz zusammen, um ein Schläfchen zu machen, und wir marschierten wie die drei Grazien in Person auf das Ettenbühler Anwesen zu.

Es ging durch den Laden (»Komm jetzt, Ellen, wir wollen doch Blumen bewundern. Hier können wir nachher noch stöbern«) zuerst ins Landhaus, wo wir unsere Teatime bestellten, und dann in den Garten.

»Aber bevor mir fahre, müsse mer im Lade gugge. Jesses, hän die schöne Sache.«

»Versprochen. Das machen wir nach dem Essen in aller Ruhe. Da kann Molle dabei sein. Ich will nicht, dass er zu lange im Auto allein bleiben muss.«

»Mach dir keine Gedanken, das schafft der locker. Es ist ja nicht heiß, die Fenster sind ein Stück auf, und Wasser hat er auch. Außerdem kennt er das, Caro hat ihn auch manchmal im Auto gelassen.«

Das war mein Stichwort. Wir schlenderten über die Wiese durch die verschiedenen Gartenzimmer.

»Gugg! Des muss der Sunken Garden sei. Jesses, isch des bezaubernd! Und hier, schau doch, da gibt's immer Hochzeiten. Herrlich!«

Nicht nur Ellen war entzückt. Auch Babsi und ich sogen den Duft und die himmlische Atmosphäre in uns auf. Die Fülle der Blüten und Farben, es war ein Fest. Aber trotz all dieser Schönheit blieb ein Teil meines Gehirns bei Carolin.

»Glaubst du, Thomas hat sie umgebracht?«, fragte ich Babsi ziemlich direkt. Ich wusste inzwischen, dass die Samthandschuhe bei ihr keine Wirkung zeigten.

Prompt kippte ihr wieder einmal die Farbe aus dem Gesicht, aber sie lächelte tapfer, zuckte mit den Schultern und schüttelte gleichzeitig den Kopf. »Wenn ich das wüsste. Ich will es nicht glauben, aber um ehrlich zu sein, ja, Thomas könnte es gewesen sein. Auch wenn ich es ihm im Grunde nicht zutrau. Er ist ein Hallodri, ein Weiberheld, aber ein Mörder? Ich kann mir das nicht vorstellen. Und außerdem wusste er das von Caro und mir nicht. Das hat er erst nach Caros Tod rausgekriegt – oder besser gesagt: vermutet. Zugegeben hab ich es ihm gegenüber bis heute nicht. Im Grunde weiß er also immer noch nichts.«

»Was nicht heißen muss, dass er es nicht vorher bereits auf andere Weise rausgekriegt haben kann«, gab ich zu bedenken.

»Wie denn? Wir waren immer sehr vorsichtig. Nein, das glaub ich nicht. Dann hätte er was gesagt. Und er war auch an dem Tag, an dem es passiert ist, ganz normal. Du denkst doch nicht, dass er so kaltschnäuzig wäre, meine Geliebte umzubringen und dann einen auf entspannten Ehemann zu machen? Und außerdem: Das Auto war an dem Tag in der Werkstatt. Das hat er mir schon morgens erzählt. Soviel ich weiß, meint die Polizei, dass es eine Tat im Affekt gewesen ist.«

Babsi sah mich prüfend von der Seite an. Ich überlegte. Woher wusste sie das? Hatte Hübchen das ausgeplaudert? Soweit ich mich erinnern konnte, hatte er in Babsis Anwesenheit nichts dazu gesagt.

Vielleicht war es ihr Affekt? Das würde das Wissen erklären.

Nicht so schnell, Stimmchen. Erst mal abwarten.

Als ich nichts auf Babsis Vermutung erwiderte, fuhr sie fort: »Die können so was ja einordnen, so Polizeipsychologen und so. Wenn Thomas mich aber wegen des Autos angelogen hätte, dann müsste er die Tat geplant und das mit dem Auto vorsorglich erzählt haben, falls jemand das Fahrzeug sieht. Nein. So kaltblütig und berechnend ist Thomas nicht. Das wäre auch sehr kurz gedacht, denn wenn ihr das Kennzeichen hättet lesen können, dann wäre die Lüge sofort aufgeflogen. Und wie hätte er ahnen können, dass du ihm fast vor den Wagen läufst?«

Ich ließ die Info sacken und versuchte eine andere Theorie. »Und was, wenn er das mit der Werkstatt gesagt hat, um davon abzulenken, dass er hinter dir herspioniert? Was, wenn er euch doch beobachtet hat, wie ihr knutscht, und dann durchgedreht ist?«

Erneutes Kopfschütteln von Babsi. »Er kann nichts gesehen haben, weil es nichts zu sehen gab. Wir haben an dem Tag nicht geknutscht, weil wir uns ja noch gar nicht getroffen hatten. Als ich zum Maisfeld kam, lag Caro schon verletzt am Boden.« Sie zögerte, dann meinte sie: »Aber natürlich könnte Thomas gesehen haben, wie ich mich mit dem Picknickkorb auf den Weg gemacht habe. Oder er könnte Caro beobachtet haben, wie sie ins Maisfeld ging, und sie abgefangen haben. Aber dann wäre es wieder geplant, kein Affekt. Eifersüchtig ist er sehr, und das, obwohl ich viel mehr Grund hätte als er. Na ja, also meistens. Ach, das ist alles so verworren.«

Hm. Irgendwie kamen wir nicht vom Fleck.

»Im Grunde müsste ich zur Polizei. Aber ich kann doch nicht meinen Ehemann anzeigen. Schon gar nicht, wenn es nur eine vage Möglichkeit ist, an die ich selbst nicht mal richtig glaube. Ich hab zwar ein komisches Gefühl, aber ich bleibe dabei: Thomas ist unschuldig. Und daran halte ich mich fest.«

»Babsi, ich weiß noch nicht, wie, aber ich verspreche dir, wir werden dir helfen. Wenn er es war, kriegen wir das raus. Und wenn er es nicht war, werden wir seine Unschuld beweisen. Du kannst dich auf uns verlassen.«

Babsi umarmte mich und flüsterte: »Danke.« Ich spürte, dass sie zitterte, das Ganze nahm sie sichtlich mit.

Ellen war während des ganzen Gesprächs still gewesen und hatte Blumen bewundert. Jetzt zog sie ihre Nase aus einer Rosenblüte und drehte sich zu Babsi herum. »Sag mal, die Gschicht, von wege du kannsch ned schwanger werde, was war denn eigentlich des? Hasch du mir en Bäre ufbunde?«

Sie stand vor Babsi und hatte die Hände in die Hüften gestemmt. Ihre sonstige Warmherzigkeit wirkte wie eingefroren. In dem Punkt verstand sie verständlicherweise keinen Spaß.

Aber Babsi wich ihrem Blick nicht aus und wehrte den Vorwurf vehement ab. »Du musst doch gemerkt haben, wie traurig ich bin«, sagte sie. »Glaubst du wirklich, mit so etwas würde ich Spielchen spielen?«

»Ja, aber …« Ellen versuchte, die Tatsachen auf die Reihe zu bringen.

»Ich glaube, Babsi, das musst du uns noch mal erklären. Irgendwas stimmt doch nicht. Einerseits warst du mit Carolin zusammen, und andererseits willst du von deinem Mann ein Kind? Du musst zugeben, das klingt etwas verworren.«

In anderen Ländern gibt es Vielweiberei, vielleicht wollte eure Babsi alles: Mann, Geliebte und Kind?

Drei Wünsche auf einmal? Das Leben ist doch kein Überraschungsei. Nein, mein Näschen sagt: Da steckt etwas anderes dahinter.

Babsi lächelte ein bisschen wehmütig. »Ich verstehe schon, dass euch das merkwürdig vorkommt. Ich bin ja selbst verwirrt. Aber kommt, wir setzen uns hier auf die Bank, und ich erzähl euch, wie das zusammenhängt.«

Wir saßen am Koiteich und ließen uns die Sonne auf die Haut scheinen. Ein sanfter Wind strich über uns, und es war zum Dahinschmelzen herrlich. Babsi saß in der Mitte und erzählte die Geschichte ihren Fingern, die sich fortwährend ineinander verkneteten.

Kurze Zeit später waren wir im Bild und mehr oder weniger entsetzt. Genauer gesagt: Ellen mehr, ich weniger. Diese Caro war wirklich ein Früchtchen gewesen, und Babsi hatte sich in ein Spiel reinziehen lassen, das ihr von Anfang an widerstrebte. Zumindest behauptete sie das.

Ha, vielleicht haben sich die beiden gestritten. Mir scheint, sie könnte es doch gewesen sein.

Nein. Absolut nicht. Die Geschichte zeigt doch nur, wie sehr Babsi sich nach Liebe gesehnt hat. Für diese Carolin hätte sie wohl alles getan.

Und diese Caro für sie? So ein Früchtchen, wie die war?

Hm. So wie Babsi das erzählt, war es zwischen den beiden wohl etwas anderes.

»So sollte Mensche ned mitnander umgehe, Babsi. Echt ned. Egal, was dein Thomas angstellt hat. Dass du ihn so über de Tisch ziehe wollscht.« Ellen konnte gar nicht mehr aufhören mit Kopfschütteln.

»Ich weiß, dass das nicht richtig war. Aber wie hätten wir denn je ein Kind bekommen sollen? Zwei Frauen? Ihr wisst doch, wie kompliziert das ist. Und außerdem, der Thomas ist ein guter Mann, abgesehen von seinen Weibergeschichten. Ich glaub, wir könnten tolle Kinder miteinander bekommen. Wenn er kein so Hallodri wär …« Babsi versank in ihre Gedanken, und auch ich grübelte.

»Sag mal. Hast du die Carolin wirklich geliebt? Und sie dich? Und was ist mit Thomas? Was empfindest du für ihn? Kann es vielleicht sein, dass du ihn auch noch liebst? Liebt er dich?«

»Ach, Liebe. Was ist das denn genau? Ich hab den Thomas immer geliebt, dachte ich zumindest. Bei ihm bin ich mir nicht sicher, ob er überhaupt lieben kann. Und dann kam Caro und stellte meine ganze Welt auf den Kopf. Am Ende war ich so verwirrt, dass ich überhaupt nichts mehr wusste. Und auch immer noch nichts weiß. Die Caro war immer für mich da. Sie hat mich verwöhnt. Sie war zärtlich. Aufmerksam. Wir zwei, wir hätten uns ein neues Leben aufbauen können! Ich hätte …« Babsi brach ab und schluckte schwer. Sie schwenkte um. »Und der Thomas, der sieht nur noch durch mich durch. Wie kann ich denn jemanden lieben, der mich so behandelt? Den alten Thomas, den ich damals kennengelernt habe, den würde ich sofort lieben. Aber gibt es den noch? Ist es vielleicht sogar meine Schuld, dass er sich so verändert hat? Aber wieso? Was mache ich denn falsch? Bin ich es nicht wert, geliebt zu werden?«

Ein ziemliches Liebeschaos, auweia. Da wäre ich aber auch durch den Wind. Und am Ende standen Fragen über Fragen. Auf manche würde es vielleicht nie eine Antwort geben.

»Und wieso hätt die Carolin ned versucht, mit ihrem Markus en Kind zu kriegen? Was spielt der überhaupt für e Rolle in eurem Schmieretheater?«, mischte sich Ellen in die Fragerunde ein.

Doch Babsi lachte nur. »Ach, der Markus. Den gibt es doch gar nicht. Den hat die Caro nur erfunden, um die Leute zum Schweigen zu bringen. Sie wollte, dass die Gerüchteküche endlich aufhörte zu brodeln. Und wir wollten nicht, dass irgendwer Verdacht schöpft. Immerhin war ich ja verheiratet.«

Ich schmeiß mich weg. Die Bullen suchen ein Phantom!

Mir schwirrte langsam, aber sicher der Kopf.

»Tut mir leid, ich komm echt nicht mehr mit. Babsi, warte, das muss ich noch mal aufdröseln. Also du hast versucht, mit deinem Mann Thomas ein Kind zu machen, das du dann in deine Beziehung mit Carolin mitnehmen wolltest. Thomas sollte nur so lange dein Mann bleiben, bis du schwanger geworden wärst. Richtig?«

Babsi sackte in sich zusammen. »So wie du des sagsch, klingt des ganz schön link.«

»Na, richtig war des sicher ned. E ziemliche Schnapsidee, wenn de mich fragsch«, kommentierte Ellen. Als sie sah, wie Babsi noch kleiner wurde, legte sie ihr aber versöhnlich den Arm um die Schultern und meinte: »Komm, jeder kann mal e Fehler mache. Dass es so ned in Ordnung war, isch dir, glaub ich, inzwische au klar, oder?«

»Ich sag euch was. Wenn der Thomas es nicht war und es den Markus gar nicht gibt, dann stehen wir wieder ganz am Anfang. Ist euch das bewusst?« Ich stöhnte, und am liebsten hätte ich den ganzen Fall hingeschmissen. Sollte doch die Polizei den Täter überführen. Vielleicht steckten sie den Markus ja in Phantomhandschellen und packten ihn in eine Phantomzelle.

Nachdem ich einige Male tief durchgeatmet hatte, sagte ich: »Wisst ihr was? Wir vergessen jetzt den ganzen Kram und genießen unsere Gartenzeit – dafür sind wir schließlich hier, oder? Wenn wir alles gesehen haben, holen wir Molle, setzen uns ins Landhaus und lassen uns mit der Teatime verwöhnen. Und wenn Ellen anschließend noch den halben Laden leer kaufen will, bitte schön. Babsi und ich kaufen dann einfach die andere Hälfte.«

Ich zwinkerte Babsi zu, die sogar schon wieder ein kleines Lächeln zustande brachte. »Ich verspreche euch, wenn wir ein paar Stunden Urlaub hatten, ein bisschen auftanken konnten, sehen wir sicher klarer. Manchmal entknoten sich auf diese Weise Gedanken, die vorher unentwirrbar schienen. Heute Abend, wenn wir wieder zurück in Neuheim sind, marschieren wir in Carolins Haus und nehmen dort mal ein paar Dinge unter die Lupe. Vielleicht finden wir irgendwelche Hinweise auf mögliche Täter, auf Streit, Briefe, Mails, was weiß ich? Babsi, du hast doch einen Schlüssel, oder?«

Babsi nickte zaghaft, sie wirkte nicht sehr überzeugt. »Dürfen wir das denn? Ich meine, wem gehört das Haus denn überhaupt? Was, wenn die Polizei uns erwischt? Ich war ja nur schnell drin, um was für Molle zu holen, aber in Carolins Sachen schnüffeln?«

»Keine Ahnung, wem das Haus gehört. Bis jetzt ist noch kein Erbe aufgetaucht, soweit ich weiß. Aber wir wollen ja sowieso nichts klauen und nichts anstellen, sondern lediglich Carolins Mörder auf die Spur kommen. Wer auch immer das Haus erbt, das müsste doch in seinem Sinne sein, finde ich.«

Das kannst du ja dann auch der Polizei genau so sagen, wenn sie euch verhaften.

Hat uns das interessiert, als wir nachts bei diesem Dirk ins Büro sind? Eben. Siehste. Und das hat uns damals auch den entscheidenden Hinweis gebracht. Manchmal heiligt der Einbruch eben die Mittel oder so ähnlich. Sei mal kein feiges Huhn, Stimmchen.

Sag nur nicht, ich hätte dich nicht gewarnt.

Du hast mich gewarnt. Du hast mich gewarnt. Du hast mich gewarnt. Ich gebe es dir schriftlich, wenn es dich beruhigt.

Zicke.

Meine rechte Pobacke vibrierte, und ich zog das Handy raus. Meine Agentin Beate.

»Hallo, Autorin bei der Arbeit.«

»Dafür klingst du aber sehr entspannt, meine Liebe«, gab sie zurück. »Sag mal, hast du heute noch keine Mails gelesen? Ich hätte gedacht, du lässt einen Jubelschrei los.«

»Wieso? Bin ich auf der Bestsellerliste?«, fragte ich das Unwahrscheinlichste, was mir in den Sinn kam.

»Das nicht, aber immerhin geht dein Schwarzwaldbuch in die zweite Auflage. Und die Landesschau hat sich bei mir gemeldet. Sie wollen dich morgen als Studiogast haben.«

»Moment«, hauchte ich und krallte mich in Ellens Unterarm fest, um nicht aus den Latschen zu kippen. »Du machst Scherze.«

»Wie gut kennst du mich? Würde ich mit so etwas Scherze machen?«

Nein. Würde sie nicht.

NEUN

24. September

Zu viert schlichen wir durch die nächtlichen Straßen Neuheims. Kurz nach Mitternacht. Hinter den meisten Fenstern herrschte Dunkelheit, die Bewohner schliefen den Schlaf der Harmlosen. Nur ein Haus erstrahlte in Festbeleuchtung, da konnte ich den Umriss eines Mannes sehen, der ein Baby in den Schlaf schaukelte. Brav. Es gab doch noch gute Männer auf der Welt.

Komm, dein Blümchen ist auch nicht ganz schlecht. Der würde bestimmt auch …

Das ist nicht mein – Ach, rutsch mir doch den Buckel runter, Stimmchen! Die Nacht duftete schwer und reif, nach Erde und Ernte, nach Herbst in seiner ganzen Fülle. Ich blieb stehen, um die Eindrücke aufzusaugen, aber Hübchen zog mich ungeduldig weiter.

»Träumen kannst du später wieder. Oder willst du, dass wir entdeckt werden?«, flüsterte er. »Wieso hab ich mich nur von dir überreden lassen?«

Ellen und Babsi waren ein gutes Stück voraus, also legte ich mit nur leisem Murren einen Zahn zu und hielt mich dabei wie die anderen möglichst im Schatten der Hecken.

Wir hatten beschlossen, zu Fuß zu gehen, da es nur etwa zehn Minuten bis zu Carolins Haus waren. Und Paulines Motorbrummen hätte uns verraten können. Molle musste genau wie mein Mini zu Hause bleiben, was er ganz offensichtlich doof fand. Er nieste fünfmal sehr empört, als ihm klar wurde, dass es für ihn nicht Gassi ging. Ich hoffte nur, er würde sich brav hinlegen und in der Zwischenzeit nicht wieder meine Bücher auf Mopsart lesen.

Vielleicht könntest du ihm beibringen, deine Bücher zu schreiben, während du dich rumtreibst.

Abgesehen davon, dass ich mich nicht rumtreibe, wäre das natürlich cool. Aber ich fürchte, seine Rezepte wären nicht ganz nach dem Geschmack meiner Leser. Hübchen riss mich aus meinen Albereien mit Stimmchen raus.

»Ich bin mir nicht sicher, ob das eine gute Idee ist. Was glaubst du denn, was wir dort finden? Wenn es was gäbe, hätten die Offenburger Kollegen das schon längst entdeckt. Die haben das Haus doch auf den Kopf gestellt.«

Er versuchte schon seit Stunden, uns das mit der Hausdurchsuchung auszureden. Er wollte sich nicht in die Arbeit der Kollegen einmischen – zumal die ihm die kalte Schulter gezeigt hatten. Meiner Meinung nach war das vorgeschoben. In Wirklichkeit hatte er die Hosen gestrichen voll. Beamte! Sicherheitsdenken hoch hundert. Und immer schön nach den Regeln tanzen. Das war doch auf Dauer todlangweilig!

Und so nervenschonend! Wenn man nicht gerade eine gewisse Clarissa als Freundin hat, kann das Leben so richtig gemütlich dahinplätschern.

Mit mir ist wenigstens was geboten. Später kann Hübchen seinen Kindern mal was erzählen. Und wem hat er das zu verdanken? Genau. Mir!

Euren Kindern? Hab ich was verpasst?

Kein Kommentar. Stattdessen hakte ich Hübchen unter und versuchte, ihn aufzumuntern.

»Hör auf zu jammern, Blümchen. Streng genommen ist es ja nicht mal ein Einbruch, immerhin haben wir einen Schlüssel. Es ist im schlimmsten Fall Hausfriedensbruch. Aber wenn du dir in die Hose machst, kannst du ja solange auf Molle aufpassen. Der würde sich bestimmt freuen.«

Oder Molle auf den Kommissar Hasenfuß, kicherte Stimmchen.

Ich sparte mir einen Kommentar darüber, dass sie selbst vor Kurzem noch geunkt hatte und die Idee gar nicht prickelnd fand. Was interessierte Stimmchen ihre Meinung von vor fünf Minuten? Den Schlagabtausch schenkte ich uns, denn ich hatte genug mit dem jammernden Blümchen zu tun.

»Für euch ist das vielleicht ein Kavaliersdelikt«, lamentierte Hübchen unbeirrt weiter. »Mir kann es disziplinarische Maßnahmen einbringen. Außerdem werden die Kollegen das Haus versiegelt haben. Das ist dann Siegelbruch! Weißt du, was das bedeutet? Ich kann mir einen anderen Job suchen! Dir ist schon klar, dass ich nur mitgehe, weil ja irgendjemand auf euch aufpassen muss, ja?«

Ich gab ihm einen schnellen Kuss auf die Wange. »Alles wird gut. Kein Mensch wird sich darum scheren, ob wir in Carolins Haus ein paar Unterlagen durchsehen. Und Babsi war ja schon mal drin, um Molles Spielsachen zu holen. Sie hat nichts von einem Siegel erzählt. Bleib locker und vertrau mir. Ich hab Erfahrung mit so etwas.«

»Erinnere mich nur nicht daran«, grummelte er. »Eigentlich hätte ich euch anzeigen müssen.«

»Hast du aber nicht, und jetzt haben wir dich in der Hand«, frohlockte ich ohne die geringsten Skrupel. »Du bist uns auf Gedeih und Verderben ausgeliefert.«

»Jetzt losse doch des Geplänkel e mol si«, zischte Ellen, die wir inzwischen eingeholt hatten. »Ich mach mir au glei in d' Hos vor lauter Ufregung. Ich kann de Benjamin scho verstehe. Echt, Clarissa, du bisch unmöglich.«

»Aber das mit größtem Vergnügen«, konterte ich und zwinkerte Hübchen zu. Der rollte mit den Augen, was ich in der Dunkelheit mehr ahnte als sah.

Ist der Ruf erst ruiniert, lebt sich's gänzlich ungeniert.

Ganz offensichtlich hatte auch Stimmchen ihren Spaß. Wir kamen, soweit wir das beurteilen konnten, unentdeckt bei Carolins Haus an. Die Vordertür war tatsächlich – genau wie Hübchen prophezeit hatte – polizeilich versiegelt, aber Babsi überging seinen Fluch und führte uns zur Hintertür. Die hatten das Bullengesicht und sein Pellinger vergessen.

»Siehst du, Hübchen«, flüsterte ich. »Nicht mal Siegelbruch. Alles völlig harmlos.«

Hübchen schüttelte fassungslos den Kopf über meine Unverfrorenheit und gab keinen Mucks von sich. Er wirkte immer noch so, als wäre er überall auf der Welt lieber als hier.

Überall? In der Wüste? Pralle Sonne. Kein Wasser?

Wäre ihm lieber.

Als Dachdecker im Hochsommer auf einem Flachdach, Bahnen verschweißen?

Wäre ihm bestimmt auch lieber.

In einem Kosmetikstudio zur Ganzkörperenthaarung mit Wachs?

Na ja, so schlimm ist ein kleiner Hausfriedensbruch ja nun auch nicht.

Während ich mit Stimmchen plänkelte, kämpfte Babsi mit der Tür. Sie ließ zweimal den Schlüssel fallen, dann gab sich Hübchen einen Ruck. Er bückte sich, hob den Schlüsselbund auf, schob sie zur Seite und sagte: »Lass mich mal.« Zwei Sekunden später standen wir in der Küche.

»Kein Licht!«, flüsterte Hübchen. »Erst die Vorhänge zumachen.«

»Wartet, ich mach das, ich kenn mich hier aus«, sagte Babsi schnell.

Ich hatte ein totales Déjà-vu. War es wirklich erst ein paar Monate her, dass wir in Dirks Büro eingedrungen waren und dort ebenfalls zuerst die Vorhänge zugezogen hatten? Der saß inzwischen hinter Gittern – dank unserer Einbruchaktion und Ellens und meiner Kombinationsgabe. Prompt sah ich wieder die übers Wasser wischende Leichenhand. Direkt gefolgt von dem engelsgleichen Lächeln, mit dem Carolin sich von dieser Welt verabschiedet hatte. Immer wieder sah ich vor mir, wie ihr Kopf zur Seite wegsackte, der wischenden Hand entgegen. Mühsam riss ich mich aus den Fesseln der Erinnerungen, die mich wie klebrige Spinnenfäden einzuwickeln und mir die Luft abzustellen drohten.

Ich atmete durch und übernahm das Kommando, kaum dass Babsi das Licht eingeschaltet hatte. »Dann los. Babsi, wo hatte Carolin ihren Schreibtisch stehen? Hatte sie einen Computer?«

Beschäftigung war die beste Therapie, das hatte ich von Ellen gelernt. Und es wirkte auch dieses Mal wieder zuverlässig. Die Hand verschwand ebenso wie das Gesicht der sterbenden Carolin, und langsam konnte ich das Gefühl der Beklemmung abstreifen. Die Polizei hatte das Haus durchsucht, aber das Notebook stand an seinem Platz. Blümchen runzelte die

Stirn und schien sehr irritiert. Aber ich wollte mich von seiner schlechten Laune nicht ausbremsen lassen und warf mich auf den Schreibtischstuhl. Es dauerte nicht lange, und ich klapperte auf dem Notebook herum, das zu unserem Glück nicht mal mit einem Passwort geschützt war. Als das Hintergrundbild auf dem Desktop auftauchte, entlockte es mir einen Entzückensruf. Leise natürlich. Wir wollten ja nicht die ganze Straße wissen lassen, dass wir hier gerade das Haus auf den Kopf stellten. Molle als Mopszwerg, meine Güte, der Winzling war gerade mal so groß wie eine Hand gewesen. Und so zuckersüß! Gut, süß war er auch heute noch. Aber so ein Winzling strahlte schon einen besonderen Zauber aus. Ich konnte mir vorstellen, was der als Babymops alles angestellt hatte und wie er mit Leichtigkeit jeden um die Mopspfote gewickelt hatte. Ungefähr so wie heute auch noch, nur obendrein noch mit dem Welpenfaktor. Ich hätte ihn vermutlich gefressen vor lauter Niedlichkeit.

»Hesch scho ebbes?«

Ellens Frage katapultierte mich wieder ins Jetzt. Ich schüttelte den Kopf und riss mich von dem Mopsbabybild los. Ellen ging in den Nebenraum zurück, aus dem mein Rufen sie gelockt hatte, und ich klickte mich durch den Mailordner. Autoversicherung. Klick. Wissensaustausch mit Gärtnerkolleginnen. Klick. Eine Anfrage einer Ferienanlage auf Mallorca, ob sie dieses Jahr wieder buchen wolle. Klick.

»Schaut mal!«, rief Hübchen leise. Er hatte sich vor der Kommode auf den Boden gepflanzt und wühlte sich Blatt für Blatt durch die Schubladen. »Das ist doch interessant, auch wenn hier eindeutig irgendwas nicht stimmt. Wieso sind die Unterlagen hier? Und das Notebook. Die Kollegen haben das Haus doch durchsucht.«

»Ach, das ist doch jetzt egal«, wiegelte ich seine Unkerei ab. »Zeig mal.«

Er hielt einen Umschlag hoch. »Testament«, stand drauf. Ellen und Babsi kamen vom Nebenzimmer, wo sie dabei waren, gemeinsam im Sideboard das Hinterste zuvorderst zu kramen.

»Mach auf«, sagte ich. »Vielleicht bringt uns das weiter.«

Wobei – so viel zu holen, dass es einen Mord rechtfertigte, gab es wohl nicht. Dennoch. Jede Information konnte die entscheidende Erkenntnis bringen. Vielleicht gab es einen Hinweis auf ihre Familie.

Hübchen öffnete den Umschlag. Heraus zog er Carolins handgeschriebenes Testament. Kurz und bündig stand da, dass es keine gesetzlichen Erben gebe, da Carolin die Letzte ihrer Familie war. Keine familiäre Spur also. Diese Idee konnten wir abhaken. Carolin wollte ihr gesamtes Vermögen und sämtliche Sachwerte wie Haus und Auto Babsi Kommers vermachen.

Es rumpelte, Babsi hatte sich auf den Stuhl fallen lassen wollen, ihr Ziel jedoch knapp verfehlt. Jetzt blieb sie einfach auf dem Boden sitzen, kramte in ihrer Hosentasche und putzte sich gleich darauf geräuschvoll die Nase.

Das Erste, was mir in den Sinn kam, nachdem ich die Nachricht etwas verdaut hatte, war: juhuuu. Molle kann bei uns bleiben. Denn Babsi selbst hatte das ja vorgeschlagen.

Wenn sie mal nicht ihren Thomas sausen lässt, in das Haus hier zieht und Molle zu sich nehmen will, zeterte Stimmchen. *Leisten könnte sie sich das ja wohl jetzt.*

Nein, nein, nein. Du bist eine olle Unktante. Das ist Blödsinn. Babsi ist total in Ordnung. Das würde sie Ellen und mir nicht antun.

Schaun wir mal, dann sehn wir schon.

Lass mich jetzt in Ruhe mit deiner Schwarzmalerei. Molle bleibt bei uns. Basta.

Hübchen linste noch mal in den Umschlag und zog einen zweiten Brief hervor. Der war an Babsi direkt adressiert. Nachdem klar war, dass es sich um einen persönlichen Abschiedsbrief handelte, las Hübchen ihn nicht vor, sondern – mit Babsis Erlaubnis – lediglich leise quer, falls … und tatsächlich: Der letzte Absatz weckte seine Neugier.

»Hört mal! Sie schreibt …« Er guckte zu Babsi rüber. »Darf ich? Das könnte ein Hinweis sein.« Sie nickte wieder wie eben schon, ansonsten blieb sie reglos sitzen. Hübchen las: »Lass dir von Petra Hartmann auf jeden Fall die letzten Abrechnungen geben. Nach allem, was war, möchte ich nicht, dass sie auch nur einen Cent bekommt, der ihr nicht zusteht.«

»Hatte sie Streit mit ihrer Chefin?«, fragte ich.

Babsi reagierte nicht. Sie saß völlig in sich versunken da und schien nicht glauben zu können, was sie gehört hatte.

Okay, das mit dieser Riedgärtnerei-Chefin konnten wir auch später noch besprechen. Ich wollte ohnehin die Tage mal hin und die Dame persönlich erleben. Wenn sogar Ellen schon abwinkte, musste es eine ordentliche Drachin sein.

Bießzang heißt das.

Genau. Das war Ellens Bezeichnung für einen weiblichen Drachen. Zu der hatte sie sich gewandelt, als dieser Dirk sie vollschleimen wollte. Kurz zogen die Bilder von damals an mir vorbei, und ich konnte mir ein amüsiertes Mundwinkelzucken nicht verkneifen, als ich an die stocksaure Ellen dachte. Wenn es drauf ankam, konnte mein harmloses Engelchen Ellen sich tatsächlich in eine waschechte Bießzang verwandeln, dann hatte sie auf jedem Zahn eine andere Frisur. Ich schüttelte die Vergangenheit schnell wieder ab. Wir brauchten unsere Konzentration für die Gegenwart. Und diese Petra würden wir uns auch noch vorknöpfen, Ehrensache.

Wir ließen Babsi Zeit, die Neuigkeit zu verarbeiten, und kümmerten uns wieder um unsere Aufgaben. Ellen marschierte zurück zum Sideboard im Nebenzimmer, Hübchen kramte weiter die Schubladen durch, und ich konzentrierte mich wieder auf den Bildschirm.

Sonja will dich treffen, Spam. Klick. Garteninformationen. Klick. Lust auf eine heiße Nummer? Spam. Klick. Eine Registrierungsbestätigung für ein Online-Klamottengeschäft. Klick. Du Biest. Klick. Moment! Was war das? Ich ging eine Nachricht zurück und las.

»Du Biest« – stand in der Betreffzeile. Und dann: »Wenn du glaubst, dass du damit durchkommst, hast du dich geschnitten. Ich werde dir das Leben zur Hölle machen. Keine Nacht wirst du mehr in Ruhe schlafen, das garantiere ich dir. Du Erbschleicherin, du elende! Mit mir nicht. Das schwör ich dir!«

Keine Unterschrift. Aber die Mail kam laut Adresse von einer gewissen Gerlinde Obermann. Ich sprach den Namen leise aus.

»Was sagsch?«, fragte Ellen und streckte den Kopf zur Tür herein.

»Gerlinde Obermann. Die hatte aus irgendeinem Grund eine ziemliche Wut auf Carolin. Warum, steht hier aber nicht.«

»Gerlinde Obermann?«, fragte Ellen. »Da hab ich grad ebbes gsehe. Moment, ich hab's glei!« Damit verschwand ihr Kopf aus der Tür, und gleich darauf tauchte die ganze Ellen mit einem Ordner im Arm wieder auf. »Do steht ›Verfahre Obermann‹ druf. Vielleicht hängt des ja zämme?«

Sie drückte den Ordner Blümchen in die Hand. »Do, gugg du mol. Du kennsch dich doch mit so Bürozeugs us.«

»Der Gerlinde gehört die Bäckerei hier im Ort. Was hat die denn mit der Caro zu schaffen?« Babsis Frage blieb im Raum stehen, denn genau das versuchten wir ja gerade herauszufinden.

Hübchen blätterte, las, runzelte die Stirn, las weiter. »Da geht es um einen Erwin Obermann«, sagte er dann. »Der hat der Carolin zwanzigtausend Euro vermacht. Und das gab wohl ziemlich Ärger. Moment, hier ist eine Kopie vom Testament.«

Hübchen studierte die krakelige Schrift und las vor: »Sie war in der schweren Zeit eine gute Freundin für mich, hat sich um mich gekümmert und mir vorgelesen, als meine Augen nicht mehr wollten. Sie hat sich immer Zeit genommen, mit mir gesprochen, gelacht und mich als vollwertigen Menschen behandelt, nicht als Pflegefall, der ich natürlich seit Monaten bin. Aber im Gegensatz zu meiner Tochter Gerlinde hat Carolin gesehen, dass ich eben auch Mensch geblieben bin, mit mehr Bedürfnissen als nur einer frischen Windel. Mein Kopf ist noch fit, auch wenn der Körper seine Arbeit immer mehr verweigert. Deshalb schreibe ich diese Zeilen auch im Vollbesitz meiner geistigen Kräfte, was Dr. Huber, mein Hausarzt, den ich als Zeugen hinzugezogen habe, bestätigen wird.«

Er las still weiter, dann schaute er auf und fasste den Rest in seinen eigenen Worten zusammen: »Und als Dankeschön ebendieses Erbe. Und noch irgendein besonderes Buch. Irgendwas mit Garten. Ein Sammelexemplar oder so.« Wieder blätterte Hübchen. »Aha!«, kam es kurz darauf. »Diese Gerlinde, die Tochter von dem Erwin Obermann, hat die Bäckerei geerbt und alles andere. Aber offensichtlich war ihr das nicht genug. Sie hat das Testament angefochten – und das Verfahren verloren.«

»Ich erinnere mich«, rief Babsi. »Caro hat mal was erzählt. Das war, bevor wir zusammenkamen. Sie hat diesen alten Obermann total gern gemocht, weil er so ein Gartennarr war. Der war schon Stammkunde bei der Hartmann, bevor Caro dort angefangen hat. So hat sie ihn kennengelernt. Und als er ein Pflegefall wurde, hat sie ihn immer besucht, ihm Blumen mitgebracht, ihm von ihrem Garten erzählt, mit ihm gefachsimpelt und ihm vorgelesen. Sie hat mal zu mir gesagt, Freundschaft sei keine Frage des gleichen Alters.«

Babsi dachte nach. »Jetzt wird mir auch klar, wieso sie nie hier in Neuheim in die Bäckerei wollte. Gesagt hat sie immer, der Bäcker in Altenheim sei viel besser, aber das kam mir von Anfang an spanisch vor. Und so, wie sich das anhört, war es wirklich nur ein Vorwand. Aber wieso hat sie mir nichts von dem Theater erzählt? Ich wäre stinksauer, wenn mir jemand so blöd käme und mich vor Gericht zerren würde. An der würd ich kein gutes Haar lassen.«

Ich hatte mich währenddessen weitergeklickt und noch eine Mail gefunden, die ein bisschen Licht ins Dunkel brachte. Jetzt war es an mir, vorzulesen: »Lass die Finger von meinem Fred, du Flittchen! Und bestimmt hast du auch meinen Vater verführt – pfui Deiwel! – und ihm den Kopf verdreht. Schäm dich! Dich an einem alten Mann zu vergreifen! Und jetzt willst du mir auch noch meinen Verlobten wegnehmen? Aber das schaffst du nicht. Das schwör ich dir! Verschwinde aus Neuheim, sonst wirst du deines Lebens nicht mehr froh.«

Ich schluckte. Grundsätzlich war ich absolut dafür, dass Mensch sich gönnen sollte, was Spaß machte – solange es für alle Beteiligten Spaß war, natürlich. Aber diese Carolin hatte doch einen ordentlichen Verschleiß, und wenn sie wirklich einen bettlägerigen alten Mann verführt hatte, dann war sie wohl ziemlich skrupellos gewesen.

»So ein Quatsch«, widersprach Babsi auch schon sehr vehement. »Caro war keine Kostverächterin, und bevor wir uns verliebten, hat sie wohl wirklich nichts anbrennen lassen. Ich glaube, da gab es einige gebrochene Herzen. Diesen Fred könnte man mal unter die Lupe nehmen. Vielleicht hat der Carolin ermordet, aus verletzter Eitelkeit? Oder die Gerlinde? Aber das mit dem Erwin Obermann war garantiert harmlos. Den hat sie einfach nur gern gehabt. Von dem hat sie mir manchmal kleine Geschichten erzählt. Harmlos. Da war nichts. Das kann ich schwören.«

Babsi hatte sich in Rage geredet und war laut geworden, jetzt senkte sie ihre Stimme wieder. »Gerade weil sie mir von ihm erzählt hat. Denn eins ist klar: Hätte sie was mit ihm gehabt, wäre er als Gesprächsthema tabu gewesen. Das war nämlich so: Sie hat nie ein Geheimnis aus ihren früheren Affären gemacht, also dass es welche gab. Nacheinander. Nebeneinander. Caro hat das Leben und die Liebe geliebt.« Sie hob entschuldigend die Schultern. »Aber sie hat nie Namen genannt und vor allem nie, wirklich gar nie, schlecht über jemanden geredet, mit dem sie was hatte. Dreckige Beziehungswäsche waschen war ihr zuwider. Es hat alles seine Zeit, und wenn die Leidenschaft weg ist, muss man das loslassen, und zwar im Guten. Alles andere bringt schlechte Energie – das braucht kein Mensch. Das hat sie immer gesagt, wenn ich mal versucht habe, was aus ihr rauszukitzeln über ihre vergangenen Liebschaften, und genau so hat sie auch gelebt. Deshalb bin ich mir absolut sicher: Das spinnt sich die Gerlinde zusammen.«

Ich fand noch ein paar Drohmails von Gerlinde. Carolin solle Neuheim verlassen, oder sie müsse mit den Folgen leben.

Leben? Die Gute hat wohl was verwechselt, da müsste sterben stehen.

»Die Pfägs wird eifersüchtig gwese sei. Des wird alles sei«, stimmte Ellen Babsis Vermutung zu.

»Wann war denn das mit der Erbschaft?«, fragte ich in Hübchens Richtung. »Könnte das ein Mordmotiv sein?«

Er blätterte, dann antwortete er: »Das Urteil ist vom letzten Jahr, aber diese Gerlinde hat wohl weiter Zicken gemacht. Es gab dann noch einen Anspruch wegen irgendwelcher Auslagen, und das Buch wollte sie auch nicht rausrücken. Zum Schluss ging es materiell gesehen nur noch um hundertachtundfünfzig Euro und das Buch, vor allem aber wohl ums Prinzip, so wie sich das zugespitzt hat. Letzten Monat hat Carolin dieser Gerlinde dann den Gerichtsvollzieher geschickt. Aber bringt man deshalb jemanden um?« Hübchen schüttelte fassungslos den Kopf und gab sich gleich selbst die Antwort. »Eh klar, ich hab schon Pferde kotzen sehen, ich mach den Job lang genug, und die Leute werden obendrein immer verrückter. Die bringen sich sogar wegen viel weniger um. Aber kapieren werd ich so was wohl nie.«

»Ich glaube, Mord kann man sowieso nie kapieren. Egal, ob wegen hundertfünfzig Euro oder einer Million. Aber Tatsache ist, dass Carolin nicht mehr lebt, und irgendjemand muss der Mörder sein. Wir werden morgen Brot kaufen und die Dame Obermann ein bisschen aushorchen«, entschied ich. »Zumindest ist es eine Spur. Ob Sackgasse oder Zieleinlauf – das wird sich zeigen.«

Dann klickte ich wieder weiter und stieß auf einen Ordner, in dem ein ganzer Schwung Mails abgespeichert war. Alle von einem Fred. Dem, von dem diese Gerlinde gesprochen hatte?

»Und wer ist Fred?«, fragte ich in Babsis Richtung und hakte damit die Gedanken bezüglich der missgünstigen Bäckerin vorerst ab.

»Fred kenn ich keinen«, meinte Babsi nach kurzem Überlegen.

Ich öffnete die ersten Mails und las. Langsam, aber sicher

bekam ich rote Ohren. Das war heiß! Das war reinster Mailsex, was die beiden da veranstaltet hatten. Holla! Ich grinste, was Hübchens Neugier anfachte. Er stand auf, stellte sich hinter mich und las mit. Kurz darauf hätten unsere Ohren im Partnerlook gehen können. Heiß und rot.

Ich schluckte, rutschte unruhig auf dem Schreibtischstuhl herum und klickte weiter. Das war nicht die Art von Lektüre, die ich mit Hübchen teilen sollte. Und außerdem: Virtueller Sex brachte uns bei unserer Suche ja wohl kaum voran.

Ich schaute nach dem Datum. Mai.

»Wann seid ihr noch mal zusammengekommen, Babsi? Beim Dorffest, hast du gesagt. Aber wann war das?«

»Im Mai«, kam es prompt aus dem Nebenzimmer. Babsi hatte sich erholt und half Ellen inzwischen wieder beim Durchsuchen des Sideboards.

»Weißt du, ob Carolin da gerade mit jemandem zusammen war?«

Babsi kam zu mir. »Sie hat irgendwas gesagt, von wegen dass sie etwas klären müsse. Aber du weißt ja: keine Namen. Keine Details. Tut mir leid. Da kann ich nicht weiterhelfen.«

Wirkte sie plötzlich nervös, oder bildete ich mir das nur ein?

Babsi war schon fast wieder im Nebenzimmer, als sie plötzlich stoppte. »Mir fällt gerade was ein. Keine Ahnung, ob es einen Zusammenhang gibt, aber vor ein paar Wochen hatte Caro einen Fahrradunfall. Die Bremse ist gerissen, und sie ist in ein Auto gerast. Glück im Unglück, sie konnte einen Salto über die Haube machen und ist in einem Blumenbeet gelandet. Wir dachten damals, das war eben Pech, kann ja schon mal passieren. Ich hatte das auch fast vergessen, aber jetzt, in Kombination mit diesen Drohungen, erinnere ich mich eben doch dran. Was meint ihr? Ist das wichtig? Kann es da einen Zusammenhang geben?« Babsis Augenlid zuckte.

Nervös. Eindeutig. Aber wieso jetzt plötzlich? Hatte ich eine wunde Stelle erwischt?

»Alles kann wichtig sein«, erklärte Hübchen in feinstem Kommissarton. »Wieso hast du das denn nicht den Kollegen gesagt?«

Uuu, er hängt den Elefantenbullen raus.

»Weil, weil …«, stotterte Babsi eingeschüchtert.

»Du solltest besser zuhören, Hübchen. Sie hat doch gesagt, dass sie es total vergessen hatte. Das ist ihr nur wieder eingefallen, weil wir gerade die Drohungen im Mailfach gefunden haben – womit bewiesen wäre, wie wichtig unsere Ermittlungen hier sind. Die Polizei hätte das verschnarcht.«

Doch Hübchen winkte ab. »Wir wissen ja gar nicht, ob es einen Zusammenhang gibt, also ist nichts bewiesen. Lediglich, dass wir uns hier strafbar machen«, brummte er.

Voll auf die Zwölf, Clarissa, kommentierte Stimmchen den Schlagabtausch. *Ich glaub, das hat ihn richtig getroffen. So in der Elefantenbullenehre.*

Dabei klang bei jedem Wort das Vergnügen mit. Klar, wenn zwei sich streiten, hat Stimmchen Spaß. Aber jetzt wieder zurück zum Thema. Wer war dieser Fred? Ich versuchte, aus den Mailinfos etwas herauszulesen. Ohne Erfolg.

»Verdammt. Die Mailadresse bringt uns auch nicht weiter. Sunnyboytoy@mailworm.de. Sehr witzig. Fred. Fred. Irgendwo habe ich den Namen gehört. Aber wo nur? Ich komme nicht drauf.«

Ich las noch mal ein paar Seiten, aber auch das brachte keine neuen Erkenntnisse. Ich seufzte. »Jedenfalls hatte diese Gerlinde jede Menge Frust. Auch wenn nicht klar wird, worum es ihr wirklich ging – um ihren Vater oder um diesen Fred. Ich druck uns das mal aus.«

Gesagt, getan. Schnell weckte ich den Drucker aus seinem Tiefschlaf, und er ratterte die Beschimpfungsmails heraus. Ich zögerte, aber dann packte ich noch eine von den heißen Mails dazu. Vielleicht war es für was gut, falls wir diesen Fred ausfindig machten.

Während ich die Blätter aus dem Drucker fischte, überkam mich ein richtiggehender Gähnanfall. Ein Blick auf die Uhr – fast eins. Kein Wunder, dass meine Augen nicht mehr offen bleiben wollten.

»Leute, lasst uns abbrechen. Wir haben jetzt immerhin

Carolins Testament gefunden und dazu diese Gerlinde und diesen Fred, die wir uns genauer ansehen müssen. Ich bin so müde, ich schlaf gleich im Sitzen. Und morgen muss ich fit sein. Macht sich sicher nicht gut, wenn ich im Studio vor laufender Kamera einpenne. Oder vor lauter Erschöpfung nur noch zusammenhanglosen Quark erzähle.«

Das mit dem Quark schaffst du vermutlich auch ausgeschlafen. Wenn du dich ein bisschen anstrengst.

Vielen Dank für die Ermutigung und das Vertrauen, das du in meine Kommunikationsfähigkeiten hast.

Kein Problem. Immer wieder gern.

Gerade als ich Heino anstimmen wollte, meldet sich Babsi.

»Ich bleib da«, verkündete sie. Hübchen schnappte nach Luft, aber Babsi redete weiter. »Ich brauch ein bisschen Zeit, muss nachdenken und einiges verarbeiten. Vielleicht finde ich auch noch was. Ich werde noch ein bisschen die Papiere durchsehen.« Dann zeigte sie auf den Umschlag mit dem Testament. »Nachdem ich jetzt weiß, dass Caro mir das alles vermacht hat, kann das doch kein Verbrechen sein.«

»Wenn man vom Siegel an der Vordertür absieht. Und davon, dass der Nachlass noch nicht offiziell geregelt ist«, brummte Hübchen.

Aber ich gab ihm einen Schubs. »Lass sie doch. Ich kann das schon verstehen. Irgendwie ist man einem Menschen in seinem Umfeld einfach näher. Und Abschiednehmen ist wichtig. Und Nachdenken auch, besonders wenn so eine Lawine über einen drübergerollt ist. Ich glaube, ich würde es genauso machen.«

Babsis Augen funkelten feucht im Licht der Deckenlampe. Sie lächelte mich dankbar an, und Hübchen zuckte mit den Schultern.

»Zum Glück ist das nicht mein Zuständigkeitsbereich«, murmelte er. »Ich wollte mich ja ohnehin raushalten.«

Er kann es ja seinem Hühnchen erzählen, wenn er sie wieder trifft.

Könnte er. Wird er aber nicht.

Ihr was erzählen oder sie wiedertreffen?

Wir werden sehen.

Der Nachhauseweg war deutlich entspannter als der Hinweg. Wir mussten nicht mehr aufpassen, nicht gesehen zu werden, denn wir konnten schließlich auch von einem gemütlichen Gelage bei Freunden kommen. Kein Mensch würde ahnen, dass wir gerade etwas Illegales getan hatten.

Während wir – Hübchen in der Mitte, flankiert von Ellen und mir – durch die nächtlichen Straßen marschierten, rekapitulierten wir leise den Stand der Dinge. Sehr viel weiter waren wir zwar nicht, aber zumindest hatten wir ein paar Anhaltspunkte – und das war deutlich mehr als alles, was die Polizei hatte. Ich kicherte in mich hinein. Die jagten immer noch dem Phantom hinterher.

»Mal ehrlich, wenn dieses Bullengesicht nicht so ein arroganter Sack wäre, dann könnten wir ihm einen Tipp geben. Aber so … Ich hoffe, du kannst dich bremsen, Hübchen.«

»Mach dir keine Sorgen. Auch wenn mir die ganze Sache nicht koscher vorkommt. Wieso haben die Kollegen das Haus durchsucht, aber das Notebook und die Papiere dagelassen? Da stimmt doch was nicht. Aber wie auch immer, es ist mir ein Vergnügen, dem Schnösel zuzuschauen, wie er blind wie ein Maulwurf im Dunkeln tappt. Und da du mich jetzt doch reingezogen hast, wird es mir ein noch größeres Vergnügen sein, wenn wir den Täter präsentieren können. Wer weiß, vielleicht werde ich befördert, lasse mich nach Offenburg versetzen und werde der Vorgesetzte von diesem – wie nennst du ihn? – Bullengesicht.« Bei dieser Vorstellung rieb sich Hübchen die Hände.

Hey, dein Kommissärchen hat ja eine böse Ader. Stille Bullen sind tief, was?

»Wir müssen das Bullengesicht fotografieren, wenn er erfährt, dass er einem Phantom nachgejagt ist. Das Bild lassen wir dann vergrößern, und dein Hühnchen kann es im Offenburger Revier aufhängen.«

»Mein …« Hübchen blieb stehen und schaute mich verdattert an. »Wie bitte?«

Zum Glück erreichten wir genau in dem Moment das

Schnuckelchen. Mist. Wieso musste ich immer alles frei rausplappern, was mir durch den Kopf geisterte? Ging doch den Hübchen nichts an, dass sein Hühnchen an meinen Nerven zerrte. Er wusste ja nicht einmal, dass ich dieses dumme Weib – Isabelle, bescheuerter Name, echt – sein Hühnchen nannte. Am liebsten hätte ich mir vor Wut selbst in den Hintern getreten. Stattdessen stolzierte ich hocherhobenen Hauptes an dem sprachlosen Hübchen vorbei und schloss die Haustür auf.

Molle vollführte einen Freudentanz, kaum dass die Tür sich geöffnet hatte. Wir konnten vor lauter Mopsglück kaum noch einen Schritt machen. Er japste, schnaufte und popowedelte im Akkord. Dabei hatte er die ganze Zeit seinen Tiger im Maul und keuchte deshalb noch mehr als ohnehin schon.

Wie ein Bergsteiger ohne Sauerstoff auf dem Mount Everest.

Erst nachdem wir ihn alle ausgiebig gestreichelt und begrüßt hatten, beruhigte Herr Mops sich und verzog sich wieder in sein Körbchen, von wo nur Augenblicke später zufriedenes Mopsschnarchen zu uns rüberwehte.

Ellen streifte ihre Schuhe von den Füßen und schob sie unter das Schuhregal. Auf Socken tapste sie Richtung Treppe, dabei gähnte sie herzhaft. »Ich muss ins Bett. Diese Ermittlerei macht mich fertig. So e Ufregung. Hoffentlich komme mer dem Mörder jetzt endlich uf d' Spur! 's dät jetzt lange mit dem Stress. Gut Nacht, ihr zwei. Morge schwätze mer weiter. Mach du aber au nimmer so lang, Clarissa, du musch morge fit sei. Ich hab kei Luscht, eh halbe Leich nach Stuttgart zu begleite.«

Damit zog sich Ellen in ihr Schlafzimmer zurück.

Ich stöhnte frustriert – und leider hellwach – auf. »Vorhin war ich so müde, dass ich dachte, ich komme nicht mehr heim. Aber der Spaziergang und die frische Luft haben meine Lebensgeister aus dem Schlaf gekitzelt. Und leider auch mein Lampenfieber. Himmel. Studiogast. Live! Ich kann jetzt unmöglich ins Bett.«

Im Bett kann man aber auch andere Sachen machen. Wer denkt denn immer gleich ans Schlafen?

Um keine Missverständnisse aufkommen zu lassen, redete

ich schnell weiter. »Ich werde mir jetzt ein Glas Wein gönnen und mich damit in die Badewanne legen. Damit und mit einem Hörbuch. Das wird mir zur nötigen Bettschwere verhelfen. Willst du noch nach Hause fahren, oder bleibst du hier?«

Hübchen strubbelte sich durch die Haare. »Also wenn es für dich okay ist, bleibe ich hier. Im Moment bin ich zwar wach, aber wenn ich mich jetzt ins Auto setze, schlägt die Müdigkeit sicher erbarmungslos zu. Und morgen hab ich frei, da kann ich euch bei den Ermittlungen unterstützen oder dich nach Stuttgart begleiten, wenn du das willst.«

»Prima. Klar, bleib. Ich kann ja nicht verantworten, dass du im Graben landest. Ist doch schön, dass du dich bei uns und im Schnuckelchen wohlfühlst. Du bist hier immer willkommen.« Ich schenkte ihm ein herzliches Lächeln.

»Dann fahren wir morgen zu dritt nach Stuttgart. Je mehr Rückendeckung, umso besser. Vermutlich werde ich vor lauter Aufregung sowieso kein Wort rausbekommen. Dann schicke ich einfach Ellen und dich ins Studio, als meine Vertretung.«

Und ausgerechnet jetzt denkst du an die heißen Mails. Ich merk es genau! Versuch nicht, mir was vorzumachen!

Stimmchen tanzte Samba und gluckste vor Vergnügen, und ich sang in Gedanken Heino. Blau, blau, blau, blüht der Enzian, wenn beim … Strafe musste sein. Auch wenn ich mir nicht ganz sicher war, ob das kein Eigentor war, denn ich litt dabei mindestens so sehr wie Stimmchen.

»Und weißt du was«, sagte Hübchen mitten in meinen blauen Enzian hinein. »Ich hab eine wunderbare Idee, wie wir den Abend ausklingen lassen können und deine Nerven beruhigen. Geh du schon mal ins Bad und lass dir dein Schaumbad ein. Ich komme, wenn du in der Wanne liegst«, erklärte er meinen Brüsten.

»Was –«

Aber er zwinkerte meinem Busen zu und sang wie Rudi Carrell früher: »Lass dich überraschen.«

Was auch nicht unproblematisch war in Sachen Musikgeschmack, aber dennoch eine Wohltat, wenn direkt vorher der

Enzian durch den Kopf gedudelt war. Hübchen grinste mich an und zeigte sein feinstes Spitzbubengesicht.

Okay. Solange es eine nette Überraschung war, hatte ich keine Einwände.

Keine zehn Minuten später ließ ich mich mit wohligem Seufzen in die heiße Wanne rutschen. Granatapfelschaumbad. Herrlich! Das tat so unglaublich gut, wäre ich eine Katze, hätte ich geschnurrt.

Eher die Krallen ausfahren, die wenigsten Katzen fänden heißes Granatapfelschaumbad herrlich.

Meine Güte, heute nimmst du meine Gedanken aber wieder sehr genau. Ich sag dir nur: Wenn wir im Studio sind, hältst du dich gefälligst zurück. Da hab ich genug damit zu tun, geradeaus zu sprechen, kapiert?

Keine Antwort.

Okay. Wer schmollte, plapperte nicht. Ziel erreicht.

»Alles klar!«, rief ich halblaut Richtung angelehnte Badtür. »Du kannst kommen.« Zur Sicherheit rutschte ich etwas tiefer und schaufelte noch mehr Schaum auf Brusthöhe.

Hübchen hatte sich in einen bequemen Jogginganzug geschmissen und kam rein. Flasche Wein unterm Arm, zwei Gläser und ein Buch in der Hand. Er hielt es so, dass ich den Umschlag nicht erkennen konnte, auch wenn ich natürlich versuchte, einen Blick darauf zu erhaschen. Wir prosteten uns zu, und ich spürte dem Exot nach, der langsam meine Kehle runterfloss. Ah. Köstlich.

Hübchen rutschte ins Wanneneck, dort hatten wir eine gekachelte Fläche, und er schaffte es, sich so hinzukuscheln, dass es fast bequem aussah. Sein Glas stellte er auf den Wannenrand.

»Nicht reinschubsen, das wäre schade«, mahnte er, blätterte das Buch auf, räusperte sich und begann zu lesen. »An die Bildzeitung – Sehr geehrte Damen und Herren Redakteure! Mir ist gerade eingefallen, dass Sie vermutlich über meinen Selbstmord berichten, dabei meine wahren Motive außer Acht lassen und eigene erfinden werden.«

Wie bitte? Ich verrenkte mir den Hals, aber Hübchen hatte

ein Handtuch vor das Buch gelegt. Keine Chance, das Cover zu erkennen. Aber hey, Moment, ich kannte den Text … das war doch …

»Jeden Monat schrieb sie über die große Liebe, doch sie selber durfte sie nicht erleben … warum immer mehr gut aussehende Singles in Deutschland Selbstmord begehen«, las Blümchen weiter.

Jetzt fiel der Groschen, und ich kiekste vor Begeisterung. Und weil ich diesen Anfang liebte, brauchte ich das Buch nicht, um fortzusetzen: »Ein Körnchen Wahrheit ist da sogar dran.«

Vor lauter Überraschung über Hübchens Buchauswahl schob ich mich in der Wanne ein Stück höher, was natürlich sofort den Schaumberg ins Rutschen brachte und die Aussicht auf andere Berge freigab. Hübchen verschluckte sich und hustete. Ich sank unverzüglich wieder ins Wasser, schaufelte den Schaum zurück an Ort und Stelle und redete weiter, als sei nichts geschehen. »Blümchen, das ist ja ›Für jede Lösung ein Problem‹ von Kerstin Gier. Wie, ich meine, woher, warum …?«

Ich war so fassungslos, dass ich nur noch stammeln konnte. Gut, vielleicht war es auch die Verlegenheit wegen des Schaumbergrutschers. Aber hey, ich meine, wow! So etwas machten Männer doch sonst nur in Romanen.

Hübchen grinste zuckersüß den zurückgeschobenen Schaumberg an. »Du hast neulich erzählt, dass es da so eine wunderschöne neue Ausgabe gibt, die du dir unbedingt besorgen willst. Und ich dachte mir, ich könnte dir vielleicht eine Freude damit machen. Also willst du jetzt zuhören oder diskutieren?«

Wenn er jetzt noch einen weißen Schimmel hat, werd ich bekloppt!, jaulte Stimmchen voller Wonne.

Weißer Schimmel. Haha. Du stehst wohl auch auf süßen Zucker, wie?

Halt die Luft an, Clarissa. Weißer Schimmel ist keineswegs ein Pleonasmus. Vergiss nicht, junge Schimmel müssen nicht zwangsläufig weiß sein, und dann gibt es auch noch die Apfelschimmel, dozierte Stimmchen.

Klugscheißerin!

Nachdem Hübchen eine Weile gelesen und einen Schluck Wein nachgegossen hatte, sagte ich: »Weißt du, ich liebe diese Geschichte. Ich meine, im Grunde bräuchte die Welt doch viel mehr von dieser herzerfrischenden Ehrlichkeit, oder? Wir sollten alle viel öfter die Wahrheit sagen!«

Nur zu! Sei ehrlich! Zu dir selbst und zu deinem Blümchen. Ich sag nur: Ich weiß, was ich weiß.

Bevor ich Heino an den Start bringen konnte, sagte Hübchen: »Was würdest du mir für einen Brief schreiben?«

Dabei zuckte sein rechtes Lid, und ich entdeckte Unsicherheit in seinen Augen. Schüchtern? Hübchen? Mein Ich-glotz-dir-auf-die-Brüste-Hübchen? Das gab mir den Rest. Bevor ich meine Gehirnwellen aktivieren konnte, hatten sich meine Hände auch schon selbstständig gemacht. Ich beugte mich nach vorn – zum Teufel mit den Schaumbergen! – und packte Hübchen am Sweater. »Schreiben? Dir? Mir fällt da gerade etwas viel Besseres ein, was ich mit dir machen möchte.«

Platsch. Da lag er auch schon bei mir in der Wanne. Vollkommen überrumpelt landete er unter Wasser und tauchte Sekunden später prustend wie ein Nilpferd wieder auf – ganz nah an meinem Gesicht. Unsere Blicke trafen sich, die Fragezeichen wurden zu Ausrufezeichen. Dann gab es nur noch fühlen. Nicht sprechen. Nicht denken.

Sogar Stimmchen hielt sich zurück, vermutlich saß sie mit Popcorn und Cola hinten in meinem Kopf und grinste sich eins.

Blümchens Lippen fühlten sich gut an. Warm, weich, zärtlich. Vorsichtig berührte er meinen Mund, schaute mich dabei an und schien in meinen Augen eine Bestätigung zu suchen. Ich lächelte, strich ihm eine Strähne nasser Haare aus der Stirn und fuhr seine Augenbrauen nach. Was für ein perfekter Moment! Vorsichtig knabberte ich an seinem Mundwinkel, naschte von den verbotenen Köstlichkeiten.

Quatsch, verboten! Stimmchen gab ihren stummen Beobachtungsposten auf. *Das war ja alles nur deine Sturheit. Darf ich dich dran erinnern, dass ich längst wusste, dass es darauf hinauslaufen würde?*

Erinnere mich oder erinnere mich nicht, mir doch egal. Hauptsache, du hältst jetzt die Klappe, Stimmchen. Du störst.

Hübchens nasse Klamotten landeten Stück für Stück auf dem Boden vor der Wanne, und ich kümmerte mich wieder um seine Lippen – und auch um den Rest.

Eine Stunde später schnarchte Hübchen ganz leise neben mir, während ich mit offenen Augen ins Dunkel starrte. Was war nur in mich gefahren? Wie hatte das passieren können? Wir waren nur Freunde! Verdammt. Aber dafür, dass wir nur Freunde waren, hatte sich die letzte Stunde ausgesprochen gut angefühlt, flirrte es mir durch den Kopf, und ich konnte das Lächeln nicht stoppen, das sich auf meinem Gesicht breitmachte.

Clarissa – was interessiert mich mein Geschwätz von vorhin? – Kommissarvernascherin Kleinschmidt, höhnte Stimmchen.

Schon klar, dass du eine Party feierst, Stimmchen. Aber denk dran: Wer zuletzt lacht … Und außerdem: Hübchen ist ein toller Kerl. Welcher Mann würde zwei Frauen, mit denen er lediglich befreundet ist, so vorbehaltlos zur Seite stehen? Er ist kein Sonnenscheinfreund, er war ohne Einschränkung in den letzten Wochen zur Stelle, wann immer wir ihn gebraucht haben. Kein Murren, kein vorgeschobener Dienst oder Fußpilz oder hundertster Geburtstag der Oma.

Aber verdammt. Wenn das schiefging, dann machte ich damit alles kaputt. Das wollte ich nicht. Wieso konntest du das zulassen, Stimmchen? Hm? Sonst bist du vorne dabei, wenn es darum geht, mir in die Quere zu kommen. Wo warst du, als ich dich gebraucht hätte?

Das ganze Ausmaß dieses Abends wurde mir bewusst. Ich hielt es nicht mehr länger aus. Das musste geklärt werden.

Vorsichtig rüttelte ich an Blümchens Schulter.

»Hmmm?«, kam es erstickt aus dem Kissen.

»Du, Blümchen, hör mal, ich muss dir was sagen«, flüsterte ich und kaute auf meiner Unterlippe. Hübchen hob seinen Kopf um zwei Zentimeter als Zeichen, dass er hörte. Also sprach ich weiter. »Das heute Abend, ich meine, also die letzte Stunde und so. Ich will nicht, dass du das falsch verstehst. Nicht, dass du denkst, also, ich meine …«

Ich legte mein Gesicht in die Hände und stöhnte unwillig. An Hübchens Atmung merkte ich, dass er inzwischen hellwach und ziemlich angespannt war. Also holte ich Luft und brachte die Sache endlich auf den Punkt. »Ich will nicht, dass das zwischen uns steht. Okay? Es war toll. Es war Sex. Aber damit ist gut«, sagte ich. »Wir sind nur Freunde, und das sollen wir bitte auch bleiben. Genauer gesagt Freunde, die vielleicht auch mal miteinander schlafen, wenn es sich gerade anbietet.«

Hübchen ließ sich nichts anmerken, obwohl ich den Eindruck hatte, ein kleines Zucken bemerkt zu haben.

»Aber klar«, antwortet er. »Freunde.«

Freunde, natürlich. Und der Papst wird evangelisch.

Halt dich raus, Stimmchen! Es ist auch ohne dich schon kompliziert genug.

Der Hahn krähte. Blick auf die Uhr: drei Uhr achtundzwanzig.

Betreff: Freunde plus
Datum: 24.09., 03.52 Uhr
Von: Clarissa <Clarisschen@netzwerk.de>
An: Sarah Brachtinger

Hey, hey, Sarah!

Das war so nicht geplant! Echt nicht. Ich schwöre bei allem, was mir heilig ist. Oh Sarah, verdammt, wieso passiert immer mir so was? Und wieso verdammt noch mal war es so gut? Ach was, gut. Es war … rrrrrrrrrrr!

Ja, ja, ja, ich sag ja schon, was Sache ist. Aber wie? Ich meine, nachdem ich so dermaßen abgelästert habe. Nachdem ich immer und immer wieder … JA! Motz nicht. Ich komm ja auf den Punkt. Also gut. Du willst es wissen? Bitte schön: Hübchen. ES. Ist. Passiert.

Nicht so laut! Denk an die Nachbarn. Schhhh.

Mensch, Süße, der liegt nebenan in MEINEM Bett und schläft. Ich hab es nicht mehr ausgehalten, ich musste dir einfach schreiben. Schlafen kann ich gerade eh nicht. Und das sogar dreifach nicht. Denn erstens schlummert Hübchen unter meiner Decke. Zweitens kräht dieser elende Hahn sich schon wieder die Stimmbänder in Fetzen. Ich schwöre dir, eines Nachts bring ich den um! Drittens bin ich so nervös, dass alle meine Nerven vibrieren! Wieso? Das erzähle ich dir gleich.

Jetzt erst mal zurück zu erstens. So wie ich dich kenne, willst du Einzelheiten. Es fing ganz harmlos an. Ich wollte in die Wanne und dabei gemütlich ein Hörbuch hören. Hübchen meinte, er hätte was Besseres, ich solle ihn rufen, wenn ich im Schaumbad läge. Wir sind Freunde, was also ist dabei? Und tatsächlich, der verrückte Kerl kommt rein, setzt sich neben die Wanne und fängt an, mir vorzulesen. Das allein wäre ja schon ein Heiratsgrund! Zumal er das Buch für mich gekauft hat, weil ich neulich davon erzählt hatte. Du weißt schon, die Neuauflage von »Für jede Lösung ein Problem«. Wir haben drüber geredet. Ach, nur falls du dich beim Weiterlesen gleich fragst: Das Buch hat überlebt!

Aber jetzt pass auf. Also: Stell dir vor, der sitzt da im Bad, während ich im Schaum versinke, und liest mir vor, als wäre es das Selbstverständlichste auf der Welt. Ich finde, da muss schon ganz schön Mann drinstecken, wenn einer so was ohne Wimpernzucken macht, oder?

Und dann, in einer Lesepause, haben wir uns darüber unterhalten, dass es viel mehr Wahrheit auf der Welt bräuchte, und er fragt mich, was ich ihm für einen Brief schreiben würde. Und da war er plötzlich richtig schüchtern und verlegen. Das war's. Das hat mir echt den Rest gegeben. Plötzlich hat mich der Teufel geritten. Eine andere Erklärung gibt es nicht. Von wegen schreiben! Zack - hab ich ihn am Sweater gepackt und zu mir ins Wasser gezogen. Ich hatte keine Zeit, nachzudenken. Meine Hände haben das Kommando übernommen, ich schwör es dir. Ja, und dann ...

Den Rest überlasse ich deiner Phantasie.

Und jetzt zu dir: Wenn du dich wieder eingekriegt hast, kannst du mir bitte sagen, was ich jetzt machen soll? Das wollte ich nicht. Also DAS wollte ich schon, er musste mich nicht überreden. Aber ich will keinen Freund. Keinen Partnerfreund, meine ich. Ich will Hübchen als Freund nicht verlieren, nur weil da plötzlich Sex im Raum steht. Das hab ich ihm auch gesagt. Aber ich fürchte, er lügt, wenn er sagt, dass das für ihn okay ist. Wenn du mich fragst: Mein Leben wird in nächster Zeit wohl ziemlich kompliziert. Ich bin eine solche Idiotin. Nur weil ich meine Triebe nicht unter Kontrolle hab.

Und weil das ja nicht genug ist, kommen wir jetzt also zu drittens. Du weißt schon: die flatternden Nerven.

Nächster Hammer! Ich muss heute nach Stuttgart. Ich bin Gast bei der Landesschau. Ist das nicht Wahnsinn?

Aber wie bitte schön soll ich das durchstehen? Ich werde denen vom Sofa kippen oder während der Liveübertragung einschlafen und Molle Schnarchkonkurrenz machen. Ellen und Hübchen begleiten mich. Aber ob das eine Hilfe ist, nach dem, was gerade passiert ist?

Oh Sarah. Ich hab total Schiss!

Küsschen
Clarissa <3

PS: Vor lauter meinem Gedöns hab ich jetzt fast vergessen, dir von heute Abend zu erzählen. Also von VOR dem heute Abend. Wir waren in Carolins Haus. Vermutlich war das überhaupt der Auslöser. Ich sag dir: die heißesten Mails ever! Ein gewisser Fred. Und wieder ein fremdes Früchtchen, weil Drohmails von wegen: Lass die Finger von meinem Kerl. Die kamen von Gerlinde aus der Dorfbäckerei. Die werden wir uns vorknöpfen. Du siehst: keine wirklich neuen Erkenntnisse, nur immer mehr Sodom und … Kein Wunder, dass meine Hormone tanzen.

ZEHN

Nach gerade mal einer halben Mütze Schlaf weckte mich der verführerische Duft nach frisch gebrühtem Kaffee.

»Ach, Blümchen, das ist ja süß«, murmelte ich mit geschlossenen Augen in mein Kissen und lächelte. An so einen Weckdienst könnte ich mich durchaus gewöhnen.

»Guten Morgen, Clarissa. Ich hätt dich ja gern schlafe lasse, aber du musch doch heut nach Stuttgart, ich glaub, du sottsch langsam mal ufstehe.«

Ich riss die Augen auf und fuhr herum. Ellen stand neben meinem Bett und grinste mich an, während sie mir den Kaffeedampf ins Gesicht wedelte. In ihrer Mimik wechselten sich Neugier (ganz klar, sie hatte was mitbekommen!) und Bedauern (wenn ich nur halb so fertig aussah, wie ich mich fühlte, war mein Anblick auf jeden Fall mitleiderregend!) ab.

Sie zwinkerte mir zu. »Und? Sonscht? Alles in Ordnung?«

Lalalala! Dein Kommissar! Lalalala! Dein Kommissar! Jetzt ist es passiert! Ich hab es immer gewusst. Du wolltest mir ja nicht glauben. Lalalala!

Kaum wach, jodelte Stimmchen schon in den höchsten Lagen genau das, was Ellens Augen funkelten. Mist. Verdammterdammter Mist.

»Wie spät ist es denn?«, fragte ich, überging die nicht gestellten, aber um mich herumschwirrenden Fragen und gähnte und streckte mich ausgiebig. Molle kam ins Zimmer gesaust und landete mit Schwung mitten auf meinem Bauch. Mpf. Der Mops war geradezu unverschämt wach. Nach einer ausführlichen Ohrwaschung und der mehrfachen Beteuerung meinerseits, dass ich mich sehr über die morgendliche Attacke freute, kuschelte er sich erschöpft von der Begrüßungsarbeit, aber offensichtlich mit sich zufrieden neben mich.

Ich nahm Ellen vorsichtig das schwarze Gold aus der Hand. Der Platz neben mir war – abgesehen von Molle – leer, wie ich mit einiger Erleichterung feststellte. Aber wo war Blümchen? Und was genau hatte Ellen mitgekriegt? Während meine Gedanken noch um die Peinlichkeit der Situation herumtanzten, gesellte sich eine weitere Information hinzu.

Stuttgart. Stuttgart? Das Wort tröpfelte in mein Bewusstsein. Stuttgart! Ach. Du. Je. Das Tröpfeln wurde zu einem Platschregen. Ich hatte ganz andere Probleme als einen vernaschten Blümchen und eine feixende Ellen. Die Landesschau! Mein Blick schoss zu meinem Handy. Wie spät war es? Wann genau musste ich dort sein? Ich hatte noch nicht mal überlegt, was ich anziehen sollte. Und meine Fingernägel! Kurzer Check. Auweia. Großbaustellenalarm!

Okay. Tief durchatmen. Denken! Los, Clarissa. Denken! Es war neun Uhr dreißig. Um vierzehn Uhr etwa mussten wir losfahren, um rechtzeitig in Stuttgart zu sein. Das war zu schaffen!

»Ellen, kannst du für mich beim Friseur anrufen? Die Nummer ist in meinem Handy. Sag der Claudia, es ist ein Notfall. Sie muss mich bitte ganz unbedingt reinschieben. Wimpern, Augenbrauen, Fingernägel. Haare sind okay, der Schnitt sitzt noch. Föhnen krieg ich selbst hin. Ich spring derweil unter die Dusche. Und dann müssen wir überlegen, was ich anziehen soll.«

Ein großer Schluck Kaffee – autsch, heiß! –, ein schnelles Küsschen auf Ellens Wange und schon rauschte ich Richtung Badezimmer. »Danke!«, rief ich im Laufen der verdatterten Ellen zu. »Du bist ein Schatz!« Schon riss ich die Badtür auf – und prallte im nächsten Moment zurück. Blümchen. Er trat gerade aus der Dusche raus und rubbelte seine Haare trocken. Nackt!

Natürlich nackt! Oder duschst du in Klamotten?

»Äh, äh«, krächzte ich. Wie artikulierte man sich noch mal? Meine Lippen erinnerten sich zwar an das nächtliche Spiel, aber wie man einen Laut formte, hatten sie ohrenscheinlich vergessen.

»Morgen, Clarissa. Gutes Timing, bin gerade fertig.« Mit einem freundlichen und absolut nichtssagenden Lächeln schnappte Hübchen sich seinen Bademantel, hüllte die Männlichkeit in Frottee und verschwand in das Gästezimmer.

Ich starrte ihm fassungslos hinterher. Was bitte schön war denn das?

Wir sind nur Freunde, und das sollen wir bitte auch bleiben.

Stimmchen hatte diesen absolut ekelhaften nachäffenden Tonfall. Klar sollten wir Freunde bleiben. Aber so? Ich meine, also nach dieser Nacht? Und dann, als wäre nichts gewesen?

Was lamentierst du denn so rum? Er macht genau das, was du wolltest.

Wer lamentiert denn?, murrte ich Stimmchen entgegen. Ich finde es nur irgendwie, also, ich hab halt nicht gedacht … Ach, keine Ahnung! Hübchen war nett und freundlich und offensichtlich keine Klette. Stimmchen hatte recht: Er war genau so, wie ich es wollte. Wieso fühlte es sich dann so falsch an? Ich hatte es ja geahnt, kaum kam Sex dazu, wurde es kompliziert. Mist.

Die Einzige, die es gerade kompliziert macht, bist du, meine Liebe.

Gar nichts mache ich. Ich stelle lediglich fest: Das ist was komplett anderes. Energisch drehte ich den Hahn auf und ertränkte die weitere Diskussion. Das tat gut. Ich ließ das Wasser über meinen Körper fließen. Erst herrlich warm und zum Schluss für einen kurzen Moment eiskalt. Okay, da war ich schon fast draußen, kaltes Wasser über die Beine genügte vollkommen, ich war ja nicht in einem Überlebenscamp. Ich rubbelte meinen Körper ab. Gleich darauf beugte ich mich nach vorn und strubbelte die Haare mit einer Hand ordentlich durch, während ich in der anderen den Föhn hielt. Ich liebte meine neue Frisur. Komplett unkompliziert und in ein paar Minuten fertig. Mit dem Seidenvorhang bis nach China, den ich jahrzehntelang mit mir rumgeschleppt hatte, hätte ich die Landesschau heute wohl absagen müssen – oder mit Mütze auftreten.

Die Tür ging auf, und Ellen streckte den Kopf rein. »In zehn Minute sollsch dort sei.«

Ich streckte ihr meinen erhobenen Daumen entgegen als Zeichen, dass ich verstanden hatte, und rubbelte weiter. Ratzfatz hüpfte ich in Jeans und Shirt und sauste – ein Croissant in der Hand – kurz darauf auch schon Richtung Tür. Dabei stolperte ich über Molle, der versuchte, meine Aufmerksamkeit zu bekommen. »Molle-Schatz, tut mir leid. Wir spielen nachher, ja? Bin bald wieder da. Schön brav sein und auf Ellen aufpassen.« Ich bückte mich und wuschelte ihm mit einer Hand über die Ohren. Aber nur kurz, ich hatte wirklich keine Zeit. Während dieses kurzen Mopszwischenspiels linste ich durch die angelehnte Tür in die Küche.

Hübchen hatte kaum den Kopf gehoben, als ich reingestürzt und Sekunden später schon wieder rausgesaust war. Er war in die Zeitung vertieft. Auch jetzt, während ich mit Molle sprach, zeigte er keine Reaktion. Das ging doch nicht mit rechten Dingen zu! Ich glaubte ihm keine Sekunde, dass die Zeitung so fesselnd war. Vermutlich las er überhaupt nicht. Fehlte nur noch, dass er sie verkehrt herum hielt. Entweder er wollte mich observieren, oder er war stinkbeleidigt und zeigte mir deshalb jetzt die kalte Schulter. Okay, dann mach doch! Nicht mein Problem. Ich wollte ja ohnehin nur Freundschaft. Also schauen wir mal, wie sich das entwickelt.

»Bis später«, rief ich und ließ die Haustür einen Ticken zu laut hinter mir ins Schloss fallen.

Da hat aber jemand schlechte Laune.

Nach ein paar Metern hielt ein Auto neben mir. Thomas. Er ließ das Fenster runter und lehnte sich zu mir. »Hey, Clarissa. Gut, dass ich dich treff. Ich wollt nur sage: Tut mir leid, dass ich so ausgeraschtet bin. Aber was meinsch du, wie en Mann sich fühlt, wenn sei Frau …« Er ließ den Rest unausgesprochen und donnerte stattdessen mit der Hand aufs Lenkrad.

Sah nicht danach aus, als hätte er sich inzwischen abgeregt. »Wann hast du das eigentlich rausgekriegt? Ich meine, ich verstehe ja, dass …«

Seine ohnehin schon düstere Miene verdunkelte sich noch um Nuancen. »Sag doch direkt, dass du mich verdächtigsch. Wahrscheinlich erzählt Babsi en Haufe Mischt über mich. Aber wenn du es genau wisse willsch: Ich hab en Alibi.«

Hört, hört.

»Dann ist doch alles in Ordnung«, antwortete ich. Ich lief langsam weiter, und Thomas ließ seinen Wagen nebenherrollen. »Wenn es wasserdicht ist, wirst du sicher ni–«

Thomas fuhr mir ins Wort. »Lass des mal meine Sorg sein und kümmer dich um deinen Kram. Mei Alibi geht nur die Polizei was an. Und vergiss, was Babsi sich zammespinnt.«

Oha. Die Krise nahm wohl gerade Fahrt auf. So wie er von Babsi sprach, klang das nicht nach großer Liebe. Aber spann sie sich was zusammen, oder versuchte er hier nur den Hals aus der Schlinge zu ziehen? Wieso machte er ein Geheimnis aus seinem Alibi? Als ich noch etwas dazu sagen wollte, hatte Thomas bereits den Fuß durchgedrückt, das Auto sauste mit aufheulendem Motor davon.

Was das wohl sollte? Eine aufrichtige Entschuldigung für seinen Ausraster war es jedenfalls nicht. Eine versteckte Warnung? Wir würden es rausfinden.

Kurz vor zwölf, der Magen baumelte mir schon zwischen den Knien, kam ich frisch lackiert und gefärbt wieder im Schnuckelchen an. Hübchen schälte Karotten, während Ellen Fleischküchle formte. Molle sauste zwischen beiden hin und her und versuchte, so viel wie möglich abzustauben. Hauptsache, Futter!

Ich schnappte mir eine Banane und ließ mich auf einen Stuhl fallen. »Was für ein Stress! Ich bin jetzt schon fix und fertig«, ächzte ich. Molles Ohrwackler bedeutete ganz offensichtlich Zustimmung. Armer Mops. Der war auch im Stress. Jetzt musste er schon drei Futterquellen unter Kontrolle halten – wobei Banane eindeutig vorn lag. Ich warf ihm ein Stück zu, das mit einem Haps im gierigen Mopsschlund verschwand.

»Schick«, meinte Ellen, nachdem sie Nägel und Augen begutachtet hatte. »Ich hab vorhin scho mol guckt, was ich an deiner Stelle aziehe tät. Hab dir e paar Klamotte ufs Bett glegt.«

»Danke, du bist echt ein Engel. Ohne dich würde ich vermutlich in Sack und Asche in Stuttgart auftauchen – oder nein, vermutlich gar nicht, weil ich immer noch schlafen würde. Dann geh ich mal durchprobieren.« Ich schnappte mir eine Karotte und huschte aus der Küche zur Treppe hin. Hübchen schälte unbeirrt weiter.

So. Ein. Arschloch! Musste er ausgerechnet jetzt Spielchen spielen, wenn mir der Hintern sowieso vor lauter Aufregung über Grundeis rutschte?

Meine Füße stapften die Stufen aufwärts.

Wie eine Elefantenkuh. Passt ja prima zum Elefantenbullen.

Die letzten Stufen nahm ich leichtfüßig wie eine Elfe.

Ich lehnte mich nach vorn und tappte Blümchen auf die Schulter. »Kannst du bitte beim nächsten Parkplatz anhalten?«

Es war das dritte Mal, dass ich einen Stopp brauchte, seit wir vor einer knappen Stunde in Neuheim losgefahren waren. Hübchen hatte sich bereit erklärt, den Fahrdienst zu übernehmen, und ich saß hinten im Passat, da ich es neben Hübchen nicht ausgehalten hätte. »Hier kann ich ein bisschen zur Ruhe kommen und vielleicht sogar die Augen ein paar Minuten schließen.« Okay. Fadenscheinige Erklärung, zumal ich seit der Abfahrt vermutlich noch keine zehn Sekunden die Klappe gehalten hatte. Wie denn auch? Wenn ich nicht redete, klapperte ich vor Aufregung mit den Zähnen.

Hübchen sparte sich einen Kommentar und setzte beim nächsten Rastplatz brav den Blinker. Himmel, war mir schlecht! Und das wurde durch den Zustand des Toilettenhäuschens auch nicht besser. Ich überwand meinen Widerwillen und betrat die stinkende Hölle. Zumindest hatten sie Desinfektionsmittel bei den Waschbecken hängen. Trotzdem sehnte ich mich nach einer Dusche.

»Die Babsi hat versproche, mit dem Molle noch mal die Runde zu gehe, wo die Carolin sonst immer glaufe isch«, erklärte Ellen, nachdem wir wieder unterwegs waren. »Vielleicht kommt se mit ’nem Hundebesitzer ins Gespräch. Dein Ansatz war nämlich gut, es war nur die falsche Strecke, hätt Babsi gmeint.«

Jetzt drehte sie sich zu mir nach hinten um. »Oh, Mensch, des hab ich vor lauter Landesschau total vergesse, ich war heut Morge in dere Bäckerei und hab mich mit sellere Gerlinde unterhalte.«

»Aha.« Verzweifelt versuchte ich, Ellen zuzuhören, aber ständig wanderte meine Aufmerksamkeit zur Fahrerseite. Hübchen konzentrierte sich auf den Verkehr, der immer dichter wurde, je näher wir Stuttgart kamen.

Ellen merkte nichts von der Spannung, oder sie tat so, als würde sie nichts merken. Auf jeden Fall redete sie weiter. »Du, des isch e ganz patente Frau. Kei Ahnung, wieso die mit de Carolin so giftig gwese isch.«

»Wenn Sex ins Spiel kommt, ist es mit der Harmonie halt schnell vorbei«, meinte ich und suchte über den Rückspiegel Hübchens Augen. Der grinste kurz, als unsere Blicke sich fanden, und schaute wieder nach vorn.

»Wenn sich beide wie erwachsene Leute benehmen, sollte das eigentlich kein Problem sein«, kommentierte er noch.

Ellen musterte uns. Erst mich, dann ihn und wieder zurück. Sie hob die Augenbrauen, sparte sich aber einen Kommentar.

Siehste. Dann sei jetzt mal erwachsen und lass diese Stichelei.

Erwachsen. Pfff. Ich war eine anerkannte Autorin, Livegast im Fernsehen, sogar die von allen Seiten bejubelte Lisa Rumpfinger leckte sich die Finger nach mir. Was bitte schön sollte das sein, wenn nicht erwachsen? Da konnte mir doch so ein Elefantenkommissar nicht die Laune verhageln. Ich stand in allen Lebenssituationen meine Frau.

Na ja, so gesehen, der Elefantenbulle stand letzte Nacht au–

STIMMCHEN!

Super. Vielen Dank. Jetzt hatte ich Bilder im Kopf, die nicht dazu angetan waren, mich zu beruhigen.

Endlich hatten wir unser Ziel erreicht. Wir meldeten uns an, und die Schranke hob sich, ließ uns auf das SWR-Gelände. Hübchen quetschte seinen Passat gekonnt in die letzte Parklücke, und wir liefen zu dritt im SWR-Gebäude ein, wo wir sehr herzlich begrüßt und betreut wurden.

Meine Rückendeckung durfte mich begleiten, als ich direkt zur Maske gebracht wurde. Ich fühlte mich wie das sprichwörtliche Schaf, das zur Schlachtbank muss. Meine Knie – oder die Stellen, wo früher einmal Knie gewesen waren – schlackerten.

Und dann stand ich im Studio. Ellen und Hübchen wurden auf Stühle an den Seiten des Raums platziert. Die Decke hing voller Schweinwerfer. Hunderte!

Für jede Falte einer.

Ich hatte schon wieder das dringende Bedürfnis, auf die Toilette zu rennen. Aber ich hatte in der letzten Stunde so viele Panikpipis gemacht, dass ich diesen Drang übergehen konnte, es würde ohnehin kein Tropfen mehr kommen. Mein Magen rebellierte. Mir war schlecht. So unglaublich schlecht. Das fühlte sich wie eine ausgewachsene Fischvergiftung an. Mindestens. Ob ich nach einem Notarzt fragen sollte? Mit so einer Fischvergiftung war nicht zu spaßen!

Bleib locker. Du hast seit Wochen keinen Fisch gegessen.

Sicher? Ich überlegte.

Sicher. Du bist lediglich hysterisch.

Okay. Kein Notarzt. Aber zumindest hatte ich das Gefühl, mich demnächst von dem halben Fleischküchle und der Karotte – mehr hatte ich vor Aufregung nicht runterbekommen – verabschieden zu müssen.

»Immer schön durchatmen«, kam in letzter Sekunde die Ablenkung durch die junge Frau, deren Namen ich schon fünfmal erfragt und dennoch wieder vergessen hatte.

Ach du meine Güte! Ich hatte bei Aufzeichnungen schon immer etwas Lampenfieber. Bei Lesungen sowieso. Aber was jetzt gerade in mir drin abging, das toppte alles, was ich je erlebt hatte.

Und schön an Doris Day denken. Du weißt schon, unser Lieblingsfilm »Was diese Frau so alles treibt«, wo sie live im Fernsehen sagt: Mein Name ist Beverly Boyer, und ich bin ein Schwein.

Danke. Vielen, vielen Dank, Stimmchen. Genau das hab ich jetzt gebraucht. Sonst noch konstruktive Vorschläge, du Biest?

»Also, Frau Kleinschmidt. Hier dürfen Sie nachher sitzen,

und wir werden über Ihr Schwarzwaldbuch plaudern. Wie Sie auf die Idee kamen – immerhin lebten Sie zu der Zeit noch in Hamburg, richtig?«

Die Moderatorin, Leo Schmidt-Huber stellte sie sich vor, lächelte mich sehr offen an, und die Ruhe, die sie ausstrahlte, tat mir sehr gut. Trotzdem. Wie um Himmels willen sollte ich mir in so einer Situation auch noch ausgerechnet einen Doppelnamen merken? Ich würde doch schon über die Buchstaben meines eigenen Namens stolpern – sollte ich mich überhaupt erinnern können, wie ich hieß. Die Katastrophe rollte auf mich zu, das spürte ich. Ich war absolut sicher, dass ich rülpsen würde, hicksen oder schlimmer.

»Und wenn ich Ihnen erkläre, dass ich ein Schwein bin?«, fragte ich unvermittelt.

Den Bruchteil einer Sekunde stutzte die Moderatorin, dann lachte sie schallend. »Kein Problem, dann frage ich Sie, seit wann Sie ein Doris-Day-Fan sind.«

Wow. Die Frau hatte Pfiff. Und eine enorme Auffassungsgabe. Aber klar, das brauchte man wohl, wenn man sich Tag für Tag live vor der Kamera beweisen musste.

»Sie glauben gar nicht, was wir hier schon alles erlebt haben. Da bringt mich ein Doris-Day-Zitat nicht aus der Fassung«, bestätigte sie auch prompt.

Ich streckte Stimmchen die Zunge raus, und plötzlich fühlte ich mich federleicht und wie von einer goldenen Hülle umgeben, durch die keine Katastrophe durchdringen könnte. Wunderbar.

Wir unterhielten uns noch ein wenig, dann kam das erste »Achtung!«. Die Moderatorin nahm ihren Platz ein, die Gästebetreuerin zeigte auf einen Stuhl, wo ich die Sendung mitverfolgen und auf meinen Einsatz warten sollte.

»Noch dreißig Sekunden!«, tönte die Stimme. Mein Magen krampfte.

ELF

25. September

»Ich kann euch gar nicht sagen, wie froh ich bin. Und ich hab nicht gerülpst! Habt ihr's gehört? Nein. Eben! Da war nämlich nichts!« Ich saß wieder auf dem Rücksitz, allerdings klammerte ich mich weit nach vorn gebeugt an Fahrer- und Beifahrersitz und streckte den Kopf zwischen Ellen und Hübchen. Nicht sehr bequem, aber zum Teufel mit Verspannungen. Ich war eine Heldin!

»Ja, wissen wir. Du hast es auf der gesamten Heimfahrt ungefähr neunundneunzig Mal erwähnt. Und ich sage dir auch zum neunundneunzigsten Mal: Das hast du echt prima gemacht, Clarissa.« Blümchen feixte in den Rückspiegel. »Den Pups hat man auch nur ganz wenig gehört.«

»Ja, nicht wa… waaas?« Erst während des Sprechens war mir klar geworden, was er da gerade gesagt hatte. Nein. Das war ein Scherz. Ich hatte nicht. Oder doch? Meine Fingerknöchel traten weiß hervor, so fest klammerte ich mich in die Polster. Oder hatte ich mich verhört? Zu viel Sekt erwischt?

Verzweifelt ließ ich die Minuten vor der Kamera Revue passieren. Ich guckte Hübchen im Rückspiegel an. »Blümchen, bist du wahnsinnig?«, schrie ich, als mir klar wurde, dass er immer noch, inzwischen richtiggehend unverschämt, grinste. »Mir ist fast das Herz stehen geblieben. Wie kannst du nur?«

Mein Puls raste, und ich atmete zitternd durch.

Treffer! Ich glaub es nicht! Dein Blümchen hat ja richtig Humor. Stimmchen kriegte sich vor Begeisterung gar nicht mehr ein.

Super. Ich lach dann, wenn mein Puls wieder unter tausend ist. Wütend schoss ich Harpunen Richtung Rückspiegel, aber angesichts des vergnügten Funkelns in Hübchens Augen verfehlten sie komplett ihre Wirkung. Sogar Ellen kicherte. Prima. Vielen Dank auch, macht euch nur lustig. Im nächsten

Moment fuhr Hübchen rechts ran und stellte den Motor aus. Wir waren zu Hause.

Beim Aussteigen stolperte ich fast über meine Beine und klammerte mich an der Tür fest. Hicks. Der Sekt, den wir an der Raststätte gekauft hatten, blubberte in meinem Bauch. Wir hatten die Flasche rumgehen lassen, wobei Hübchen sich geweigert hatte – er war schließlich ein verantwortungsvoller Fahrer und außerdem auch noch Bulle. Wo kämen wir da aber auch hin, wenn er in seiner Position mit der Sektflasche am Hals von den Kollegen gestoppt würde?

Die würden ihn weiterwinken, wenn er seinen Ausweis zückte, eh klar.

Na, darauf würde ich mich nicht verlassen wollen. Denk nur an das Bullengesicht und seinen Pellinger. Wer solche Kollegen hat, braucht keine Feinde mehr, das kannst du mir glauben. Auf jeden Fall war die Flasche deshalb nur zwischen Ellen und mir hin- und hergewandert, wobei ich den Verdacht nicht loswurde, dass Ellen nur genippt hatte. Auch egal. Ich hatte mir einen ordentlichen Schwips verdient. Immerhin hatte ich gerade meinen ersten Live-Fernsehauftritt überlebt.

»Kneif mich mal!« Fordernd streckte ich Ellen meinen Arm unter die Nase, während wir auf das Schnuckelchen zugingen.

»Was willsch?«

»Wissen, ob ich träume.«

Ellen gab mir einen Stups gegen den Oberarm und lachte. »En Traum isch des ja irgendwie scho, oder? Aber du kannsch beruhigt sei, es isch alles echt.«

Im Haus gab es dann erst einmal ein großes Hallo. Molle tanzte und sprang um uns herum, und Babsi feuerte Fragen ab. Natürlich hatte sie die Landesschau gesehen, aber jetzt wollte sie alles noch mal hören und wissen, wie es im Studio war, wie ich mich gefühlt hatte, so live vor der Kamera. Ob die Fahrt gut war. Ob ich schrecklich aufgeregt gewesen sei. Ich hätte so gelassen und souverän gewirkt.

Schnell streckte ich Hübchen die Zunge raus. Ätsch. Von wegen Pups! Gut gelaunt wirbelte ich mit Molle um den Tisch und versuchte, ihn und seinen Tiger zu fangen. Hoffnungslos. Ich ließ mich auf einen Stuhl fallen, weil die Küche schwankte.

»Leute, der Tag ist noch so jung. Den können wir doch jetzt nicht gleich ins Bett stecken«, verkündete ich. Mir war nach Party. Nach Lachen.

»Jung stimmt allerdings«, sagte Hübchen. »Aber alt genug für mich.« Er hob bedauernd Schultern und Augenbrauen. »Ich hab morgen Frühdienst. Deshalb werde ich auch direkt weiterfahren. Ich brauche dringend ein paar Stunden Schlaf.«

Weiterfahren? Nach diesem Abend? Mein Mund öffnete und schloss sich, ohne dass ein Ton über meine Lippen kam.

Der lässt dich so was von auflaufen. Hätte ich ihm gar nicht zugetraut, deinem Blümchen. Stimmchen schnalzte anerkennend mit der Zunge.

Von wegen bedauernd Schultern heben. Ich glaubte ihm kein Wort. Aber okay. Er wollte spielen. Das konnte ich auch.

»Danke fürs Fahren und für die Rückendeckung, Hübchen«, sagte ich, stand auf und gab ihm einen freundschaftlichen Kuss auf die Wange. Hm. Wie er duftete. Ich nahm schnell eine Nase voll Blümchenduft, dann löste ich mich aber sofort wieder und lächelte ihn ebenso unverbindlich an, wie er sich mir gegenüber benahm. »Komm gut heim. Wir werden morgen ein paar Ermittlungen anstellen. Wenn du willst, kannst du dich ja nach Dienstschluss melden.«

Ha. Ich war gut. Supergut sogar. Und das trotz Sekt und Adrenalin.

Vielleicht auch gerade darum? Du weißt ja, Frage: Haben Sie Probleme mit Alkohol? Antwort: MIT nicht.

»Ach was, melde«, mischte sich jetzt Ellen ein. »Du kommsch, wenn du fertig bisch mit schaffe, und ich koch uns ebbes Gutes. Immerhin isch morge Sonntag. Und dann könne mer gugge, was mer rausbrocht hän. Und überlege, wie mer am Montag weitermache. Soll ich uf fünfe koche? Passt des?«

»Passt perfekt.« Hübchen verteilte geschmacksneutrale Abschiedsküsschen und einen Ohrknuddler für Molle, dann war er weg.

Wie auch immer, auf jeden Fall war ich viel zu aufgekratzt, um schlafen zu können. Und die Ermittlungen mussten auch ruhen, bis mein Kopf wieder einen klaren Gedanken fassen konnte.

»Mädels, was meint ihr? Ein Gläschen Sekt?«

»Wenn du erscht ebbes ischt, bin ich debei. Noch me Sekt uf leere Mage tut dir ned gut, und ich hab kei Luscht, dich nachher die Treppe naufzuschleppe, weisch?«

»Mitternachtsimbiss. Klingt gut.« Mein Magen stimmte ein so lautes Knurrkonzert an, dass Molle verdutzt den Kopf schräg legte und lauschte.

»Also gut«, sagte Babsi. »Ein halbes Stündchen bleibe ich noch. Dann muss ich heim. Die Stimmung daheim ist noch etwas – nun ja, sagen wir: angespannt.«

Mir fiel ein, dass ich noch gar nichts von dem kurzen Zusammentreffen mit Thomas erzählt hatte. War vielleicht auch besser so. Ich beschloss, es erst einmal dabei zu belassen.

»Hast du denn jetzt mal mit deinem Thomas gesprochen?«, hakte ich also direkt ein. Während wir uns unterhielten, räumten wir Köstlichkeiten vom Kühlschrank auf den Esstisch. Brot dazu. Teller, Besteck. Fertig war die nächtliche Tafel. Die Völlerei konnte starten.

»Wir reden um die Geschichte herum und tun so, als sei alles in Ordnung. Manchmal klappt es, meistens ist es aber ziemlich anstrengend und zermürbend.«

Das konnte ich mir gut vorstellen. Ich fasste kurz nach Babsis Hand und drückte sie, um ihr zu zeigen, dass ich ahnte, was sie gerade durchmachte. Dann wechselte ich das Thema.

Ich stippte die letzten Brotkrümel von meinem Teller und gähnte. Zumindest hatte das Essen meine Nerven etwas beruhigt. Ich tickte wieder auf Normalmaß.

Hört, hört. Als ob du überhaupt wüsstest, was Normalmaß ist.

Dann ticke ich eben wieder auf Clarissa-Normalmaß. Zufrieden?

So kommen wir der Sache näher.

»Kinder, jetzt langt's. Mir falle glei d' Auge zu. Ich muss ins

Bett. Gut Nacht, ihr Liebe.« Damit stand Ellen auf. »Kann des weg, oder wolle ihr noch esse?«

Babsi war ebenfalls aufgestanden, reckte sich und griff nach der Butter, um sie in den Kühlschrank zu räumen. »Also ich muss jetzt auch heim und ins Bett. Clarissa?«

Ich hatte mit starrem Blick am Tisch gesessen und versucht, einen Gedanken zu fassen, der wie eine Fluse in meinen Hirnwindungen herumschwamm. »Was?«, fragte ich und schreckte aus meinen Grübeleien auf. Im nächsten Moment klatschte ich mit der flachen Hand gegen meine Stirn. »Frederick! Natürlich! Meine Güte, bin ich ein Depp.«

»Aha?«, kam es von Babsi.

Ellen kapierte. »Der Mechaniker?«

Ich nickte heftig. »Seine Kollegen haben ihn Fred gerufen. Babsi, hatte Caro ihr Auto hier in der Werkstatt? Kannte sie den Mechaniker? Ist das dieser Fred, mit dem sie was hatte?«

»Keine Ahnung«, meinte Babsi zögernd. »Aber selbst wenn, ob das der Fred war, steht in den Sternen. Und es war ja längst aus, die Sache war vorbei. Abgesehen davon: Gekannt hat sie ihn sicher. Ich meine, fast alle aus dem Dorf gehen in die Werkstatt. Ich kann dir nicht viel zu ihm sagen, ich kenn ihn nur vom Sehen. Bei uns kümmert sich Thomas um alles, was mit dem Wagen zu tun hat.«

»Aber putzen darfst du ihn?«, fragte ich und ärgerte mich im nächsten Moment über mein loses Mundwerk, es war nicht meine Absicht, Babsi blöd anzumachen, nur ihr Machoarsch von Ehemann reizte meine weibliche Selbstachtung.

Doch zum Glück grinste Babsi. »Ich bin zwar manchmal ein Schaf, aber nicht komplett blöd, meine Liebe. Und mir ist es egal, ob das Auto sauber oder dreckig ist.«

»Entschuldige«, schob ich trotzdem nach.

Babsi winkte ab. »Schon recht. Thomas hat sich ja wie ein Hornochse präsentiert. Kein Wunder, dass du solche Ideen hast. Aber auch wenn er ein Hallodri ist, sein Machogehabe lass ich ihm nicht durchgehen. Oder sagen wir: Ich arbeite dran.«

Am nächsten Morgen – viel zu früh für meinen Geschmack – putzte ich der Fremden, die mich aus dem Spiegel anblickte, die Zähne.

Reichlich Entfaltungspotenzial, meine Liebe, so langsam sieht man dir deinen Lebenswandel an.

Stimmchens Schadenfreude triefte aus den Worten, und sie war schon wieder unverschämt gut gelaunt. Aber mir brauchte sie damit nicht kommen. Wer morgens zerknittert aufwacht, kann sich den Tag über entfalten. Und genau das werde ich tun. Und überhaupt. Mein Lebenswandel war vollkommen in Ordnung. Hin und wieder ein Schlückchen Sekt tat dem Kreislauf gut, und Sex war ohnehin gesund. Also nur kein Neid, Stimmchen!

Sex? Davon träumst du aber nur.

Ellen hatte bereits den Frühstückstisch gedeckt, als ich in die Küche kam. Das war die Gelegenheit, in aller Ruhe gemeinsam die Fakten zu checken.

»Ich hole mal die alte Liste, dann können wir sie auf den neuesten Stand bringen. Moment«, sagte ich, nachdem ich ihr einen guten Morgen gewünscht hatte, und verschwand, um im Wohnzimmer meinen Block zu holen.

Den Zettel legte ich neben meinen Teller auf den Tisch, und Ellen und ich gingen alles Punkt für Punkt durch.

Wir prüften, sprachen, überlegten, diskutierten und futterten nebenher … Nach der Überarbeitung sah die Liste ein wenig anders aus.

Was wissen wir?
– Affekttat! Ein Stich.
– Sie hatte kurz vor ihrem Tod Sex. Mit wem? Laut Hübchen gibt es hierzu noch keine Erkenntnisse.
– Turnschuhabdruck, Größe 42 oder 43, Adidas?

Welche Informationen fehlen?
– Das gesamte Umfeld der Toten: Arbeitsstelle: »Riedgärtnerei« – kennen wir dank Hübchen, müssen wir hin! – Ellen war

dort. Diese Petra hat Dornen auf den Zähnen. Wir müssen das vertiefen.
~~– Familie – gibt es da jemanden? Meldeamt?~~
– Freunde? Wer? Wie gut? Motiv? Wieso war diese Frau nur so verdammt diskret? Babsi weiß kaum was.
– ~~Hobbys? Vielleicht sammelte sie Briefmarken, Porzellan oder seltene Steine und hatte eine Entdeckung gemacht, die ihr jemand stehlen wollte – dann wäre es doch ein getarnter Raubmord? Gab es Einbruchspuren am Haus? Babsi fragen!~~
– Babsi sagt: Keine weiteren Hobbys. Nur Molle und Garten.
– Charakter – war sie wirklich so nett, wie Babsi es behauptete?
– Babsi sagt: Sie war ein Engel!
– Okay, ist vermutlich durch die rosarote Brille gesehen, aber mehr kriegen wir aus Babsi nicht raus. Die Bäckerin würde wohl eher Richtung Teufel tendieren. Mist. Das bringt uns auch nicht weiter.

Was für mögliche Täter kommen in Betracht?
~~– Freund. Markus?~~
– Abgelegte LiebhaberInnen?
~~– Fremder, der auf Beute aus war (hier wieder die wertvolle Sammlung in Betracht ziehen!)~~
~~– Triebtäter (Hübchen hat nichts davon gesagt, das hätten sie bei der Obduktion sicher festgestellt)~~
~~– Hundehasser, mit dem sie in Streit geraten war (weit hergeholt, aber wir dürfen nichts außer Acht lassen!)~~
– Babsi sagt, Carolin und Molle waren überall beliebt.
– Babsi – (glaub ich nicht!)
– Thomas?
– Fred?
– Gerlinde?

~~Markus~~
~~– Wer ist dieser ominöse Freund?~~
~~– Wo wohnt er? Schuttern?~~

~~– War die Beziehung intakt?~~
~~– Eifersucht?~~

Kombi
– Rot, Lahrer Nummer (mit einem P)
– Fabrikat? Könnte ein Renault gewesen sein oder ein Citroën
– Nicht das Auto von Thomas, das stand in der Werkstatt! Wirklich? Überprüfen!

…aa…
~~– Markus – sehr naheliegend~~
– Könnte auch ein Abschiedsgruß an die Mama gewesen sein
~~– Keine weitere Idee …~~
– Thomas – leider immer noch nicht ganz entlastet
– Gerlinde Obermann – hat ein …a… im Namen und war ziemlich sauer! Frage: Sauer genug?
– Petra Hartmann – auch hier ein …a… – aber wieso sollte eine Chefin ihre Angestellte umbringen? Auch wenn sie Dornen auf den Zähnen hat. Oder macht sie krumme Geschäfte, und Carolin war ihr auf die Spur gekommen? Blumenmafia? Dringend ermitteln! Nur wie?
– Babsi – ja, auch hier passt ein …a… – so unvorstellbar ich die Idee finde

Polizei-Interna
– Keine Spuren einer Vergewaltigung, aber Sex
– Tatwaffe – noch nicht aufgetaucht
~~– Markus soll in Schuttern (nur ein paar Kilometer von Neuheim entfernt) leben (Gerüchte)~~ Viel Spaß, Bullengesicht, bei der Jagd nach dem Phantom!
– Beruf der Toten: Gärtnerin
– Arbeitgeber: »Riedgärtnerei«, Inhaberin Petra Hartmann

»Ich gehe gleich mal in die Bäckerei. Was ist, willst du mitkommen?«, fragte ich Ellen, während ich uns noch mal Kaffee in die Tassen füllte.

»Mit nei bruch ich ned, ich kenn se ja scho. Aber der Molle und ich, mir bringe dich hin. Und dann könne mer ja noch gugge, ob die Gärtnerei vielleicht Sonntagsverkauf hat.«

So machten wir uns nach dem Frühstück gut gelaunt zu dritt auf den Weg. Ellen und Molle unternahmen einen kleinen Rundgang, während ich für süße Stückchen sorgte und eine höfliche Plauderei startete. Ich erzählte freiheraus, wie froh ich war, jetzt hier zu wohnen. Aber dass ich doch hoffte, so etwas wie diesen Überfall auf die arme Frau nicht noch mal erleben zu müssen.

»Manchmal trifft's halt die Rechte«, kommentierte Gerlinde. »Normalerweise isch's bei uns absolut friedlich. Und des bleibt's jetzt auch, nachdem die Schlange weg isch.«

Ich schluckte. Die Bäckersfrau machte wirklich keinen Hehl aus ihrer Abneigung.

»Ihr Mitgefühl hält sich offensichtlich in Grenzen.« Ich lächelte sie dennoch an, auch wenn mich diese Kaltschnäuzigkeit schaudern ließ. »Passen Sie nur auf, dass die Polizei Sie nicht ins Visier nimmt. Soweit ich weiß, haben die immer noch keinen Plan, in welche Richtung sie nach dem Mörder suchen sollen.«

Einen Moment stutzte Gerlinde, dann fing sie schallend an zu lachen. »Ich e Mörderin?« Sie schüttete sich richtiggehend aus bei der Vorstellung.

Ich stand da und sah zu, wie ihre Augen sich mit Lachtränen füllten. Sehr skurril. Endlich schniefte sie und wischte sich die Augen trocken.

»Ich bin en absolutes Schäfle. Auch, wenn ich de Carolin kei Träne nachwein. Sie war einfach e Miststück. Hätt sich an alle Mannsbilder rangschmisse, egal, ob alt oder jung, Single oder ned. Solle die Bulle ruhig komme. Ich bin de ganze Tag im Lade und in de Backstub gstande. Meine zwei Mädels hier und der Florian – mein Geselle – könne des bezeuge. Also mache Sie sich keine Sorge um mich. Ich bin e Pazifischt, auch wenn ich in dem Fall find, dass es die Richtig troffe hätt.« Sie holte kurz Luft. Dann lächelte sie mich freundlich an und fragte: »Darf's noch ebbes sei?«

Die war wirklich eigenartig. Wirkte total glaubwürdig und durchaus sympathisch, solange die Sprache nicht auf Carolin kam.

Die benimmt sich eben wie eine, der Hörner aufgesetzt wurden.

Das war das perfekte Stichwort. Danke, Stimmchen!

»Das ist alles, danke. Aber einen Tipp könnten Sie mir vielleicht noch geben. So als neu Zugezogene muss ich mich ja erst einmal orientieren. Mein Auto muss in die Werkstatt. Wir haben eine, bei uns direkt um die Ecke, ich war auch schon mal dort und hab mit dem Mechaniker gesprochen, Frederick heißt er. Aber da ich nichts von Autos verstehe, kann man mir natürlich viel erzählen. Wie ist denn Ihre Erfahrung? Ist die Werkstatt okay?«

Sie lächelte mich an. »Do sind Se gut ufghobe, der Fred, des isch mei Schatz.«

Fred. Volltreffer! »Hat er die Carolin auch gekannt?«, pfefferte ich die Frage raus, ohne lange zu überlegen. Eifersucht. Immer wieder ein beliebtes Mordmotiv.

Gerlinde schmetterte die Tüte mit den süßen Stückchen auf den Tresen. Sie presste ihre Lippen so fest zusammen, dass sie fast weiß schienen, tippte in die Kasse und zischte: »Fünfzehn achtzig macht des dann bitte.«

Oha. Achillesferse, würde ich sagen. Ihr Gesichtsausdruck signalisierte mir, dass der Bogen unter Spannung stand. Mehr würde hier und heute nicht mehr gehen. Brauchte es auch nicht. Ich hatte alle Informationen, die ich wollte. Gerlinde Obermann hatte zweifach Grund, Carolin zu ermorden: aus Eifersucht und wegen des Testaments ihres verstorbenen Vaters. Aber sie hatte ein Alibi und fiel als mögliche Täterin damit weg. Mist. Wir konnten wieder einen Namen von der Liste streichen.

Und der, der am Ende noch draufstehen würde, der musste es gewesen sein. Frei nach Sherlock Holmes: Schließe das Unmögliche aus, was übrig bleibt, ist die Wahrheit.

Das funktioniert aber nur, wenn man an alle Möglichkeiten gedacht hat!

ZWÖLF

26. September

Alles in allem hatte sich der Sonntag sehr bescheiden gezeigt. Nach der Pleite in der Bäckerei standen wir zur Krönung danach vor der geschlossenen Gärtnerei. Von wegen Sonntagsverkauf. Unterm Strich also keine neuen Erkenntnisse und der Tag war noch blöder geworden, je länger er dauerte.

Aber du kannst nicht meckern, er hat sich wirklich Mühe gegeben, ein blöder Sonntag zu werden.

Oh ja, er hat bis zum Schluss nicht nachgelassen mit den Bemühungen. Super.

Blümchen hatte – als wäre es das Selbstverständlichste auf der Welt – im Gästezimmer genächtigt. Ich hatte mich in meinem Bett hin- und hergewälzt und immer auf Geräusche gelauscht. Vielleicht wollte er ja zu mir schleichen, wenn Ellen im Bett war. Vielleicht spielte er das Schauspiel nur mir zuliebe, um mich nicht in Verlegenheit zu bringen. Aber nichts. Kein Schleichen, kein Bettchenwechsel. Meine Laune stand demnach schon am frühen Montagmorgen auf Krawall, gleich nachdem ich so weit wach war, um zu registrieren, dass ich wirklich und immer noch allein unter meiner Decke lag.

So ein Arsch. Was bildete der sich überhaupt ein? Schleppte mich ab und ließ mich dann am ausgestreckten Arm verhungern!

Einspruch, Euer Merkwürden. Der Junge hat dich nicht abgeschleppt. Du hast ihn nass gemacht und dann vernascht. Nur zur Richtigstellung.

Er hat sich jedenfalls nicht gewehrt, oder willst du was anderes behaupten? Stimmchen schwieg.

Mein gestriger Versuch, Blümchen mit den eigenen Waffen zu schlagen, war kläglich gescheitert. Er hatte meine neutrale Haltung komplett gelassen hingenommen. Je weniger interessiert ich mich gezeigt hatte, desto vergnügter hatte der Elefantenbulle mit Ellen geplaudert, mit Molle gespielt und mir mit jeder Geste, mit jedem Blick gezeigt, wie wohl er sich fühlte. Grrr!

Total gefrustet und sauer war ich früh zu Bett gegangen und

jetzt also Sturmwarnung. Tiefdruckgebiet Clarissa-Laune. Ich sollte meine Umgebung warnen. Die Energie stand auf Orkan.

Der Kerl macht dich fertig, kicherte Stimmchen. *An dem beißt du dir die Zähne aus.*

Das werden wir noch sehen! Entschlossen stapfte ich ins Badezimmer und bald darauf runter in die Küche. Dort herrschte bereits vergnügtes Treiben.

»Guten Morgen«, tönte es mir zweistimmig entgegen.

»Morgen«, erwiderte ich den fröhlichen Gruß deutlich gedämpft.

Ellen stellte mir wortlos eine Tasse Kaffee hin und zwinkerte mir zu. Blümchen verschanzte sich – wieder einmal – hinter der Zeitung. Nicht mal Molle nahm sich richtig Zeit für mich. Er verschlang gerade sein Frühstück und drehte nur kurz den Kopf zu mir, wedelte und schlang weiter. Erst als der Napf leer war, kam er angerauscht, um mich zu begrüßen, als wäre ich auf einer Weltreise gewesen. Stürmisch, aber deutlich kürzer als sonst, Herr Mops musste noch mal zum Napf zurück, um sicherzugehen, dass er auch nichts zu futtern übersehen hatte.

Der Montag schien dem Sonntag Konkurrenz zu machen. Gab es da gerade einen Wettstreit um die Auszeichnung »Blödester Tag der Woche«? Aber okay. Wer den Morgen an den Hörnern packt, zähmt den Abend. Vielleicht. Einen Versuch war es jedenfalls wert.

»Gehst du mit in die Gärtnerei?«, fragte ich die Zeitung.

Es raschelte. Hübchen streckte die Nase hinter dem Papier vor und sagte: »Nein, ich werde nach Offenburg fahren. Mich auf den neuesten Ermittlungsstand bringen lassen.«

Er fährt zu seinem Hühnchen! Gock, gock, gock! Oh, der Montag liegt gut im Rennen! Sehr gut sogar.

»Super. Das ist eine gute Idee!«, lobte ich die Zeitung, hinter der Blümchen schon wieder verschwunden war, und lächelte, wobei ich das Gefühl hatte, meine erstarrten Wangenmuskeln müssten jeden Moment reißen. Wenn der dachte, er könnte mich reizen, dann musste er früher aufstehen. Zum Hühnchen? Klar, nur zu. Viel Spaß!

»Bis später«, rief Ellen und winkte Hübchen hinterher, als der bald darauf in seinen Passat stieg und losbrauste.

Ich konnte nicht winken, musste mich gerade versichern, dass Molle richtig angeleint war. War er. Als Hübchen um die Ecke bog, richtete ich mich wieder auf und ignorierte den Ausdruck in Ellens Gesicht. Was auch immer sie auf Lager hätte – Mitleid oder Vorhaltungen –, ich wollte es nicht sehen und nicht hören.

Wir stiefelten zur Gärtnerei. Ellen voller Vorfreude, Molle schnüffelnd und wedelnd, ich muffelnd, was meine Begleiter aber nicht in ihrem Elan stoppen konnte.

»Schau nur, isch des ned wunderschön!«, legte Ellen los, kaum dass wir den Laden betreten hatten, und hatte Herzchen in den Augen, als sie vor den Chrysanthemen stand. »Mir könnte des Beet im Vorgarte dademit gstalte. Was meinsch? Viel Gelb und dezwische immer e andere Farb. Hach, da fühlt sich doch jeder gleich glücklich, wenn er so e Farbexplosion sieht.«

Ich ließ Ellen stehen und wandte mich erst einmal lächelnd Richtung Ladentheke. »Guten Tag«, grüßte ich betont liebenswürdig und aufgeschlossen.

»Morgen«, kam es ziemlich unwirsch zurück. Petra schaute düster zu Ellen rüber.

An der Theke hing ein Zettel: »Verkäuferin/Gärtnerin gesucht. Wir suchen: Freundlichkeit und Fachkenntnis.«

Davon konnte der Laden eine ordentliche Portion gebrauchen, das war mir schnell klar. Ich beschloss, nicht lange um den heißen Brei herumzureden, sondern direkt in die Vollen zu gehen. Also zeigte ich auf den Zettel.

»Ich hab gehört, dass die ermordete Frau hier gearbeitet hat. Das ist so schrecklich. Sie wird Ihnen sicher sehr fehlen.«

»Ach was. Sind halt Scherereien, bis man wieder jemanden hat, aber keiner isch unersetzlich.«

Die fehlt der wie's Zahnweh, so wie die klingt.

Klappe, Stimmchen, bring mich jetzt nicht zum Lachen. Sonst wirft sie uns gleich raus.

»Hat sie schon lange hier gearbeitet?«, fragte ich mit möglichst mitfühlender Miene.

»Wolle Se ebbes kaufe? Zum Tratsche könne Se sich en andere Platz suche. Dass des klar isch.«

Huch. Die hatte ja wirklich Dornen. Mit Widerhaken!

Ich tat eingeschüchtert. »Entschuldigung. Eigentlich wollte ich nur – offensichtlich etwas ungeschickt – erfahren, was zu den Aufgaben der offenen Stelle gehört. Ich meine, vielleicht wäre das ja was für mich?«

»Verschtehe Se ebbes von Blume? Vom Verkauf? Vom Kassesystem?«

»Na ja, ich mag Blumen.« Als sie das Gesicht zu einem abfälligen Grinsen verzog, schob ich nach: »Und ich hab eine schnelle Auffassungsgabe. Bin lernfähig. Kann gut mit Men–«

»Hey, Sie da!«, keifte sie völlig unvermittelt Richtung Ellen. »Passe Se auf, dass der Köter ned an die Blume seicht!« Platsch. Eisregen war warm dagegen. Sie beobachtete mit zusammengekniffenen Augen, wie Ellen Molle zu sich zog. Dann drehte sie sich um, beugte sich über einen Käfig, der im Eck hinter der Theke stand, und säuselte auf ein Karnickel ein. Mich ließ sie stehen, als wäre ich Luft. Was für eine dumme Nuss!

Ich starrte auf den Rücken der Gärtnerin und überlegte, ob ich es noch mal versuchen sollte. Aber irgendwie hatte ich keine Lust mehr. Sollte sie doch in ihrer Arroganz verharren und langsam vor sich hin welken.

»Danke für das nette Gespräch«, erklärte ich dem Rücken, der in einer roten Strickjacke steckte. »Komm, Ellen. Wir gehen. Wenn die Blumen hier genauso behandelt werden wie die Kunden, dann können sie einem echt leidtun.«

Kaum draußen, schüttelte ich fassungslos den Kopf. »Sag mal, spinnt die Alte? Wer hat der denn auf die Gänseblümchen gepinkelt?«

Ellen nickte. »Die war letschtes Mal scho genauso unfreundlich. E echt blöde Pfägs isch des.«

»Bei der kommen wir nicht weiter. Die wird uns nie und nimmer sagen, wo sie zur Tatzeit war. Vorher wird sie versuchen, uns mit Unkraut-Ex zu beseitigen.«

»Vielleicht kommt de Benjamin weiter? Der hätt doch

bstimmt Verhörmethode für schwierige Fäll uf de Polizeischul glernt.«

»Schaun wir mal«, antwortete ich zögerlich. Blümchen war jetzt nicht das Thema, das ich vertiefen wollte.

Ich hakte mich bei Ellen unter, und wir stapften den Gehweg entlang, weg von den unguten Gärtnereischwingungen. »Jetzt knöpfen wir uns erst einmal diesen Fred vor. Mit dem wird es sicher leichter.«

Vorher musste Molle aber noch zwei Pudeldamen beeindrucken und Mopsmachopipi machen. Danach scharrte er wie ein Großer mit den Hinterbeinen über die Wiese und passte auf, dass die Pudelinnen das auch wirklich mitbekamen. Meine Güte, Kerle waren doch alle gleich.

Und du stehst drauf. Kannst du ruhig zugeben.

Von wegen! Die können mir gestohlen bleiben. Alle miteinander.

Hört, hört. Stimmchen kicherte.

Mein Busen vibrierte. Ich zog das Handy raus und schaute drauf. Babsi. »Hallo Babsi, alles klar?«

»Hallo Clarissa. Du, sag mal, habt ihr Zeit? Wir könnten uns im Café Lager in Altenheim treffen. Ich hab eine ehemalige Kollegin von Carolin getroffen und sie auf einen Kaffee eingeladen, die hat so komische Andeutungen gemacht. Vielleicht hat sie ja noch irgendwelche Informationen. Aber allein trau ich mich nicht so recht. Was, wenn ich die falschen Fragen stelle? Oder etwas Wichtiges übersehe?«

»Kein Problem. Wir wollten gerade in die Werkstatt, aber das kann auch noch einen Moment warten. In zehn Minuten sind wir da.« Ich erklärte Ellen schnell die neue Lage, und sie freute sich.

»Des klingt doch interessant, des mit dere Arbeitskollegin. Von dem Café hab ich schon lauter nette Sache ghört. Die solle en tolle Kuche habe. Und überhaupt total nett sei. Da wollt ich eh mal hin. Super.«

Das Café erwies sich wirklich als Geheimtipp, wobei – so viel Betrieb, wie hier herrschte, war der Tipp wohl doch nicht mehr so geheim. Jedenfalls war es unglaublich gemütlich. Es lag in einem alten Fachwerkhaus. Die Eigentümer hatten offensichtlich ein Händchen für Dekoration. Vintage-Stil, überwiegend in Weiß, wunderbare Details, wohin der Blick auch schweifte. Und dann diese kleinen Kronleuchter, die alles wie in Zauberlicht tauchten. Man kam rein und fühlte sich sofort gefangen von dieser absoluten Wohlfühlatmosphäre. Als süßes Sahnehäubchen war auch Molle sehr willkommen. Wir begrüßten Babsi und die Ex-Kollegin von Caro, setzten uns und bestellten.

Ellen schaute sich begeistert um, während die Kellnerin uns die Leckereien an den Tisch brachte. »Super. Wenn des mitm Mops kei Problem isch, dann wird des mei neues Lieblingscafé. Des weiß ich jetzt scho.« Sie lächelte glücklich. »So Stück für Stück komme mer echt richtig an, was, Clarissa?«

»Und wie!«, stimmte ich ihr zu. Mehr konnte ich nicht sagen, weil ich den Mund voll hatte mit leckerstem Kuchen.

Als Ellen einen Happen Käsekuchen nahm, seufzte sie verzückt auf. »Ich kann ja gut backe, aber des isch himmlisch«, kommentierte sie. »Wenn mir's nächschte Mal da sin, muss ich unbedingt mit de Chefin rede. So en Austausch unter Backfreunde.«

Ich freute mich. Kein Zweifel: Ellen war eindeutig angekommen.

Tatsächlich brachte das Gespräch mit dieser Karin uns ein Stück weiter. Allerdings nicht in die erhoffte Richtung. Sie hatte einmal zufällig einen Streit zwischen Caro und deren Chefin Petra belauscht. Und dann so lange nachgebohrt, bis Caro ihr im Vertrauen erzählt hatte, dass sie Petra bei Betrügereien erwischt hatte: Schwarzgeld!

»Wisst ihr, die Caro war ein Sonnenschein, aber sie hat schon auch gewusst, wie sie ihre Schäfchen ins Trockene bringt«, erzählte Karin. »Sie hat versucht, die Petra zu *überreden*, sie als Partnerin in die Gärtnerei aufzunehmen.« Sie senkte ihre Stimme. »Partnerschaft gegen Schweigen – wenn ihr wisst, was ich meine.«

Babsi schnaubte. »Ich hab es doch geahnt!« Sie bemühte sich, ihre Stimme unter Kontrolle zu halten, aber sie kippte trotzdem fast, weil sie so aufgebracht war. »Wenn ihr mich fragt: Petra war es. Sie hat Caro auf dem Gewissen.« Unvermittelt sprang Babsi auf. »Ich brauch frische Luft. Das ist mir alles zu viel.«

Ellen wollte hinterher, aber ich zog sie wieder auf ihren Stuhl zurück. »Lass mal, Ellen. Ich glaube, Babsi braucht etwas Zeit für sich.« Dann wandte ich mich zu Karin. »Kannst du das mit der Erpressung beweisen? Das wäre wirklich ein mögliches Mordmotiv.«

Leider winkte Karin ab und schüttelte den Kopf. »Nein, ich kann es nicht beweisen. Und selbst wenn, es würde euch nichts bringen. Petra war an dem Tag von Caros Tod in Karlsruhe auf der Gartenbaumesse. Ich war auch dort und hab sie sogar mehrmals am Tag gesehen. Ihr müsst euren Mörder woanders suchen.«

»Verdeckel nomol aber au«, schimpfte Ellen, und ich stimmte ihr frustriert zu.

So ein prima Mordmotiv und doch wieder eine Sackgasse.

Nachdem klar war, dass wir an der Stelle nicht weiterkamen, verabschiedeten wir uns von Karin und brachen wieder auf. Wir wollten ja noch in die Werkstatt. Pauline brachten wir nach Hause und gingen die paar Schritte. Gleich darauf bogen wir auf den Hof der Werkstatt ein.

»Ach, die Blondine in Brünett«, begrüßte mich Fred breit lächelnd, als er mich erkannte. »Was ist? Braucht das Wägelchen wieder Sprit?«

Wägelchen. Pfff! Wie abfällig das klang.

»Danke, meine Pauline ist bestens versorgt«, gab ich schnippisch zurück.

»Dann braucht vielleicht die Lady ein bisschen Aufmerksamkeit? Wie wär's denn mit einem neuen Wagen? Ich würde auch die Probefahrt mit dir machen.«

Na, der lässt die Schüchternheit aber keine Wurzeln schlagen. Das kannst du auch! Komm, ran an den Kerl, Clarissa. Das ist die Gelegenheit, Hübchen eins auszuwischen.

Wie billig! Nein, Stimmchen, das hab ich nicht nötig.

Andererseits. Er hatte mich auf eine Idee gebracht. Ich grinste den Typen an und zeigte auf Ellen.

»Wir wollten uns tatsächlich nach einem Wagen umsehen«, erklärte ich. »Aber nicht für mich, sondern für meine Freundin Ellen.«

Ellen riss die Augen auf. Ich starrte sie an, hoffte, sie würde die Tarnung nicht zerstören. Sie brauchte nur einen Moment, dann hatte sie begriffen und legte sich ins Zeug.

»Aber Se müsse scho ebbs Bsonderes uffahre, wenn Se mich von meinem Wunschdokker abbringe welle. Des isch nämlich scho so gut wie entschiede für mich. Ich mach des nur de Clarissa zlieb mit.«

Grmpf. Damit hatte ich den Kerl wieder an der Backe.

»Aha, die Freundin überredet.« Er feixte unverschämt. »Sehnsucht gehabt?«, fragte er und scannte mich von unten bis oben, als wäre ich ein Auto, das es zu begutachten galt. Dabei lehnte er sich an einen Wagen und hielt den Arm so, dass mein Blick an seinem Bizeps hängen bleiben musste.

Nicht von schlechtem Pudding.

Klar, damit muss er ja schließlich denken, denn der Kopf ist offensichtlich leer.

Och, ich glaube, das Denken sitzt bei dem noch etwas weiter unten.

Stimmte natürlich auch wieder.

»Keine Sehnsucht. Aber deine Verlobte hat dich uns empfohlen.« Ich griff sein Du auf. Augenhöhe. Das Kaninchen in Sicherheit wiegen, damit die Schlange zupacken kann.

Schlange? Stimmchen überschlug sich vor Lachen. *Wenn es nach deiner Gefährlichkeit geht, dann wohl eher Regenwurm.*

Ein Kollege von Fred kam aus dem Büro quer über den Hof.

»Na, Alter, wieder am Flirten, dass die Schlüpfer flattern? Pass nur auf, dass deine Alte nix mitkriegt.«

»Depp!«, fauchte Fred seinen Kollegen an. Er lächelte entschuldigend. »Nimm den nicht ernst. Der schwätzt immer so en Mist. E bissel flirte isch schließlich nicht verboten.«

»Findet die Gerlinde das auch? Hast du mit der Carolin auch geflirtet?«, gab ich zurück und kam damit ohne Umschweife zur Sache.

»Was soll es denn für ein Wagen sein? Also abgesehen vom Dokker. Den haben wir nicht.« Fred legte von jetzt auf gleich einen geschäftsmäßigen Ton an den Tag.

»Neulich hab ich hier so en rote Wage gsehe«, sagte Ellen. »Ich weiß nimmer, was des war, uf jeden Fall e Kombi. Er war agmeldet. Hätt e Lahrer Nummer ghät und noch en P dabei. So einer tät mir gfalle. Wisse Se, wellen ich mein?«

Raffiniert. Und prompt ging Fred darauf ein.

»Ein Kombi mit P in der Nummer? Des kann eigentlich nur die Karre vom Thomas gewesen sein. Der hat den zur Inspektion hierghabt. Aber so einen ham wir im Moment nicht im Angebot, sorry.« Er drehte sich um sich selbst und suchte den Platz ab. Dann streckte er den Finger aus und zeigte auf einen grauen Kombi. »Der geht in die Richtung. Sollen wir mal fahren?«

»Sin Se sicher? Ich hab den Wage morgens gsehe und nachmittags no mol. Des muss an dem Tag gwese sei, an dem des Unglück mit der Frau passiert isch.« Ellen tat, als versuchte sie, sich richtig zu erinnern. An ihr war echt eine Schauspielerin verloren gegangen.

Wenn der Wagen wirklich hier in der Werkstatt gestanden hatte, vielleicht hatte ihn dann jemand kurz »ausgeliehen«? Fred? Wäre es möglich, dass er mal eben für einen kurzen Abstecher im Kundenauto eine Probefahrt gemacht hatte? Hatte er sich mit Carolin getroffen?

»Ja, des passt schon. Des war des Auto vom Thomas. Ganz sicher. Einen anderen roten Kombi hatten wir in letzter Zeit nicht hier. Was ist? Probefahrt?«

Dabei zwinkerte er mir zu. Hey, du Depp. Ellen ist deine Kundin, nicht ich.

»Schrecklich, das mit der Carolin, oder?«, nahm ich den Faden auf. »Hast du sie gut gekannt?«

»Du läsch ned locker, wie? Also gut. Ja, ich hab sie gut

gekannt, und ja, sie war ein heißer Feger«, gab er zurück, und seine Miene verdunkelte sich. »Ich hab deshalb aber gnug Ärger ghabt. Koch die Supp ned wieder auf, bin froh, dass mei Gerlinde sich halbwegs abgregt hat.«

Vielleicht haben die beiden die Carolin zusammen gekillt!

Na, das ist etwas weit hergeholt. Quatsch, die Gerlinde war in ihrem Laden.

»Hast du das Polizeiaufgebot gesehen an dem Tag? Den Auflauf, bis die die Spuren gesichert hatten? Das war fast wie in den Krimiserien aus dem Fernsehen. Wusstest du, dass es um Carolin ging bei dem Tumult?« Ich hielt die Luft an. Fiel er drauf rein?

»Ich hatte keine Ahnung. Woher au? Ich hab arbeiten müssen bis sechs.«

»Und in der Arbeitszeit musstest du vielleicht mal ein Kundenauto kurz Probe fahren? Komm, Fred, ich hab den Fahrer kurz gesehen, das würde schon passen.« Ich schoss einfach ins Blaue hinein.

Fred zuckte. »Meine Güte, ja, okay. Mir ham uns manchmal auf 'nen Quickie getroffen. Aber hey! Kein Wort zu meinem Chef, sonst bin ich meinen Job los.«

»Schon klar, und zu Gerlinde auch nicht, sonst bist du deine Verlobte los. Also jetzt Klartext. Hast du Carolin an dem Tag gesehen?« Ich schaute zu seinen Turnschuhen, dann wieder hoch. »Welche Schuhgröße hast du?«

Fred sah mich skeptisch an. »Zweiundvierzig. Und ja. Aber ich schwör euch, ich hab nix mit dem Mord zu tun. Wir haben kurz gevögelt, und ich bin wieder abgedüst, ins Geschäft. Termin mit dem TÜV. Ich kann eh nicht zu lange wegbleiben, sonst fällt es auf.«

»War des ebbes Ernschtes zwischen euch beide? Hätt die Gerlinde des gwusst?«, fragte Ellen.

Mich trieb noch viel mehr die Frage um, ob Babsi das wusste. Oder zumindest ahnte.

Fred winkte ab. »Das isch doch jetzt völlig egal. Carolin isch tot. Schad isch des um sie, sie war e tolle Frau. Was soll die ganze Fragerei überhaupt?«

Bevor ich antworten konnte, vibrierte mein linker Busen. Ich zog das Handy aus der Hemdtasche und schaute auf das Display. Christel, meine Lektorin. Nanu?

»Entschuldigung«, sagte ich. »Wichtig.«

Dann nahm ich den Anruf an. »Hallihallo, Christel. Das ist ja eine nette Überraschung«, schmetterte ich eine herzliche Begrüßung. Ich drehte mich von Fred und Ellen weg, um mich auf das Gespräch konzentrieren zu können. »Sag nur, du rufst an, um mir von der dritten Auflage zu erzählen«, ulkte ich. Wir hatten ein sehr lockeres und gutes Verhältnis, und ich freute mich wirklich über ihren Anruf. Wahrscheinlich wollte sie mir noch mal persönlich sagen, wie sehr sie sich freute, dass unser Buch so gut anlief.

»Ja und nein«, kam die Antwort. »Was machst du gerade? Bist du bereit für Neuigkeiten?«

»Ich bin mit Ellen unterwegs. Sie sucht ein neues Auto. – Neuigkeiten? Och, wenn es gute Nachrichten sind, dann her damit. Alles andere darfst du behalten.«

»Was meinst du? Ist Platz zwei der Bestsellerliste gut?«

Ich lachte. So ein Scherzkeks, diese Christel. »Ja, so was in der Art. Von mir aus auch eins, kein Problem.«

»Tut mir leid, die Eins ist mit »Wo das Glück wächst« belegt. Aber wer weiß, vielleicht nächste Woche. Diese Woche musst du mit Platz zwei vorliebnehmen. Schlimm?«

»Ich werde es überleben.« Ich kicherte. Dann fiel mir ein, dass Fred und Ellen neben mir standen und darauf warteten, dass ich auflegte. »Also, meine Liebe. Genug gescherzt. Was gibt es denn? Der Verkäufer wartet, er möchte mit Ellen und mir eine Probefahrt machen.«

Zu einem Proberitt mit dir würde er sicher auch nicht Nein sagen.

»Liebe Clarissa. Das war kein Scherz. Ich habe soeben die Information bekommen. Dein Schwarzwaldbuch steigt auf Platz zwei in die Bestsellerliste ein. Herzlichen Glückwunsch, meine Liebe. Das ist so wunderbar! Der ganze Verlag ist aus dem Häuschen!«

Mein Schwarzwaldbuch?

Wir haben es geschafft! Wir haben es geschafft! Hipp, hipp, hurraaa! Stimmchen jubelte und tanzte, dass die Hirnwindungen vibrierten.

Ich ließ mein Handy sinken und schluckte trocken. Spucke hatte ich keine mehr, mein Mund war dörr wie die Sahara.

»Alles in Ordnung?«, fragte Ellen besorgt. Sie nahm mir das Handy aus der Hand und horchte. »Hallo? Entschuldigung. Hier isch die Ellen. De Clarissa geht's glaub ich ned so gut. Sie isch ganz blass.«

Dann lauschte sie kurz. »Waaaaas?«, schrie sie im nächsten Moment. »Isch des klasse! Danke. Mir melde uns wieder. Tschüss.«

Fred schaute reichlich verdutzt aus der Wäsche, als Ellen und ich uns kreischend und heulend in die Arme fielen.

»Ich hab's gwusst«, rief Ellen. »Ich hab's scho die ganze Zeit gwusst, dass des Buch ebbes Bsonderes wird.«

Molle bellte und popowedelte und versuchte an uns hochzuspringen. Ich beugte mich zu ihm runter und ließ mir die Tränen vom Gesicht schlabbern. »Alles gut, Molle. Frauchen ist nur glücklich. Da muss man manchmal weinen.«

Hinter mir räusperte sich jemand. Ich drehte mich um. Fred. Den hatte ich total vergessen. Und ja, genau, den wollte ich jetzt auch vergessen.

»Du, Fred, danke, dass du ehrlich warst. Wir müssen jetzt los. Es ist was dazwischengekommen. Nichts für ungut.«

Damit rannten Ellen, Molle und ich vom Hof und Richtung Heimat. Zwischendurch hielten wir immer wieder an und fielen uns in die Arme.

Zu Hause schnappte Ellen sich das Telefon, wählte, wartete kurz und rief dann: »Benjamin, lass alles stehe und liege und mach, dass de heimkommsch! Mir müsse ebbes feiere! Beeil dich!« Zack. Legte sie wieder auf. »Und die da«, sagte sie und kramte unsere letzte Flasche Danners'sche Prickelbrause aus dem Regal, die geht ins Eisfach, bis de Benjamin da isch.«

Betreff: ohne Worte
Datum: 26.09., 15.28 Uhr
Von: Clarissa <Clarisschen@netzwerk.de>
An: Sarah Brachtinger

Hey, hey, Sarah!

Uiuiui, die Bstustaben tananzen aber mächtig. Waartte. Ich baruch Wasser und ein Aspirin. Mellllllllllde mich agliech noch mäal. Hicsk.

Betreff: nächster Versuch
Datum: 26.09., 15.57 Uhr
Von: Clarissa <Clarisschen@netzwerk.de>
An: Sarah Brachtinger

Hey, hey, Sarah!

Also jetzt nicht, dass ich wirklich nüchtern wäre, aber ich hab einen Liter Wasser gekippt und einen zweiten über meinen Kopf – kalt! Und vorsorglich zwei Aspirin geschluckt. Auf einem Bein steht man so schlecht. Hihi.

Betrunken? Ich? Aber hallo! Ordentlich angeschickert, meine Süße. Aber vom Feinsten!

Und wenn du liest, was ich jetzt schreibe, wirst du auch gleich einen sitzen haben. Das versprech ich dir. Hol schon mal die Flasche. Hier kommt mein geheimstes aller geheimen Geheimnisse. Pssst. Nicht so laut. Das darf noch niemand wissen!

Ach so. Du weißt ja noch gar nicht, was niemand wissen darf. Also gut. Ich sag's. Aber das nützt dir ja nichts.

Also schreib ich's. Albern? Jaaa! Bin ich. Und womit? Mit Vergnügen!

Jajaja. Ich mach ja schon.

Hier.

Jetzt.

Echt. Ich schwör!

BESTSELLERLISTE!

So. Jetzt ist es raus. Genauer gesagt, Platz zwei. Am Mittwoch wird es offiziell. Ich kann es noch gar nicht glauben.

Und weißt du, was das heißt? Wenn ich morgen beim Breitmaulfrosch sitze, werde ich ihr Grinsekonkurrenz vom Allerfeinsten machen und dabei versuchen, nicht zu platzen. Wie kann man in eine Talkshow gehen und SO EINE Neuigkeit nicht erzählen? Kannst du mir das sagen?

Hey, Sarah, hier ist Ellen. Ich hab Clarissa mal zur Seit gschoben, weil ich dir selber schreibe will. Häsch des glese? Isch des ned de Wahnsinn! Und weisch was? Ich sag dir jetzt ebbes. Du glaubsch doch ned, dass du in Hamburg sitze kannsch, wenn dei Freundin zum allererschte Mal uf die Beschtsellerlischte steht. Siehschte, genau des mein ich. Liebes, mach de Computer aus, pack deine Sache und komm. Mir müsse feiere. Alles klar? Mir freu uns uff … oh, d' Clarissa will no mol ebbes schreibe, ich mach ihre wieder Platz. Ich verlass mich uff dich. Gell, du kommsch!
Ellen

Hey, Süße, ich bin es wieder, Clarissa. Das ist doch eine tolle Idee von Ellen, oder? Hätte ich auch selbst drauf kommen können. Klar musst du kommen. Keine Ausreden.

Pack, schau nach der Zugverbindung und sag, wann wir dich in Offenburg am Bahnhof abholen sollen.

Und jetzt noch was zum Fall. Stell dir vor, die Carolin hatte was mit Fred. Kurz vor ihrem Tod haben die beiden im Maisfeld ein Nümmerchen geschoben. Wir müssen unbedingt mit Babsi sprechen, rausfinden, ob sie etwas wusste. Kann mir kaum vorstellen, dass nicht. Aber sie scheint eine ganz eigene Wahrnehmung von Carolin gehabt zu haben. Ich sag nur, Liebe macht blind! Und noch was: Caro hat ihre Chefin erpresst. In meinen Augen war die schon ein spezielles Kaliber …

Küsschen
Clarissa <3

DREIZEHN

27. September

»Achtung! Hübchen, pass auf!«

Wir waren auf dem Weg nach Baden-Baden und mit uns gefühlt eine Million andere. Stoßstange an Stoßstange quälte sich die Blechlawine über die Autobahn. Meine Nerven lagen blank wie Stromkabel, denen eine Maus die Isolierung weggeknabbert hatte, und genau so fühlte ich mich auch. Es zuckte und blitzte durch meine Gefäße, mein Kopf dröhnte, mein Puls raste. Kurz: Ich war die Coolness in Person. Also das Gegenteil davon natürlich.

Du wirst denen ins Studio kotzen, wenn du deine Nerven nicht in den Griff kriegst.

Prima. Vielen Dank, Stimmchen, für deinen Versuch, mich aufzumuntern. Kannst du mir vielleicht auch noch einen Tipp geben, wie ich das machen soll? Also das mit den Nerven, meine ich natürlich.

Sag mal, hab ich diese ganzen Entspannungsseminare besucht oder du?

Tatsächlich. Vor lauter Aufregung hatte ich komplett vergessen, dass ich ein paar Techniken beherrschte, um mich runterzufahren. Das musste ich ausprobieren.

Ich überlegte kurz und entschied mich für eine sehr einfache Körper-Konzentrationsübung. Wobei »einfach« in diesem Fall relativ war. Allein die Augen zu schließen gestaltete sich schwierig und kostete mich große Überwindung. Aber ich zwang mich, lehnte mich gegen die Rückenlehne und atmete tief durch. Ein und aus. Und ein und aus. Immer wieder. So lange, bis ich spürte, dass ich etwas ruhiger wurde. Dann lenkte ich meine Aufmerksamkeit auf meinen rechten Fuß. Ich fühlte hinein, wanderte in Gedanken ganz langsam über den Fuß zum Bein hin, Wade und Schienbein nach oben bis zum Knie und weiter über den Schenkel.

Ich ließ mir Zeit, fühlte in mich hinein, spürte, wie ich locker ließ und – rumms! Mein Oberkörper wurde in den Gurt geschleudert.

Hübchen fluchte und verprügelte das arme Lenkrad. »Idiot! Hast du den Führerschein im Lotto gewonnen?«, brüllte er. Ein Audifahrer hatte, ohne auf den nachfolgenden Verkehr zu achten, die Spur gewechselt, und wir hatten das offensichtlich nur ohne Crash überstanden, weil Hübchen ausgezeichnete Reflexe hatte.

Von wegen Entspannung. Ich beließ es bei dem einen Versuch. Die Energie hier im Wagen war nicht geeignet, um zu sich selbst zu finden. Eher um aus der Haut zu fahren. Und genau so fühlte ich mich auch.

»Und du darfsch echt nix verrate?«, fragte jetzt Ellen.

»Kein Piep. Die Liste wird immer erst mittwochs veröffentlicht. Vorher sind alle zum Stillschweigen verpflichtet.« Ich raufte mir die Haare. »Es ist doch zum Verrücktwerden. Da bin ich bei der Rumpfinger Talkgast und darf nicht über meinen bisher größten Erfolg sprechen. Nicht darüber, wie mein Traum sich plötzlich in Realität verwandelt. Wie ich mich fühle. Wie ich innerlich tanze vor Glück. Wie ich mich beschwipst fühle, obwohl ich heute noch keinen Tropfen Sekt hatte. Wie – Ach, Mist!«

Meine Stimmung hatte sich seit dem Aufstehen noch um keinen Deut verbessert. Der Tag war aber auch ohne Umschweife direkt richtig mies gestartet.

Ich ging in Gedanken noch mal zum Start zurück. Gleich nach dem Aufwachen gegen neun Uhr war es losgegangen.

Verdammter Mist. Schon wieder ein Fernsehdrehtag und schon wieder verkatert und zerknittert und mit viel zu wenig Schlaf. So würde das mit meiner TV-Karriere wohl nie was werden.

Und wieder lag ich allein in meinem Bett. Steckte ich etwa im Murmeltiertag fest? Dieser verdammte Hübchen. Der war sturer als ein Maulesel. Meine Güte, nur weil ich gesagt hatte, wir sind nur Freunde. Er hörte doch sonst auch nie auf mich. Also zumindest nicht so wörtlich. Aber nein, selbst gestern, im Rausch der Freude, hatte er sich brav zurückgehalten. Fast zumindest. Nur bei der Begrüßung hatte er gezeigt, dass ihm offensichtlich doch was an mir lag. Ich war zur Tür gelaufen und hatte sie schon aufgerissen, als er noch seinen Wagen parkte. Ich hatte ihm die Neuigkeit ins Ohr geflüstert, und voller Überschwang waren wir uns in die Arme gefallen. In die Arme gefallen und in einen echt heißen Kuss hineingerutscht. Himmel und Hölle. Meine Knie hatten nachgegeben, und ich hatte mich an Hübchen festklammern müssen, um nicht zu Boden zu gehen. Aber nach einiger Zeit – Minuten?, Stunden?, Jahren? – hatte er sich behutsam aus der Umarmung geschält und wieder einen auf Freund Hübchen gemacht. Allerdings konnte nicht einmal der Ärger darüber meine Freude dämpfen.

Bestsellerliste! Die Information quetschte sich durch die noch schlafverklebten Hirnwindungen, und auf einen Schlag war ich hellwach.

Bestsellerliste! Jahrelang hatte ich auf diesen Moment hingearbeitet, hatte manchmal davon geträumt, wie es sein würde, dann war ich wieder verzweifelt, weil ich dachte, dass könnte ich eh nie erreichen, und jetzt – zack – war es passiert. Völlig unvermutet. Ich meine, hey, der Schwarzwald ist toll, keine Frage, aber ich hätte nicht erwartet, dass das Thema genug Leser erreichte, um überhaupt in die Nähe dieser Liste zu kommen.

Denn erstens kommt es anders, und zweitens bist du drauf! Glaub es ruhig.

Und dann auch noch Platz zwei. Mein Puls raste, als wäre ich den Rhein entlanggejoggt. Ich hüpfte mit Schwung aus dem Bett und ließ mich im nächsten Moment auf die Matratze plumpsen. Uiuiui. Der letzte Schluck Sekt musste zu viel gewesen sein. Mein Magen drehte sich, mein Kopf auch. Das Zimmer sowieso.

Meinem angeschlagenen Zustand gemäß ließ ich es etwas gemächlicher angehen. Obwohl alles in mir nach Jubeln und Tanzen schrie, tapste ich mit vorsichtigen Schritten Richtung

Badezimmer. Als ich Ellen über den Weg lief, strahlte sie mich an.

»Guten Morgen, Frau Bestsellerautorin.« Sie umarmte mich und drückte mir ein Küsschen auf die Wange. »Gut gschlafe?«

»Allein«, rutschte es mir unvermittelt raus. Mist. Ich biss mir auf die Lippen.

»Ja, ich weiß«, sagte Ellen jedoch nur. »Jetzt geh duschen, ich bring dir glei e Aschpirin und en Apfelschorle. Des hilft gegen den Sektkater. Du musch doch heut fit sei.«

Nach dem Duschen ging es mir minimal besser, aber eigentlich wäre ich am liebsten wieder ins Bett gekrochen und hätte mir die Decke über den Kopf gezogen.

Bestsellerautorin, aber unfähig, ihr Liebesleben auf die Reihe zu kriegen. Super.

Was für ein Liebesleben? Meinst du das Wir-sind-nur-gute-Freunde-Liebesleben?

Boah, Stimmchen, nerv nicht. Du weißt genau, wen und was ich meine. Lass mich in Ruhe.

Oha, der Prinzessin steigt die Liste in den Kopf. Das ging ja mal schnell.

Das hat gar nichts damit zu tun, du Nervensäge. Ich bin nervös, frustriert und durcheinander. Und das alles gleichzeitig. Okay?

Babsi kam und setzte sich zu Ellen und mir an den Tisch. Wir hatten ihr noch nichts von unseren neuesten Erkenntnissen erzählt. Das musste durchdacht sein. Wenn sie es gewusst hatte, war sie damit mehr denn je verdächtig. Wusste sie es nicht – und davon gingen wir aus –, würde es ihr den Boden unter den Füßen wegziehen. Wir würden nach der Show mit ihr sprechen. Wir konnten das unmöglich thematisieren und sie dann damit allein lassen.

Kurz darauf fuhr Hübchen vor, er hatte die Scheiben am Passat geputzt und noch vollgetankt, damit wir nachher keinen Stopp brauchten – abgesehen von den Panikpipi-Stopps natürlich. Dem hatten wir auch nichts von Fred erzählt, sonst hätte er vor lauter Pflichtbewusstsein vielleicht die Kollegen informiert. Aber das wollten wir nicht. Erst mal wollten wir selbst rausfinden, was die neue Sachlage für den Fall bedeutete. Dafür hatte er eine neue Erkenntnis verkündet. Die Offenburger Kollegen hatten das Alibi von Petra überprüft. Sie hatte einen Stand bei einer Gartenbaumesse und war damit wirklich als mögliche Täterin aus dem Rennen. So ein Mist. So viele Spuren und keine passte. Das Bullengesicht hatte sich laut Hübchen im Moment auf Thomas eingeschossen.

Das fand ich sehr nachvollziehbar. Thomas war ein seltsamer Kerl. Er pimperte alles, was bei drei nicht auf den Bäumen war, gleichzeitig legte er bei Babsi eine Eifersucht an den Tag, die dazu gar nicht passte. Komische Logik. Oder war es schlicht verletzte männliche Eitelkeit, weil Babsi sich in eine Frau verliebt hatte? Das musste ein Mann ja erst mal wegstecken …

»Und? Sehr aufgeregt?«, fragte Babsi, die nichts von meinen Grübeleien ahnte.

Blümchen winkte ab. »Ach, Clarissa ist doch langsam schon ein alter Fernsehhase, die macht das mit links.«

»Dein Wort in meiner Nerven Ohr«, gab ich zurück. Ich lächelte Babsi schief an und nickte. »Sehr, sehr aufgeregt. Hoffentlich kipp ich nicht vom Stuhl, weil ich das Atmen vergesse.«

»Ach was, de Benjamin und ich, mir sitze im Publikum und schicke dir Kraft. Du schaffsch des scho, Clarissa. Ganz bstimmt.«

Alle um mich herum schienen sich sicher zu sein, nur komisch, dass ich nichts davon spürte. Meine Nerven flatterten, zuckten und zupften, dass es fast körperlich wehtat. Ich zwang mich, eine halbe Laugenbrezel zu essen, und trank ein Glas Johannisbeersaft. Dann verweigerte mein Magen jede weitere Aufnahme.

Meine Gedanken machten wieder einen Sprung in die Gegenwart.

Jetzt saß ich also erneut hinten im Auto und versuchte, nicht durchzudrehen, während Hübchen den Passat durch den dichten Berufsverkehr schlängelte.

Nachdem wir beim Studio angekommen waren, hatte ich allerdings keine Zeit mehr, zu fühlen oder zu denken. Es ging Schlag auf Schlag. Probe. Maske. Breitmaulfroschlächeln. Unzählige Wunderbars. Und los ging's.

Zu meiner großen Überraschung lief die Sendung phantastisch. Sogar Lisa Rumpfinger war erträglich. Wenn ich nur nicht fast geplatzt wäre. Ich hatte höllische Angst, mich zu verquatschen. Ich meine, hey, BESTSELLERLISTE! Könnte irgendjemand es mir verdenken, wenn ich damit rausplatze?

Bock auf Ärger?

Nein. Lieber Champagner!

Die Rumpfinger blickte auf ihren Zettel und richtete wieder das Wort an mich.

»Wenn man ein bisschen über Sie nachliest, dann kann man ja wirklich nur staunen. Sie sind vielseitig und mit Ihren Buchprojekten immer sehr nah an Menschen und Themen dran. Und eindeutig – Sie lieben die Kulinarik oder, sagen wir, den Genuss im Allgemeinen. Ist das nur in den Büchern so, oder schwappt da Ihre Persönlichkeit zwischen die Buchstaben?«

Wow. Hut ab vor ihren Assistenten. Ich traute der Grinsebacke nicht zu, dass sie von selbst auf diese Frage gekommen war. Aber egal. Sie machte das souverän und gab mir eine ganz ausgezeichnete Basis, mich und meine Arbeit zu präsentieren.

Also breitete ich mich aus, über meine Liebe zu gutem Essen, über die Wichtigkeit guter Produkte.

»Man kann doch nicht erwarten, dass eine Köstlichkeit hinten rauskommt, wenn man vorn minderwertige Ware reinsteckt. Von daher geht mein Appell ganz eindeutig zu guten Produkten, die mit Liebe und Respekt hergestellt werden. Das sollte jedem ein wenig mehr wert sein. Nehmen wir doch nur so etwas Einfaches wie eine Tomatensuppe. Frisch gekocht. Doch wenn ich mitten im Winter eine Tomatensuppe koche, dazu Treibhaustomaten aus Timbuktu verwende, die künstlich hochgepuscht wurden und weder kulinarisch noch umwelttechnisch irgendeinen Wert haben – wie soll da eine gute Suppe entstehen? Womöglich noch mit getrocknetem

Basilikum. Das ist kein Essen, so etwas ist eine Beleidigung. Und jetzt stellen Sie sich diese Suppe im Hochsommer vor. Aus frisch geernteten, vollreifen Tomaten, die hier in der Region wachsen durften, dazu frischer Basilikum. Und um die Regionalität zu unterstreichen, eine kleine Anleihe bei unseren direkten Nachbarn: Crostini aus echtem französischen Baguette, hauchdünn zuerst mit einem Fruchtsenf und dann mit Münsterkäse bestrichen.« Ich musste schlucken, weil mir bereits beim Erzählen das Wasser im Mund zusammenlief.

»Das ist jetzt aber kein Rezept aus dem Schwarzwaldbuch, oder?«

Alle Achtung. Die Rumpfinger hörte tatsächlich zu und dachte mit. Und jetzt hatte sie mich erwischt. Ich lachte diesen Patzer möglichst locker weg.

»Sie wissen ja, nach dem Buch ist vor dem Buch. Tatsächlich bin ich gedanklich schon bei einem neuen Projekt, und diesmal soll es eine Hommage an meine neue Heimat, die Ortenau, werden, natürlich mit kleinen Sprüngen ins Elsass hinüber – das gehört ja in puncto Lebensfreude und Genuss eindeutig zusammen. Im Schwarzwaldbuch finden sich aber natürlich auch jede Menge Rezepte. Dabei hat mich meine Freundin Ellen Schropf unterstützt.« Ich suchte die Kamera, lächelte und warf ihr eine Kusshand zu. »Wenn ich nur an die Bärlauchmaultaschen denke! Danke, Ellen! Ohne dich hätte ich es nie auf Platz zwei geschafft. Du bist die Beste!«

NEIN! Das hast du nicht gesagt. Sag, dass du das nicht gesagt hast!

»Moment!«, griff da auch schon der Breitmaulfrosch ein. »Sagten Sie Platz zwei? Kann es sein … ich meine, gibt es da etwas, was Sie uns vielleicht erzählen wollen? Ich habe da so eine Ahnung.«

Verzweifelt versuchte ich, eine Ausrede zu finden. Mein Kopf war leer. Da hatte jemand den Stöpsel gezogen.

»Sprechen wir von der Bestsellerliste?« Ein Blick in mein Gesicht. Leugnen zwecklos! »Aber das ist ja wunderbar. Und wir erfahren das hier bei mir in der Sendung ganz exklusiv?

Oh, liebe Frau Kleinschmidt, ich gratuliere Ihnen von Herzen. Wunderbar! Ganz, ganz wunderbar!« Sie sprang auf und applaudierte. Der ganze Saal fiel mit ein.

Das hast du ganz wunderbar hingekriegt, Clarissa. Ganz, ganz wunderbar!

VIERZEHN

29. September

Es war schon fast ein Uhr, als wir endlich zu Hause ankamen. Mir schwirrte der Kopf. Es hatte Sekt gegeben, unzählige Hände hatten meine Hände geschüttelt. Ich war umarmt und geküsst worden. Und alle hatten sich mit mir gefreut.

Auf dem Heimweg hatte ich Beate aus dem Bett geklingelt und ihr gestanden, dass ich Mist gebaut hatte. Aber sie lachte nur und meinte, das sei halb so schlimm. Inzwischen sei die Liste ohnehin online. Sicher würde mir niemand mehr den Kopf abreißen.

Na prima. Die ganze Aufregung. Die Gewissensbisse. Die Angst. Alles unnötig. Das hätte mir aber auch mal jemand vorher sagen können.

Du bist aber auch ein Hosenscheißer!

Sagt die, die am meisten Schiss hatte, eh klar. Jetzt konnte ich es jedenfalls kaum erwarten, endlich wieder im Schnuckelchen zu sein und langsam wieder zu mir zu finden. Boden unter den Füßen? Keine Ahnung, wie sich das anfühlte. Ich schwebte noch. Was für ein Wirbel! Die letzten Stunden waren wie in Trance an mir vorübergezogen. Die Bestsellerliste. Die Talkshow. Die Rumpfinger, die völlig aus dem Häuschen war und total ausgeflippt, weil sie diese Nachricht exklusiv und vor allen anderen in ihrer Show hatte.

»Ich bin dir was schuldig, Clarissa«, hatte sie mir nach der Show zugeflüstert. »Das war wunderbar. Ein echtes Geschenk für mich und die Einschaltquoten.« Sie gab mir einen Wangenkuss und sagte: »Ist dir hoffentlich recht. Ich bin die Lisa.«

Per Du mit dem Breitmaulfrosch. Das ist mal ein Erfolg.

Jeder Sieg hat eben Schattenseiten. Damit kann ich leben.

Egal, wie oft ich mich in Schenkel und Arme kniff, ich glaubte immer noch zu träumen.

Zu Hause erwartete uns Babsi, die sich in der Zwischenzeit um Molle gekümmert hatte.

»Und jetzt machen wir es uns gemütlich und feiern, dass die ganze Aufregung fürs Erste überstanden ist. Seid ihr dabei?«

Alle stimmten gut gelaunt zu.

Bevor ich mich setzen konnte, musste ich aber zuerst ein bisschen mit Molle toben, ihn ausgiebig knuddeln und versuchen, ihm sein Rrrr abzujagen.

Keine Chance. Der Kerl war viel zu flink.

»Bett«, rief ich und schwupp, spuckte er das Rrrr vor mir auf den Boden. Ich lachte Tränen, schnappte dieses stinkende blaue Plastikteil und warf es quer durch die Küche. Molle spurtete los, wobei im ersten Moment die Pfoten auf dem glatten Boden durchrutschten.

Traktionsprobleme.

Wir wiederholten das Spiel ein paarmal, dann rettete Molle sein Rrrr ins Körbchen. Kurz darauf schnarchte er.

Wie nach dem Landesschauauftritt begannen wir auch heute wieder Leckereien auf dem Tisch zu verteilen, bis er sich durchbog. Dann ging Ellen zum Regal, um Sekt zu holen.

»Oje. So en Mischt. Mir hän unsere ganze Vorrät ufbraucht. Kein Sekt mehr im Haus. Was mache mer denn jetzt?«

»Wir können unmöglich nur Wein trinken, Ellen«, meinte Hübchen sehr bestimmt. »Dazu haben wir zu viel zum Feiern. Das muss schon ordentlich prickeln.« Er überlegte. »Am besten, ich geh noch mal los. Sicher finde ich eine Tankstelle, die noch aufhat. Bin bald wieder da.«

Jetzt hängt er aber wieder den Prinzen raus.

Wird auch Zeit, kommentierte ich trocken.

Bis wir wieder zum Sekt wechseln konnten, hielt ich mich an Apfelschorle. Gar nicht schlecht, wenn zum Alkohol auch ein bisschen Flüssigkeit in meine Blutbahn käme.

Blümchen war schon weg, als Babsi plötzlich aufsprang. »Ach Mensch, das fällt mir jetzt erst ein. Mein Picknickkorb steht doch immer noch bei euch in der Vorratskammer. Da ist eine Flasche Sekt drin. Die legen wir auf Eis, dann ist sie in einer halben Stunde sicher kühl genug.«

»Dann hätt de Benjamin ja gar ned losmüsse«, meinte Ellen.

Och, dachte ich, lass den mal. Der hat ja schon ein bisschen was gutzumachen. Kein Schaden, wenn er mal den Gentleman rauskehrt.

Babsi holte den Korb, öffnete ihn und überreichte Ellen die Sektflasche.

Beim Anblick des Picknickkorbs überfiel mich ein schlechtes Gewissen. Ich musste das ansprechen.

»Sag mal, Babsi«, kam ich direkt zur Sache. »Kann es sein, dass Carolin immer noch was mit Fred am Laufen hatte?«

»Wie kommst du denn da drauf? Du spinnst doch! Nein. Carolin hat mich geliebt. Nur mich!« Es klang nicht sehr überzeugend.

Mist. So traurig, wie sie schaute, hatte ich voll auf die Zwölf getroffen. Ich war so ein Trampel. Schnell versuchte ich, das Ruder rumzureißen.

»Entschuldige bitte, Babsi. Manchmal gehen die Pferde mit mir durch.«

Babsi schluchzte, schüttelte den Kopf.

Ich blieb dran. Jetzt mussten endlich Fakten auf den Tisch. Die Liste musste ich gar nicht auspacken, ich hatte sie ohnehin im Kopf. Viele Namen waren auch nicht mehr übrig. Genau genommen nur noch zwei. Das Motiv zeigte sich auch immer deutlicher: Eifersucht.

»Thomas hatte ganz sicher Grund, eifersüchtig zu sein. Und ausrasten tut er ja auch hin und wieder«, sprach ich es einfach aus.

»Du meinst …« Babsi schluckte.

Ich half ihr. »Ich meine, die Indizien sprechen ziemlich deutlich für deinen Thomas als Täter. Es tut mir so leid, aber ich lande bei allem, was ich mir zusammenreime, immer wieder bei ihm.«

Von der Terrassentür, die etwas offen stand, kam ein Geräusch. Wir fuhren alle gleichzeitig herum. Nur Molle nicht. Der schnarchte weiter und ließ sich nicht stören.

Thomas stand in der Küche.

Oh, oh! Jetzt sind wir angeschmiert.

»Ich hab des gwusst, dass du mich verdächtigsch. Genau wie die Bulle. Die habe mich heut noch mal verhört. Aber ich sag euch was, des Spiel mach ich nimmer mit. Ich hab kei Lust mehr, so zu tun, als sei alles in Ordnung. Babsi, such dir 'nen andere Blödmann. Ja, ich war au kei Unschuldslamm. Aber dere Carolin hab ich nichts getan. Ich schwör es.«

»Was machst du denn hier?«, fragte Babsi reichlich verdattert.

»Ich hab dich beobachtet. Ich wollt wisse, was los isch. Ob du mich bei de Polizei anschwärze willsch. Überhaupt, halt.«

»So wie du immer ausrastet, ist es doch kein Wunder, dass du verdächtigt wirst, oder?«, preschte ich dazwischen. »Und Jäger bist du auch, das heißt, du hast vermutlich immer ein Messer bei dir. Dazu das gehauchte …aa…, das zu deinem Namen passt. Ich sag dir was, Thomas. Wenn du unschuldig bist, dann solltest du deinen Mann stehen und es der Polizei beweisen. Und wenn nicht …« Damit griff ich nach dem Telefon.

»Finger weg!«, keifte er mich an. Und wie aus dem Nichts zauberte er ein Jagdgewehr hervor und richtete es auf uns. »Ich hab euch nix tun wollen. Aber jetzt. Wieso müsst ihr euch eimischen? Die Polizei macht schon gnug Druck. Mir reicht des! Ich hau ab. Aber ich brauch 'nen Vorsprung.«

Molle hatte mitbekommen, dass eine merkwürdige Stimmung herrschte. Er winselte kurz und verschwand dann ängstlich durch die offene Terrassentür. Thomas beachtete ihn nicht.

»Spinnsch du?«, schrie Babsi ihren Mann an. »Mach bloß keinen Mist!«

»Schnauze!«, donnerte er zurück. »Ich will, dass ihr euch fesselt. Keine von euch macht 'nen falschen Mucks, isch des klar?« Er warf ein paar Stricke auf den Tisch, und nachdem er ein paarmal mit dem Gewehr gefuchtelt hatte, gehorchten wir.

Während ich den Strick um Ellens Hände wickelte, redete Thomas weiter. »Ich war des ned. Aber mir glaubt ja ohnehin keiner. Ja, ich geb zu, ich hab en Hals ghabt. Stinksauer war ich, weil ich des mit dir und der Schlampe rausgfunde hab. Wie steh ich denn jetzt da? Aber verdammt noch mal, deshalb bringt ma doch niemanden um!«

»Und weil du unschuldig bist, stehst du jetzt hier mit einer Waffe in der Hand und bedrohst uns?«, fragte ich und konnte den Sarkasmus nicht aus meiner Stimme verbannen.

»Du sagsch es doch selbst. Die Indizien spreche gegen mich. Alles lässt sich so drehen, dass der Dreck am Schluss an mir hänge bleibt. Ich war an dem Tag mit dem Ersatzwage von de Werkstatt unterwegs, allein. Ich hab kein Alibi! Womöglich geh ich lebenslang in den Knast, für eine Tat, die ich nicht begange hab. Aber ned mit mir. Ich hab die Spielregeln geändert. Wenn ihr Ladys gut verpackt seid, mach ich mich vom Acker. Über die Grenze und weg. Da könne die Bullen lang suchen. Die Welt isch groß.«

»Wer unschuldig ist, muss nicht flüchten«, versuchte ich es noch einmal und erntete nur höhnisches Lachen.

Unschuldig …, sickerte es langsam durch meine Gehirnwindungen. Was, wenn er die Wahrheit sagte? Dann blieb nur noch ein Name auf unserer Liste übrig. Das konnte doch nicht sein, oder?

Im Augenwinkel nahm ich einen Schatten war. Blümchen. Molle dicht auf seinen Fersen. Von wegen Feigling. Unser Mopsheld hatte Hilfe geholt!

Schon sprang Blümchen den durchgedrehten Thomas von hinten an. Doch so einfach ließ sich der verzweifelte Mann nicht überwältigen. Thomas kämpfte verbissen, Hübchen bekam kurz die Oberhand, aber im nächsten Moment – keine Ahnung, wo das so schnell herkam – hatte Thomas ihm ein Messer an die Kehle gedrückt.

»NEIN!«, schrien Ellen und ich entsetzt. Doch Thomas war außer sich.

»Kommt doch eh nicht mehr drauf an«, keuchte er. »Für die Bulle bin ich en Mörder. So oder so.« Er drückte heftiger, die Spitze durchstieß Blümchens Haut, Blut quoll hervor, rann seinen Hals hinab. Er stöhnte.

»Tu doch was!«, schrie ich Babsi an. »Du kannst doch nicht zulassen, dass er Blümchen umbringt!«

Babsi – blass wie ein Leichentuch – bewegte ihre Lippen.

Zuerst kam kein Ton raus, doch dann konnte ich sie hören. Sehr leise und ohne große Betonung sprach sie.

»Ich war's«, sagte sie.

Ellen keuchte, und auch ich fühlte mich, als hätte mir Regina Halmich ihre Faust in den Bauch gerammt.

Babsi sprach weiter. Leise, aber sehr bestimmt. »Lass den Benjamin los, Thomas. Es ist vorbei. Du hast nichts mehr zu befürchten.«

»Du hältst mich wohl für total bescheuert? Wenn du glaubsch, dass ich auf den Trick reifall, hasch dich gschnitte.«

Babsi schüttelte den Kopf, Tränen liefen ihr über die Wangen, sie weinte lautlos. »Kein Trick. Ich hab es gewusst«, sagte sie in meine Richtung. »Das mit dem Fred und der Caro. Verdammt noch mal, ich hab sie so sehr geliebt. Sie war mein Ein und Alles. Ich hab gedacht, ich hätte endlich meine Heimat gefunden. Sie hat mich doch getröstet, nachdem der Thomas mich nur verarscht hat. Und dann?«

Sie schluchzte einmal auf, dann fasste sie sich wieder. In der Küche war es totenstill. Alle starrten Babsi an und warteten auf die nächsten Worte. Selbst Molle kaute auf keinem Kauknochen rum und atmete ganz leise. Thomas hielt Blümchen zwar noch umklammert, aber das Messer drückte nicht mehr ins Fleisch.

»Sie hat mich genauso benutzt wie alle ihre anderen Affären. Von wegen neues Leben aufbauen.« An der Stelle schnaubte Babsi verächtlich. »Alles nur Märchen. Ich war ein bisschen früher dran an dem Tag. Wollt es uns schön machen, schon alles vorbereiten. Aber …« Babsi suchte nach der Kraft, die nächsten Worte auszusprechen.

»Als du hinkamst, war Caro schon da?« Ich ahnte, wie die Geschichte weiterging, aber ich biss mir auf die Lippen. Babsi musste erzählen.

»Fred und Caro haben mich nicht gesehen. Sie waren zu sehr mit sich beschäftigt. Ich konnte es nicht glauben. Es war furchtbar. Mein ganzes Glück brach in diesem Moment in tausend Scherben. Ich drückte mich zwischen den Mais und wartete, bis Caro allein war. Dann stellte ich sie zur Rede. Aber sie hat nur gelacht.«

Babsi starrte auf die Tischplatte und schüttelte wieder und wieder den Kopf. »Sie hat mich einfach ausgelacht. ›Armes naives Hascherl‹ hat sie mich genannt. Und dann … ich weiß gar nicht, wie es genau passiert ist. Ich hab sie angeschrien, hab geheult, hab versucht, ihr klarzumachen, dass sie unsere Liebe nicht wegwerfen darf. Aber sie hatte genug von mir und meinen ›biederen‹ Lebensvorstellungen. ›Ich hab's versucht‹, hat sie gesagt. ›Wirklich, Babsi. Ich hab gedacht, mit uns zwei würd ich es hinkriegen. Aber ehrlich, dein Spießerleben macht mich krank. Ich bin nicht für die Monogamie geboren. Ich brauch Abwechslung.‹ Sie wollte Schluss machen. Und dann lag sie plötzlich auf dem Boden.«

Babsi schaute zu Benjamin. »Und ich hatte das Messer in der Hand.« Ein Schauer zog über ihren Körper, als sie das schilderte. »Ihr könnt euch nicht vorstellen, wie erschrocken ich war. Wie hatte das passieren können? Ich schrie, schüttelte Caro, wollte, dass sie wieder aufsteht, aber sie wurde immer blasser. Also bin ich gerannt. Ich weiß nicht mehr genau, wie alles war. Das Messer hab ich in den Gulli fallen lassen. Und dann landete ich auf deiner Motorhaube.«

Ich schluckte, versuchte, die Informationen zu sortieren. Ellen und ich schauten uns an. Also doch? Babsi war die Mörderin? Unsere Babsi? Die Babsi, die so liebevoll mit Molle schmuste?

Als hätte er meine Gedanken gehört, sprang Molle Babsi auf den Schoß und kuschelte sich an sie.

Eine Bewegung im Augenwinkel riss mich aus meiner Erstarrung. Thomas hatte Hübchen losgelassen, der ihm gleich darauf das Messer abnahm und es zur Seite legte.

Thomas ließ sich auf einen Stuhl sinken. Fassungslos.

Ellen stürzte sich auf Hübchen. »Benjamin, Jesses, Maria!«, rief sie und umarmte ihn. »Zeig deinen Hals.« Sie begutachtete die Wunde und seufzte erleichtert. »Nicht schlimm. Gott sei Dank!« Im Handumdrehen hatte sie Blümchen mit einem Pflaster versorgt.

Babsi saß nur da und weinte still.

»Eine Frage habe ich noch«, setzte Hübchen in Richtung Babsi nach. »Hast du das Notebook und die Papiere vor der Polizei versteckt? Und das Testament geschrieben?«

»Ja, ich hab die Sachen genommen. Ich wollte wissen, ob Caro mich noch mit anderen betrogen hat. Ob sie vielleicht auch mit ihrer Chefin, weil die beiden doch so zerstritten waren, hätte ja sein können … Ich hab in dem Moment gar nicht daran gedacht, dass die Polizei das Haus durchsuchen wird. Und als ich dann wusste, dass wir zusammen reingehen würden, hab ich die Sachen wieder zurückgebracht. Ich hatte die Hoffnung, dass Gerlinde vielleicht verdächtigt wird oder sonst wer. Und dass ich irgendwie heil aus der Sache rauskomm.«

»Und wohlhabender«, schnaubte Hübchen.

»Nein! Mit dem Testament hab ich nichts zu tun. Das hat Caro geschrieben, als wir frisch zusammen waren. Ich glaube, sie hat es wirklich versucht.« Den letzten Satz hauchte Babsi kaum hörbar.

Hübchen nickte, er schien zumindest erleichtert, dass die Polizei nicht komplett versagt hatte. Und das, obwohl die Offenburger Kollegen nicht oben auf seiner Sympathieliste standen.

Ellen wandte sich an Thomas, der auf seinem Stuhl zusammengesackt war und ganz offenbar die Welt nicht mehr verstand. »Du bisch unschuldig, Thomas.«

Er hob den Kopf, den er in die Hände gelegt hatte. »Ich war unschuldig«, sagte er. »Aber jetzt? Nachdem ich hier mit dem Gwehr …?« Babsis Ehemann saß da wie ein Häufchen Elend. »Jetzt bin ich eh am Arsch. Unschuldig oder auch ned.«

»Was für ein Gewehr?«, fragte ich. »Seit wann braucht man ein Gewehr, wenn man mit Freunden zusammen feiert?« Dabei hielt ich den Blick fest auf Hübchen gerichtet. Der zögerte, aber dann seufzte er und nickte.

»Dann werde ich mal die Kollegen informieren«, meinte Hübchen und wählte auch schon. Wir lauschten gebannt, während er die Informationen durchgab. Zehn Minuten später standen das Bullengesicht und sein Assistent auf der Matte, und nachdem sie unsere Aussagen aufgenommen hatten, zogen sie – Babsi in ihrer Mitte – wieder ab.

Thomas stand unter Schock. Wir luden ihn ein, zu bleiben, aber er wollte nicht. Keine fünf Minuten nachdem Babsi abgeführt war, verabschiedete er sich.

Ich konnte es nicht fassen. Nie hätte ich gedacht, dass Babsi die Täterin war. Nie!

»Wemma schlimm gnug verletzt wird, dann kann vielleicht jeder zum Mörder werde, weisch?«, meinte Ellen. Sie legte den Arm um mich, und wir blieben eine Weile so. »Ich glaub, mit me gute Anwalt wird se ned zu lang ins Gefängnis müsse. Sie hätt was Schlimmes gmacht, ja, aber sie isch doch trotzdem kei schlechte Mensch.«

»Sie tut mir schrecklich leid«, murmelte ich. »Schrecklich!«

Wir saßen eine ganze Weile gemeinsam am Tisch, jeder hing seinen Gedanken nach. Irgendwann schnaufte Ellen durch.

»Die Babsi wird eine faire Verhandlung kriegen und isch, wenn alles gut geht, bald wieder frei. Des war doch Affekt. Und mir müsse des verdaue und uns aufs Lebe konzentriere. Des isch wichtig.«

Aber auch wenn das Leben weiterging. Nach Sekt war uns allen nicht zumute. Wir aßen, tranken Wein dazu und ließen die Unterhaltung plätschern. Wir sprachen über die Talkshow, meinen Einstieg in die Bestsellerliste und zwischendrin natürlich immer wieder über Babsi.

»Ned emol de Molle war ihr bös. Der hätt gspürt, dass sie des ned gwollt hätt.«

»Und er hat mich geholt, als ich gerade vorn ins Haus wollte. Er ist echt ein Held«, bestätigte Hübchen.

Der Nachbarhahn krähte. Es war schon fast drei. Nach und nach fingen alle an zu gähnen. Ellen verzog sich als Erste Richtung Bett. Molle schlief den Schlaf der Helden und schnarchte in seinem Körbchen.

Hübchen stand auf, aber ich war schneller. Mit zwei Schritten war ich bei ihm. »Wenn du glaubst, dass ich allein ins Bett gehe, dann hast du dich geschnitten, mein Lieber.« Bevor er was sagen konnte, gab ich ihm einen Kuss.

Er grinste. »Wieso, willst du den Molle mitnehmen?«, fragte er ganz nah an meinen Lippen, als ich Atem schöpfen musste.

Witzbold.

Geh schlafen, Stimmchen. Du störst.

Stunden später kuschelte ich mich ein bisschen näher an Blümchen ran. Wir hatten noch Zeit, Sarah würde erst nachmittags in Offenburg ankommen.

Hübchen küsste mich ausgiebig. »Herzlichen Glückwunsch, Frau Bestsellerautorin.« Dann stemmte er sich auf seinen Ellbogen und lächelte mich an. »Und jetzt? Sind wir Freunde?«, fragte er und präsentierte mir sein Spitzbubengesicht.

Ich tat so, als müsse ich nachdenken. »Hm, ja, doch, wäre möglich«, gab ich zurück. Als er empört nach Luft schnappte, sagte ich: »Vielleicht auch ein bisschen mehr.«

Danke und ein Nachwort

Dieses Abenteuer »Buch schreiben« packt mich jedes Mal mit voller Wucht und voller Lust aufs Neue – Augenringe inklusive. In der heißen Phase braucht Mops manchmal viel Durchhaltevermögen und eine besonders starke Blase. Danke, Töps, dass du es mir nicht übel nimmst, wenn ich die Gassizeit vergesse. Und ein dickes Dankeschön geht an meinen Mann Bernd und meinen Sohn Tobias, die mich mit viel Geduld ertragen, wenn ich mit dem Kopf in der Geschichte hänge und alles andere an mir vorbeiplätschert.

Meine Freundin Emma ist die weltbeste Testleserin, und meine Freundinnen Alexandra und Andrea sorgen für gute Laune und den nötigen Schwung. Ihr seid spitze!

Selbstverständlich kann so ein Buch nur gelingen, wenn man ein gutes Team zur Seite hat. Das sind für mich meine Agentin Beate Riess, die Mannschaft des Emons Verlags und meine Lektorin Christine Derrer. Tausend Küsschen und ein dickes Dankeschön!

Ein weiteres dickes Dankeschön geht an das Team der Landesschau Baden-Württemberg für die Möglichkeit, Studioluft zu schnuppern. Ich war fast so aufgeregt wie Clarissa – und das, obwohl ich nicht mal vor die Kamera musste.

Ortskundige Leser werden es vermutlich gemerkt haben, den Ort Neuheim im Ried gibt es nicht. Ich habe ihn zwischen den realen Orten Ichenheim und Meißenheim angesiedelt. Dort finden sich in Wirklichkeit Äcker, Wälder und Auenlandschaft. Wer den ersten Band »Tod auf dem Titisee« kennt, weiß aber, dass es das Weingut Danner in Durbach wirklich gibt. Und das Café Lager in Altenheim bezaubert seine Gäste ganz real mit Gastfreundschaft und Köstlichkeiten. Auch Ellens Lieblingsbuch existiert tatsächlich, es heißt »Wo das Glück wächst«, wurde von mir unter meinem wirklichen Namen Susanne Oswald geschrieben, und auch die hier im

Text erwähnten Gärten und Gartentipps finden sich dort. Wer weiß, liebe Leser, vielleicht treffen wir uns irgendwann bei einer original classic English teatime im Landhaus Ettenbühl?

Natürlich findet sich in Ichenheim eine echte Senfmanufaktur – die Senferia. Das weiß ich so genau, weil mein Schatz Bernd der Senfmüller ist und wir die Senferia gemeinsam betreiben.

Das reale Vorbild für Molle schnarcht gerade hinter meinem Schreibtisch und heißt im echten Leben Töps.

Übrigens, sollten Sie, liebe Leserin, an einer gewissen Stelle aufgeseufzt und Clarissa zugestimmt haben, von wegen: »So etwas machten Männer doch sonst nur in Romanen!« – an dieser Stelle sei mir der Hinweis erlaubt, dass genau diese Szene autobiografisch ist. Ich meine natürlich das mit dem Vorlesen. Was danach geschieht, entspringt der Phantasie der Autorin. Also vielleicht.

Ich glaube, das war's. Sollte ich jemanden vergessen haben, der sich in die Geschichte geschlichen hat: Herzlich willkommen, schön, dass du mitspielst.

Und hier sind wieder ein paar besondere Schmankerl aus der Schreibwerkstatt. Diese Verschreiber sind ein schier unerschöpflicher Quell der Autorenerheiterung. Was liegt also näher, als das mit Ihnen, meinen Lesern, zu teilen? Wie wäre es zum Beispiel mit einem Breimaulfrosch? Was der wohl für Brei mag? Mückenbrei? Nicht sehr appetitlich, finde ich. Deshalb gab es schnell noch ein t hinterher, und schon lacht er breit, der Frosch.

Was genau haben Papier und Berge gemeinsam? Ich bin nicht gleich drauf gekommen, was am Bergament denn wohl nicht stimmen könnte. Das könnte natürlich auch damit zu tun haben, dass ich mich – als ich das Wort schrieb – mit einem Teil meiner Gedanken bereits auf den Besuch bei Johann Lafer vorbereitete, den ich für das Glücksgartenbuch kennenlernen durfte. Auch über das Leichenpfund konnte ich beim Überarbeiten schmunzeln, habe dann aber natürlich Leichenfund daraus gemacht. Und dann gab es noch die rücklichtslose Art – ziemlich dunkel, so ohne Licht, wie soll man da denn Rücksicht nehmen? Zuckern ist auch eine Wortfindung, die noch nicht einmal von der Rechtschreibprüfung angemerkt wurde. Letztlich ging es aber ganz ohne Süßkram lediglich um Babsis Zucken. Und dann die Hirnwundungen – gar nicht so unpassend eigentlich, manchmal fühlt sich Clarissas Hirn durchaus wund an, aber ich hab es dann dennoch verbessert.

Gepäck und Gebäck – dieser Verhaspler verfolgt mich und hat sich auch dieses Mal wieder eingeschlichen, hier allerdings in Form des Gebäckträgers. Erstaunlicherweise ist mein Rechtschreibprogramm mit dieser Wortkreation einverstanden. Vielleicht gab es das in früheren Jahren ja mal als Beruf: Gebäckträger bei Hofe oder so ähnlich. Dort pflegte man vermutlich dann auch das entspannte Lieben – hier im Text sollte es allerdings Liegen heißen. Wie eine ermoderte Frau aussehen könnte, mag ich mir lieber nicht vorstellen. Ermordet genügt mir vollkommen.

Susanne Oswald
TOD IM STROH
Klappenbroschur, 224 Seiten
ISBN 978-3-95451-291-1

»Ein lockerer Frauenroman, der in seinem Anhang noch Rezepte zum Nachkochen bietet.« Gartenzeitung.com

Sanne Aswald
TOD AUF DEM TITISEE
Broschur, 208 Seiten
ISBN 978-3-95451-658-2

»Humorvolle Ermittlungen zwischen Schwarzwälder Kirschtorte und Bärlauch-Maultaschen! Mit »Tod auf dem Titisee« gelingt Sanne Aswald ein heiterer, leichter Krimi vor idyllischer Schwarzwaldkulisse. Die Geschichte spielt im Hochschwarzwald, in der Ortschaft Titisee und ist reich an Lokalkolorit, aber trotzdem nicht nur für Schwarzwälder lesenswert. Ein wunderbar vergnügter Krimi mit Suchtgarantie.« Dreisamtäler

www.emons-verlag.de